Pour Claude Combet

PUZZLE DE BREST

Une première enquête d'Hachem Fox pleine de suspens et de rebondissements.

A très vite.

P. TAMALET.

YANN LE REST
ET
PASCALE TAMALET

PUZZLE DE BREST

Roman

CALMANN
LEVY
territoires

CALMANN LÉVY
ÉDITEUR DEPUIS 1836

Couverture
Conception graphique : olo.éditions
Photographie : © René Mattes

ISBN 978-2-7021-6740-3

NOTE DES AUTEURS

Le centre Océanopolis à Brest offre un merveilleux décor et les auteurs ont eu beaucoup de plaisir à l'utiliser. Il convient néanmoins de préciser que les personnages qu'ils y placent n'ont rien à voir avec des personnes existantes ou ayant existé.

Océanopolis, Brest
Mardi 15 juin, 10 h 30.

— Papaaaa ! crie Gaël Berrou. Némo, il essaye d'attraper un truc avec sa bouche !

— C'est pas un truc, intervient une gamine d'un ton péremptoire. T'y connais rien. C'est bête, les garçons.

Les enfants sont collés à la vitre de l'immense aquarium, les yeux écarquillés et les mains posées bien à plat. Le spectacle qui se déroule à quelques centimètres d'eux, bien plus intéressant que les explications des enseignants, arrache des cris et des commentaires variés aux filles et aux garçons des deux classes qu'Erwan Berrou encadre avec deux de ses collègues. Il se tourne, fâché contre son gamin de huit ans qui perturbe la visite, puis oublie sa menace de punition. Dans l'énorme aquarium d'Océanopolis, un poisson-clown joue avec un petit objet rouge vif. Gaël a raison.

— C'est un doigt avec un ongle bien verni, reprend la même gamine, une certaine Paméla Prigent.

— Oh, toi, la remarqueuse ! lui lance une autre élève. Qu'est-ce que tu en sais ?

— Je le sais, c'est tout.

L'état de ses ongles tend à prouver qu'elle possède quelques connaissances en matière de manucure. Plus d'une fois, l'école a demandé à sa mère de ne pas lui laisser pousser des ongles aussi longs et de ne pas les vernir.

Erwan Berrou se penche pour mieux voir ce qui se passe dans le bas de l'aquarium, juste de l'autre côté de la paroi vitrée. En effet, la chose peut passer pour un doigt humain, dont l'ongle est verni d'un rouge agressif. On distingue un petit objet à l'extrémité de l'ongle.

Certains des enfants – moyenne d'âge, huit ans – rient à la vue des efforts du poisson coloré qui tente d'attraper la chose tandis que d'autres crient :

— C'est dégoûtant ! Méchant poisson !

Une voix aiguë domine brusquement les autres :

— Monsieur, j'ai peur ! J'ai TRÈS TRÈS PEUUUR !

C'est cette peste de Paméla Prigent, qui se venge peut-être de son prénom et de son allure : cheveux plats, d'un brun terne, silhouette rondouillarde, visage ingrat… Sa mère s'obstine à l'habiller en princesse de série télé avec des robes qui la boudinent et des couleurs démodées depuis un siècle.

Les autres se groupent aussitôt autour d'elle.

— Oh, la trouillarde ! scandent-ils.

— Eh ! La nulle !

— Pam, Pam, Paméla, chantent quelques autres.

Paméla hurle à en crever les tympans de tout Brest.

— Vous êtes bêtes ! Monsieur, ils sont méchants et je vais le dire à mon papa et mon papa il est…

— Mon papa, reprend le chœur des moqueurs en la singeant, mon papa il est encore plus moche que moi !

Elle tape du pied et fait mine de se laisser tomber par terre en sanglotant. Hélas pour elle, le spectacle de l'immense aquarium redevient bien plus intéressant : un plongeur nettoyeur descend le long de la paroi transparente et la frotte avec une éponge souple pour enlever tout ce qui peut s'y fixer ou la salir, algues, débris de toutes sortes. Il déplace la ventouse qui lui permet de s'accrocher pour pouvoir frotter et s'approche du fond, frôlé par des requins-zèbres, curieux de cette présence dans leur aquarium… Les enfants lui font signe et lui indiquent la chose rouge que, sous les acclamations, il fait glisser avec des gestes délicats de ses mains gantées dans une sacoche accrochée à sa ceinture lestée. Il envoie ensuite un baiser aux enfants qui délirent de joie, au grand dam des trois instituteurs responsables du groupe.

Paméla, qui ne supporte pas d'être abandonnée, reprend ses manifestations de colère. Les instituteurs profitent de son cinéma pour détourner leurs ouailles de l'aquarium. D'une main douce mais ferme, ils cornaquent leur troupeau brailleur vers la sortie de la salle. Paméla est bien obligée de les suivre puisqu'on ne s'intéresse plus à elle.

Un étage plus haut, à la sortie du bassin, le plongeur – qui a tout de suite vu de quoi il s'agissait – ôte son embout et relève son masque sur sa tête sans sortir de l'eau. Il tend sa sacoche à Guillaume, celui de ses collègues qui veille sur sa sécurité ce jour-là.

— Sébastien, tu as un problème ?

— Oui, je pense qu'il y a matière à s'inquiéter. J'ai repêché un drôle de truc. Vérifie mais je suis certain que c'est un doigt humain.

— Quoi ? Impossible !

— Regarde ! insiste le plongeur.

Un minuscule silence puis un juron.

— Alors, Guillaume, convaincu ? Tu t'occupes de prévenir la sécurité ? Je n'ai pas terminé le nettoyage.

Sébastien remet son masque, reprend l'embout de son détendeur et se laisse à nouveau glisser dans l'eau.

De son côté, Guillaume, tout en surveillant la descente de son collègue, appelle le directeur du centre.

Philippe Langlois écoute puis :

— Tu es certain que c'est un doigt ?

— Quasiment certain. Je ne comprends pas comment il a pu se retrouver là. C'est manifestement un doigt de femme. Il y a un petit piercing au bout de l'ongle. On dirait des ailes d'ange. Ma femme est férue de ces bijoux d'ongles. Je commence à m'y connaître.

Un silence pendant lequel Guillaume imagine très bien Philippe en train de se gratter le crâne.

— Donc… on a un sérieux problème sur les bras.

— Oui, aucun doute là-dessus.

— Qu'en as-tu fait ?

— Je l'ai posé sur une table.

— OK, tu n'y touches plus, j'appelle les flics. Loïc m'avait déjà averti d'un incident mais cela ne me semblait pas sérieux.

En effet, Loïc Le Gall, agent de sécurité à Océanopolis, avait signalé à son supérieur de l'agitation dans le pavillon Tropical. N'est-il pas censé rapporter tous les incidents ?

Quelques minutes d'attente et tout s'enclenche.

— Loïc ? Le commissariat du port envoie du monde. Tu les récupères à l'entrée de service. Je leur ai expliqué comment y arriver.

— Euh... Philippe ? Et les gamins ? Qu'est-ce qu'on en fait ? Ils voudront les interroger, non ?

Le chef de la sécurité lâche un juron.

— Bon, tu les laisses continuer la visite et tu les envoies ensuite au self. La maison leur offre un jus de fruit. Avec un peu de chance, ils se souviendront de ça et oublieront le reste. Pas question que cette histoire se répande dans toute la ville. *J'aurais l'air de quoi !* ajoute-t-il en lui-même.

L'agent Loïc Le Gall rejoint les instituteurs au milieu du brouhaha typique d'une sortie scolaire. Pourvu que le scénario mis au point avec son supérieur passe !

— Vous pouvez les rassurer, dit-il, on a vérifié. Ce n'est qu'un bout de plastique. Tout va bien.

Si seulement !

— Et pour leur laisser un bon souvenir, la direction leur offre à tous un jus de fruit au self.

Erwan et ses collègues répètent aussitôt cette fable aux gamins surexcités pour tenter de les calmer. Concert de protestations !

— C'est même pas vrai, on l'a bien vu, c'est pour nous faire marcher…

— Ça suffit ! Si le monsieur dit que c'est du plastique, c'est du plastique ! C'est son métier et il sait ce qu'il dit. Maintenant, on va voir les poissons. Et ensuite, vous aurez droit à un jus de fruit offert par Océanopolis.

Des cris d'enthousiasme accueillent la nouvelle et les gamins ne parlent plus que de ça. Sauf…

— Moi, je veux voir les phoques ! hurle Paméla. Les poissons, c'est bête.

Éclats de rire.

— Alors t'es un gros poisson !

— Un gros poisson à cuche !

Paméla protège vivement sa queue-de-cheval, sa maigre cuche soudain menacée.

— Tu sais même pas parler français, profère-t-elle avec hauteur.

— Les gros poissons bêtes, ça parle pas du tout !

— Je vais le dire…

Autour d'elle, ils se mettent avec un bel ensemble à imiter les *blub blub* d'un poisson rouge. Vive le monde du silence, pense Erwan qui n'a pas voulu intervenir. Il la plaint, la Pam-Paméla, mais elle est vraiment pénible. Quant à sa menace de le dire à son père… Encore faudrait-il qu'elle en ait un !

Les gamins se dirigent ainsi vers la salle suivante, au grand soulagement des agents de sécurité. La police ne va pas tarder et l'excitation des enfants deviendrait infernale.

Également soulagé, Erwan a un peu honte d'avoir menti. Un morceau de plastique ? Mon œil ! Il sait très bien ce qu'il a vu. Quant à laisser Paméla en situation de détresse… Il a déjà essayé de parler à la gamine. Il a découvert ce qu'il soupçonnait, une mère complètement à l'ouest, classée « dysfonctionnelle ». Il doit la convoquer à nouveau, la menacer des services sociaux (il en a ras la casquette de devoir menacer), ce qui serait peut-être encore pire pour Paméla. Surtout, parler avec son élève, lui expliquer que son attitude n'est pas idéale pour se faire accepter. Il a déjà fait un cours sur la maltraitance en début d'année. Il devra faire la leçon à son propre fils, lui parler de la cruauté qu'il y a à utiliser comme souffre-douleur une petite fille malheureuse. Bref, s'il n'aimait pas tant son métier, il serait parti depuis belle lurette.

Il est onze heures et le soleil de juin brille sur la pointe Bretagne.

1

Brest, commissariat du port, un peu plus tôt.

— Oui, c'est Hadrien, avec un *h*. Je suis en panne. L'ordinateur ne marche pas.

À l'hôtel de police de Brest, le brigadier Romain Le Floc'h, dit « la Bécane » car il s'occupe volontiers de l'informatique, pose la main sur le combiné et se tourne vers ses collègues en train de boire leur premier café de la matinée. On est le mardi 15 juin, il est dix heures.

À mi-voix :

— C'est Hadrien.

— Avec un *h*, répondent les autres en chœur.

— Hadrien *low-tech* !

Ça pouffe, ça rigole. Le capitaine Hadrien Fox fait les beaux jours des moqueurs. Le high-tech, avec lui, inutile d'y penser. Panne assurée ! Et puis, ça fait du bien de lui trouver un défaut : le capitaine est beau avec son mètre quatre-vingt-cinq, ses yeux bleu foncé et ses cheveux noirs. Il s'offre même le luxe de rester toujours élégant avec un jean, un tee-shirt et une veste noire de coupe parfaite. Son handicap informatique constitue donc une juste compensation.

Le Floc'h libère le combiné.

— C'est quoi, cette fois ?

Il connaît déjà la réponse.

— Rien ! proteste Hadrien. Je l'ai allumé et tout s'est éteint.

Il sait que, pour leur bien à tous deux, le brigadier a mis le haut-parleur.

— Tout quoi ?

Hadrien hésite.

— Tout… L'écran, le moteur…

— Essayez de le rallumer !

Un silence puis :

— Il refuse de marcher.

Derrière Le Floc'h, on se retient de rire.

— Débranchez et rebranchez, demande patiemment Le Floc'h.

Silence.

— Non, la machine ne s'allume pas.

Grand soupir du brigadier.

— Ne touchez à rien, je passerai dans la journée.

Il raccroche et, derrière lui, on se lâche, on se gausse.

— Hadrien, répète-t-on. Avec un *h* !

— Mais non ! Faut dire « une » !

— Dis donc, la Bécane, tu crois qu'il a pris sa *h* pour démarrer son ordi ?

Une porte s'ouvre dans le couloir, des talons résonnent sur le carrelage. On se précipite à son bureau, on se plonge dans les rapports, on prend son téléphone.

Une haute silhouette s'encadre dans la porte de la salle.

— Mesdames, messieurs, bonjour !

Le commandant Édouard Gambais, qui fait sa quotidienne tournée des popotes, désigne par ce « mesdames, messieurs » plutôt ses sujets que des individus d'un sexe ou d'un autre. Il affiche avec élégance ses cinquante-huit ans : cheveux gris coupés-brushés à la perfection, costume gris, cravate bleue et chemise blanche du bon faiseur. Le commandant Gambais porte sans affectation sa rosette de la Légion d'honneur à la boutonnière de ses costumes sur mesure, sa garde-robe parisienne qu'il termine à Brest. On devine l'homme habitué aux salons et aux discussions à mots feutrés. Sa carrière ? La brigade financière à Paris. Brillant, il a passé tous les concours haut la main, s'est distingué en haut lieu par son talent à traiter subtilement les affaires délicates et a obtenu, pour sa fin de carrière, le commissariat central de Brest. « Je rentre chez moi », aimait-il à expliquer avant de quitter Paris. En réalité, il a subi les effets d'un changement d'influences à la tête du ministère mais n'en parle pas. Il n'a jamais pardonné de n'avoir pas été promu commissaire divisionnaire.

Pendant toute sa carrière, il n'a eu qu'un mot d'ordre : « Pas de vagues ! » Ceux de ses subordonnés qui ont osé prendre des initiatives voyantes ont été mutés sans pitié. Ne pas faire de vagues, rester discret, savoir à qui rendre service ou pas, égale belle carrière.

À le voir avec son teint hâlé, ses yeux très bleus qui lui donnent – c'est le moins dans sa fonction – un air très innocent, on n'imaginerait pas la ténacité dont il est capable pour mettre hors d'état de nuire quiconque menace sa tranquillité. Cette tournée des popotes, réelle inspection des troupes qu'il entreprend chaque jour à son arrivée, jette toujours un froid sur l'enthousiasme de son équipe. Il le sait et il aime ça.

— Que se passe-t-il ? s'enquiert-il de ce ton débonnaire qui ne trompe que les naïfs.

— Tout va bien, commandant, répond la Bécane. C'est seulement le capitaine Fox qui a des ennuis informatiques.

Édouard Gambais est-il dupe ? Il soupire, dévisage le brigadier Le Floc'h pendant deux secondes intenses…

— Mais vous allez régler le problème dès ce matin, n'est-ce pas ?

— Oui, commandant. Je termine une ou deux paperasses et je descends au port.

Doudou, comme l'équipe l'a surnommé, hoche la tête d'un air mi-satisfait, mi-fâché, qu'il sait très efficace.

— Bien, je compte sur vous. Bonne journée à tous !

Sur quoi, il tourne les talons, sort de la salle, traverse le couloir et pousse la porte de son bureau. La pièce est aussi triste que le reste de l'hôtel de police. Reconstruit après la destruction de la ville à la fin de la Seconde Guerre mondiale, ses murs de pierre grise se dressent sur plusieurs niveaux derrière une grille et un portail métallique qui mériteraient une sérieuse remise en état. L'intérieur n'est guère plus accueillant et le mobilier témoigne d'une certaine mauvaise volonté. Le commandant Gambais a tenté de l'arranger en accrochant – plus précisément : en faisant accrocher – des reproductions de tableaux qui ne risquent pas de faire de vagues, elles non plus : une vue du port de Brest au XVIIe siècle, une autre au XVIIIe siècle, et deux encore au XXe siècle. La plus récente, une aquarelle, porte la signature d'un peintre de la marine qu'il se flatte de compter au nombre de ses relations. L'original orne le bureau de son domicile. Il a également fait venir de la maison familiale au Conquet une table de travail en acajou dont personne ne voulait mais qui, restaurée avec soin, produit un bel effet. Enfin, le commandant Gambais s'est offert un confortable fauteuil pivotant grâce auquel il peut énerver ses subordonnés. Faire tourner son fauteuil de façon à croiser ostensiblement ses longues jambes minces chaussées et chaussettées avec goût lui procure un plaisir dont, depuis sa lointaine nomination au grade de commandant à la brigade financière, il ne s'est jamais lassé.

Doudou se sait bel homme, feint de l'ignorer et en joue sans scrupule, sauf là où on l'attendrait : avec les femmes. Sa carrière en aurait pâti, il l'a toujours su. Il a donc, à vingt-huit ans, choisi avec soin une épouse, fille d'un officier de marine devenu, depuis, amiral. Sibylle Gambais, cadette des Toulbatel de Keraudren, a donné le jour à deux beaux enfants, un garçon et une fille prénommés Tanguy et Marie-Haude. Le commandant se considérerait volontiers comme un homme comblé. Tanguy enseigne le droit à Paris-Dauphine, Marie-Haude possède un doctorat en histoire et un autre en ethnologie. Hélas, la belle et brillante Marie-Haude préfère vivre en Amazonie et défendre la cause des Amazoniens. Exotisme assuré, vie originale mais choix peu apprécié par la hiérarchie, où rampe un embarrassant soupçon de gauchisme. Quand Marie-Haude ne manifeste pas pour l'Amazonie et ses habitants, elle fait campagne avec Greenpeace. Évidemment, ce léger parfum d'aventure et d'audace rebelle ne manque pas d'un certain chic dans les dîners, mais quand même !

Doudou soupire, repense à sa carrière au sein de la brigade financière, à son confortable bureau dans un bel immeuble parisien… Aux soirées si bien fréquentées que donnait Sibylle, dont les connexions familiales à Brest permettent encore d'organiser des dîners plaisants avec le maire, le préfet, quelques amiraux et artistes bien élevés.

S'il n'y avait pas eu au ministère certains changements hostiles le concernant, il n'aurait sans doute pas demandé à terminer sa carrière chez lui, dans le Finistère. Cela devait arranger la hiérarchie : dès que le poste s'est libéré, on le lui a gentiment offert. Comment refuser ? Mais il regrette la simplicité de ses dossiers : des chiffres, rien d'autre. La seule et magnifique vérité des chiffres !

Il soupire à nouveau : encore deux ans à éviter les vagues et à supporter cet horrible local avec ses troupes de choc.

Vivement la retraite !

Sur le port de Brest, dans le bureau occupé par Hadrien dans le commissariat dont il a la charge, l'ordinateur gît, écran noir, moteur muet.

Un cri aigu retentit.

— Pôv' type ! Bonjour, cocu ! Poliiiiice !

— Je t'en prie, le Che, tiens-toi bien ! Ce n'est pas le moment de me distraire.

Le mainate d'Hadrien, vexé par la réprimande, se tourne dans sa cage et se soulage. Son premier propriétaire l'a mal éduqué. Il l'a également mal nommé. En dépit de toute sa patience, Hadrien n'a jamais réussi à changer son nom. Il a tout tenté : en français, en breton, en anglais, en italien, en grec et en latin ! Rien. Le Che ne répond qu'à son irrespectueux nom de baptême. Tout le poste soupçonne ses plumes noires de dissimuler un redoutable maître chanteur.

— Inutile de jouer les incompris, reprend Hadrien. J'ai mes rapports d'intervention à rédiger.

Gémissement du Che. Il a toujours été dépressif, une des raisons pour lesquelles Hadrien l'emmène tous les matins au poste de police. L'oiseau parleur ne doit surtout pas rester seul, explique-t-il à qui l'interroge sur la présence de cet auxiliaire peu réglementaire.

— C'est important, reprend Hadrien. Il y a eu de la bagarre à la sortie d'un restaurant, cette nuit. Nous avons un blessé à l'hôpital, comprends-tu ?

Le Che soupire, un des premiers bruits qu'il a su imiter, et se tourne à nouveau de façon à voir Hadrien qui lui sourit.

— Bien, voilà qui va mieux, mon cher !

Tout en parlant, le capitaine Hadrien Fox a sorti son stylo à plume et le papier spécial rapports.

Bien droit sur sa chaise, il commence de son écriture stylée : « 15 juin 201... »

Il a commencé sa journée à huit heures et salué l'équipe de nuit qui s'apprêtait à partir. Le commissariat ouvre à neuf heures et cela lui laisse un peu de temps pour travailler en paix. Il tient à rédiger lui-même les rapports d'incidents nocturnes. Rares sont les nuits où rien ne se passe sur les ports, qu'il s'agisse du commerce ou de la plaisance, à Moulin-Blanc. Seul le port militaire échappe à sa compétence. Mais les quais brestois, ce sont des restaurants, des bistrots, l'animation de la criée, celle de la gare maritime qui assure les liaisons avec les îles ou la presqu'île de Crozon. Quant aux soirs de concert à la Carène, pourquoi, se demande-t-il toujours, les jeunes boivent-ils autant ?

Le mot juste lui vient aisément, il se sent à l'aise avec la rédaction de ces rapports qu'il aime brefs et précis. Les faits, les informations utiles, cela suffit. C'est tout ce que le commandant Gambais lui demande : des faits, des informations sans ambiguïté, pour établir des statistiques propres. Il le répète régulièrement : « Des statistiques propres, messieurs ! Je veux des statistiques propres ! »

Doudou applique fermement son credo – ne pas faire de vagues – à ce seul petit souci : avoir des statistiques « plus propres que propres » !

Hadrien termine le rapport dans les délais et, satisfait, contemple son œuvre. Pourquoi se priver du plaisir d'écrire à la main quand il en a le temps et qu'il ne s'est rien passé de notable ? Dès lors qu'il prétexte une panne informatique, ses rapports manuscrits passent sans difficulté.

La journée commence bien. La petite horloge Art déco posée sur le meuble de classement derrière lui frappe dix coups. Le dernier coup résonne encore dans le bureau d'Hadrien lorsqu'on frappe à sa porte. Le lieutenant Maïwenn Le Gad, vingt-cinq ans, une des plus jeunes de sa promo de Cannes-Écluse (à l'École Nationale Supérieure de la Police), tireuse d'élite, passe la tête.

— Bonjour, capitaine !

Sa tignasse rousse donne l'impression qu'un soleil vient d'apparaître.

— Bonjour, lieutenant ! Entrez, je vous prie. Désirez-vous un café ?

— Avec plaisir, capitaine, répond Maïwenn. Voulez-vous que je m'en occupe ?

— Si cela ne vous ennuie pas ?

Hadrien aime le café, mais pas n'importe lequel, et pas préparé n'importe comment. Dans un coin de son bureau impeccablement rangé et nettoyé, il a une petite table en Formica où trônent une bouilloire électrique et une cafetière à piston en verre à côté d'une boîte en métal décoré style Napoléon III, roses peintes sur fond noir. Il y range son paquet d'arabica Tapachula Chiapas. Il a appris à son lieutenant à ne pas utiliser d'eau bouillante et à vérifier avec un thermomètre qu'elle ne dépasse pas 82 °C avant de la verser sur la mouture. Quant à la mouture, elle se fait dans un minuscule moulin à main au début de la journée, pas avant ! C'est leur moment à eux, celui pendant lequel ils vérifient que les tâches à accomplir l'ont été puis se concentrent sur le travail à venir.

Hadrien évoque rapidement son rapport sur les incidents de la nuit, puis ils reprennent une conversation commencée la veille : ils divergent sur l'interprétation d'un point de procédure proposée dans un article d'une revue juridique. Tous deux aiment le droit, le fait qu'il fournit un cadre protecteur à leur action. Ils partagent également l'amour de la voile et de la plongée. L'expérience a prouvé à Hadrien qu'il peut compter sur elle. Elle n'est pas très grande mais ses yeux noisette dissimulent une volonté de fer alliée à une intelligence brillante. Rien n'arrête le lieutenant Maïwenn Le Gad.

Le temps de déguster une tasse du délicieux café mexicain, ils ont fait le tour des questions à traiter. Ils formulent tous deux, très hypocritement, des vœux pour que Le Floc'h dépanne rapidement l'ordinateur d'Hadrien. Maïwenn préfère ne pas s'en mêler et prétexte une allergie à la technologie. C'est un mensonge. Ils le savent tous les deux mais puisque cela permet à la Bécane de s'aérer...

— Dernière chose, capitaine. Préférez-vous parler vous-même de sa tenue à notre stagiaire ou voulez-vous que je m'en charge ?

Hadrien sourit.

— Oui, il a fait fort, ce matin, confirme Maïwenn.

— Envoyez-le-moi ! Merci, lieutenant.

Le lieutenant stagiaire Kevin Ledut oublie de frapper avant d'entrer, s'en rend compte alors qu'il ouvre déjà la porte, hésite puis toque avec une petite grimace.

— Excusez-moi, capitaine...

— Bonjour, lieutenant.

— Oups ! Oui, bonjour, capitaine. Vous vouliez me voir ?

Hadrien retient une forte envie de rire.

Sous son regard, Kevin Ledut se sent dans ses petits souliers. Il sait comment se comporter en face de n'importe quel loubard mais le capitaine le désarçonne. Hadrien Fox vient, pour lui, d'un univers inconnu. En cet instant précis, il a l'impression que son supérieur le déshabille du regard et se trouve soudain terriblement décalé. À vingt-trois ans, grand et brun avec des cheveux rasés sur les côtés qui mettent en valeur son nez un peu de travers – souvenir d'une mémorable bagarre –, il s'habille comme il en a l'habitude : jean usé et tee-shirt, mais pas n'importe lequel, un tee-shirt collector Breizh Punishers qui découvre largement ses avant-bras ornés de magnifiques et larges tatouages de style bracelet tribal. Rien que cela aurait suffi mais il a eu la mauvaise idée de garder son clou d'oreille en faux diamant.

— Lieutenant, je ne vous empêcherai jamais de porter ce que vous voulez hors du travail, mais pas pendant ! J'attends de mon équipe qu'elle présente une image impeccable où que nous soyons appelés.

Kevin tente de se défendre :

— Mais, capitaine, j'habite toujours chez mes parents et, dans la cité, si on apprend que je suis flic avant qu'ils aient pu déménager, on va tous avoir des embrouilles.

Hadrien comprend mais ne se laisse pas attendrir.

— Dans ce cas, gardez une tenue correcte ici, vous vous changerez en arrivant et en repartant.

— À vos ordres, capitaine !

— Merci, lieutenant. Aimez-vous le café ?

Hadrien en sert lui-même une tasse à Kevin, qui en profite pour poser la question qui le tenaille depuis quelques instants.

— Capitaine, pour aujourd'hui, je peux rester comme ça ?

Hadrien fait mine d'évaluer la situation puis se dirige vers son placard.

— Je garde toujours ici quelques vêtements propres, on ne sait jamais. Regardez, j'ai un tee-shirt qui devrait vous aller.

Il tend un simple tee-shirt noir à Kevin qui le place devant lui. Les deux hommes font à peu près la même taille.

— Gardez-le, lieutenant, ce sera le premier de votre garde-robe de travail. Et, surtout, enlevez votre boucle d'oreille ! D'abord, ce n'est pas le style de mon commissariat, ensuite cela représente un risque supplémentaire de blessure en cas d'accident ou de bagarre.

— Bien, capitaine. Merci pour le tee-shirt et pour le café, c'est du bon !

Hadrien secoue la tête tandis que le lieutenant sort de son bureau. Il a envie de rire parce que la vitalité du gamin des cités devenu flic le réjouit, mais il se sent aussi navré de voir tant de talent, car son stagiaire en a, en partie gâché par la faute à pas de chance. Naître dans un de ces milieux qu'on appelle défavorisés n'offre pas un départ facile dans la vie. À lui d'aider son lieutenant à dépasser son handicap social.

Il est déjà dix heures et demie. Hadrien est en retard pour faire le tour des lieux et prendre des nouvelles de toute l'équipe. Comme le commandant Gambais, il veut savoir ce qui se passe chez lui. Par contre, sa tournée n'a rien à voir avec celle de son supérieur. En dépit de ses bizarreries, personne ne le craint. On le respecte, parfois même on l'aime. Il vous met sur les nerfs mais pas sur la défensive, bien au contraire. Les membres de son équipe se sentent en confiance avec lui, et lui avec eux. Et, comme aux hommes, il donne leur grade aux femmes du poste. Jamais il ne se permettrait de les appeler par leur prénom, même quand il les connaît depuis longtemps. À la rigueur, il utilise le nom de famille tout seul, comme pour les hommes.

Il est d'ailleurs en train de s'enquérir de la bronchite du petit dernier d'Anne Quéméneur, la gardienne de la paix qui fait l'accueil, quand le téléphone sonne. L'horloge accrochée au milieu du mur indique dix heures quarante-cinq.

— Ici la sécurité d'Océanopolis…

2

Mardi 15 juin, 10 h 45.

La gardienne de la paix Quéméneur vient de décrocher le téléphone. Elle écoute quelques instants.

— Ne quittez pas ! Capitaine ?

Hadrien, qui s'éloignait déjà, fait demi-tour.

— Capitaine, c'est la sécurité d'Océanopolis. Ils sont embêtés parce qu'ils auraient trouvé un doigt dans un aquarium. Vous prenez dans votre bureau ?

Hadrien considère un instant la digne mère de famille qui lui fait face et s'interdit de lui demander si elle a bien entendu. Cet appel ressemble à une blague, mais si ce n'est pas le cas…

— Dites-leur qu'on vient jeter un coup d'œil. Nous passerons par l'entrée du personnel. Mais qu'ils ferment déjà la salle concernée.

Il fait beau, lui aussi a envie de prendre l'air.

— Le brigadier Le Floc'h passera dans la matinée pour réparer mon ordinateur, ajoute-t-il.

Anne Quéméneur lui répond d'un grand sourire. Presque tout le monde est au courant de l'arrangement grâce auquel Le Floc'h peut s'échapper de temps en temps, comme quelques autres de ses collègues, sous des prétextes variés.

— Compris, capitaine !

Hadrien remonte le couloir, peint d'un vert pâle un peu raté, vers le bureau de Maïwenn. Les locaux sont neufs et fonctionnels mais la déco laisse à désirer.

— Lieutenant Le Gad ! On va à Océanopolis. Vous emmenez le lieutenant Ledut, je vous précède.

Aussitôt debout, Maïwenn glisse dans son sac la tablette qui lui servira à prendre des photos, à noter les constatations et, s'il le faut, à effectuer des recherches sur l'internet.

— Lieutenant Ledut ! On ne traîne pas, claironne-t-elle. N'oubliez pas qu'un bon stagiaire doit me suivre partout !

Elle ignore ce qui motive ce déplacement et n'a pas cherché à en savoir plus. Hadrien Fox lui fournira toutes les informations voulues au bon moment. Elle récupère à l'accueil les clefs d'une voiture banalisée alors que la moto d'Hadrien s'éloigne déjà vers le premier rond-point où elle prend la direction d'Océanopolis. Maïwenn et Kevin embarquent dans la vieille Mégane blanche de service.

— Vous voulez que je conduise ? propose Kevin.

— Non, tu sais très bien que tu n'es pas habilité à conduire un véhicule de service tant que tu es stagiaire.

— On met le gyro ?

— Non, lieutenant. Vous n'avez pas le droit de faire joujou avec le matériel de l'administration !

Elle s'installe avec autorité au volant.

Son stagiaire la fait rire mais elle ne le lui montrera pas. Formée par Hadrien, elle apprécie le formalisme et la rigueur qu'il a introduits dans leurs rapports pendant les heures de travail. Avant ou après, on peut se tutoyer, faire la fête, faire du sport ensemble, tout ce qu'on veut tant qu'on ne crée pas de scandale. Kevin, habitué à plus de familiarité, à d'autres codes, saura-t-il s'adapter à cette règle ? Elle l'ignore encore mais parie volontiers sur sa réussite. Elle le soupçonne d'être plus fin qu'il n'y paraît au premier abord.

— Ce n'est quand même pas la première fois que tu vas sur site sans le gyro ou la sirène ? relance Maïwenn.

Les deux lieutenants se tutoient quand ils ne sont pas en présence de leur capitaine ou d'autres collègues.

— Non, répond Kevin avec une moue frustrée. J'adore les utiliser ! Dans la cité où j'ai grandi, on courait quand on vous voyait approcher…

Dans le soleil du matin, les immeubles neufs construits depuis quelques années à la place des sinistres vieux bâtiments brillent de toutes leurs vitres.

— On ne devrait pas en avoir pour plus de quelques minutes, à cette heure-ci, remarque Kevin.

— Exact ! Tu connais bien Océanopolis ?

— Je n'y suis jamais allé, avoue-t-il.

— Comme de nombreux Brestois…

— On n'avait pas les moyens et, quand je suis entré à l'école de police, je n'en ai plus eu le temps.

Que répondre ?

Quelques ronds-points rapidement négociés, et ils s'engagent à petite vitesse dans l'avenue bordée de palmiers qui mène à l'entrée du centre. Sur les parkings réservés, les cars de touristes ont déjà déversé leur lot de visiteurs. Sur la gauche, la plage de Moulin-Blanc, précédée par les pontons du port de plaisance. Et, derrière, le pont de l'Iroise qui s'envole, fort de ses haubans, au-dessus de l'Élorn. En face, les rochers de Plougastel resplendissent dans la lumière du matin.

— Qu'est-ce qu'on serait mieux sur l'eau, soupire Maïwenn.

— Quand est-ce que tu m'emmènes ?

— Quand tu auras appris !

— T'as qu'à m'apprendre !

— Inscris-toi à l'école de voile et on en reparlera. De toute façon, on arrive. Au boulot, lieutenant !

Hadrien les attend près de l'entrée du personnel où il a garé sa moto. Il est en conversation avec un agent de sécurité taillé en montagne et vêtu du gilet « Océanopolis Brest » que porte tout le personnel. Il salue les arrivants :

— Loïc Le Gall, à votre service. Mon chef m'a chargé de vous conduire sur les lieux. Il nous y rejoindra.

Suivi des trois policiers, il se fraye un chemin au milieu des visiteurs qui râlent, ceux qui ont dû évacuer la salle, selon l'ordre donné par Hadrien, comme ceux qui n'y étaient pas encore entrés. Une barrière à ceinture rétractable et deux agents leur barrent le passage. « Quoi ? Le pavillon Tropical est fermé ? Mais je suis venu exprès pour ça, c'est honteux ! »

Mais les agents ne laissent passer que Loïc Le Gall et les trois policiers, entraînant un nouveau concert de protestations. Les collègues de Loïc s'époumonent en vain.

— Mesdames, messieurs, nous vous demandons quelques minutes de patience. Il y a un petit problème sur l'un des bassins, ce sera bientôt réparé.

Dans le pavillon Tropical, les deux lieutenants se mettent aussitôt à l'œuvre, Maïwenn donnant ses instructions à son stagiaire. De son côté, Hadrien s'empresse d'aller voir la trouvaille du plongeur. Aucun doute possible. Sortant une pochette transparente de sa poche, il y glisse le doigt avec toutes les précautions possibles puis redescend dans la salle des visites.

— Lieutenant Le Gad ? Je vous confie ça. Il y a une sorte de petite aile au bout de l'ongle. Pensez-vous qu'on puisse en tirer quelque chose ?

— Honnêtement, je ne pense pas. Ces piercings s'achètent pour trois fois rien sur internet. Pour trois euros, on en a toute une série. Ça va être impossible de déterminer où il a été acheté.

Il lui tend la pochette à scellés où elle note la date, l'heure, le lieu et le nom d'Hadrien Fox dans la case « officier de la police judiciaire » et la photographie avec sa tablette avant de la déposer dans la mallette qu'elle a apportée.

Hadrien interroge encore une fois Loïc Le Gall.

— Monsieur Le Gall, qui a accès à cet aquarium ?

— Le responsable du pavillon, les soigneurs, le vétérinaire et les plongeurs chargés du nettoyage des vitres.

— Hommes ou femmes ?

— Les deux mais, de toute façon, on plonge rarement sans gants.

La conclusion s'impose : la présence de ce doigt ne s'expliquera pas simplement. Que s'est-il passé ici ?

Il est temps d'informer le procureur de permanence. Aujourd'hui, c'est Marianne Camara, une nouvelle venue précédée d'une excellente réputation.

— Je n'en sais pas plus pour l'instant, madame la procureure.

Même si la féminisation des noms de fonction le heurte, il se plie à l'usage officiel. La fonction que l'on occupe, pour lui, n'est pas l'identité d'une personne. Une jeune avocate qui tenait à être « avocat » lui avait demandé : « Si l'on dit avocate, faudra-t-il dire "Maîtresse X" ? » Les pièges de la langue…

Arrivée à Brest depuis quelques mois seulement, Marianne Camara fait sensation. D'abord, parce qu'elle est femme et africaine, ensuite parce qu'elle possède une beauté rare. Toutefois, pour Hadrien qui ne l'a croisée jusque-là que dans deux affaires mineures, son intelligence, sa culture, son humour décalé et sa voix bien timbrée constituent des qualités autrement intéressantes, sans même parler de sa compétence.

Il la rappellera dès que l'histoire sera décantée mais il préfère toujours ouvrir le parapluie. La célèbre pluie brestoise lui suffit ; il ne va pas, en plus, se faire doucher dans son boulot !

Maïwenn, qui en a profité pour joindre le service de police technique et scientifique, lui lance un regard interrogateur.

— C'est la nouvelle, dit-il.

— Tant mieux. On travaille bien avec elle, pas comme avec qui vous savez.

Le regard de Kevin passe de l'un à l'autre mais il n'ose pas demander l'identité de « qui vous savez ». Il restera sur sa faim.

— Capitaine, reprend Maïwenn, voulez-vous qu'on sécurise la salle ?

— Avec le passage qu'il y a déjà eu depuis ce matin…

— Je peux aller chercher la rubalise dans la voiture, propose Kevin.

Il court déjà, pressé de montrer son efficacité. *Attendrissant*, pense Maïwenn qui, d'un geste de la main, le stoppe dans son élan.

— Inutile, Ledut, la barrière du service de sécurité suffira. Allez plutôt surveiller…

Elle s'interrompt pour répondre au téléphone puis raccroche avec un sourire satisfait.

— Capitaine, la PTS nous envoie Armelle Martin et Maxime Prieur.

— Décidément, nous avons de la chance, ce matin.

Ils apprécient tous deux le capitaine Martin et le lieutenant Prieur pour leur professionnalisme, certes, mais aussi pour leurs qualités humaines.

La voix grave et puissante qui retentit derrière eux les fait sursauter. L'influence apaisante du lieu leur a fait oublier quelques instants la raison de leur présence.

— Hadrien, comment vas-tu ?

Le directeur vient d'arriver. Les deux hommes se connaissent, ils ont des relations communes et il leur arrive de se retrouver dans des soirées.

Hadrien remet tout de suite les pendules à l'heure. Il n'est pas là pour faire des risettes à Philippe Langlois mais pour éclaircir une affaire qui lui semble mal partie. Les laissant à leur échange, Maïwenn rejoint Kevin.

— Vous restez en surveillance près de l'endroit où la chose a été repérée. La Scientifique voudra y faire des prélèvements. Et puis, on ne sait jamais, peut-être apercevrez-vous un autre indice…

— Vous croyez ?

Du coin de l'œil, Maïwenn a noté la présence d'une chaise dans un renfoncement de la salle.

— Asseyez-vous, dit-elle au stagiaire en la lui apportant. Vous ne serez pas distrait par vos crampes.

— Moi ? Mais je n'ai pas de crampes !

— Pas grave, contentez-vous de me dire : « Merci, lieutenant ! »

Riant sous cape, elle rejoint Hadrien. L'éclairage très étudié de la salle lui va bien, remarque-t-elle. Son hâle de début de saison prend une nuance dorée et ses yeux paraissent encore plus bleus. Il est beau, le capitaine Fox ! Elle en regretterait presque qu'ils soient trop amis pour penser à autre chose.

— Monsieur Langlois, est en train de dire Hadrien, ravi de vous voir, nous avons besoin de vos lumières.

— Bien sûr !

Un peu vexé, Langlois, mais plein de bonne volonté. Il se sent pris entre deux feux. Normalement, à Océanopolis, c'est lui qui règle les questions de sécurité. De plus, c'est la première fois que la police y entre. Il a l'impression d'avoir failli à sa tâche.

Inconscient des doutes qui assaillent Langlois, Hadrien poursuit :

— Comment un reste humain a-t-il pu arriver là ?

— Je l'ignore ! Il vaut mieux en discuter avec le responsable du pavillon.

Le Gall, qui se tient quasiment au garde-à-vous un peu à l'écart, ne perd pas une miette des événements. Il est prié de trouver un certain Patrick Corre.

— Je l'ai déjà averti, monsieur. Il ne devrait…

Il n'a pas le temps de terminer sa phrase. Un petit bonhomme à la silhouette maigre et l'air furieux entre d'un pas pressé par une porte qu'Hadrien n'avait pas remarquée.

— Je pensais vous trouver ici, monsieur Corre, remarque Langlois.

— Je suis en RTT jusqu'à la fin de la semaine ! rétorque l'intéressé d'un ton sec.

Alors, qu'est-ce qui justifie qu'on me dérange pendant mes rares congés ?

— Un simple doigt, répond paisiblement Hadrien.

— Quoi ? Et vous, qui êtes-vous ? Vous ne faites pas partie du personnel.

— Capitaine Hadrien Fox, et voici le lieutenant Maïwenn Le Gad, ainsi que le lieutenant Ledut qui surveille la salle.

Patrick Corre s'arrête un instant, l'air interloqué, pour dévisager les policiers.

— Il faudrait…, commence Philippe Langlois.

Patrick Corre ne l'entend même pas.

— Ah ! dit-il sans cesser son examen. Je suppose que c'est sérieux, alors. Que puis-je faire pour vous ?

Il n'échappe pas à Hadrien qu'il s'est surtout adressé à Maïwenn. Amusé, il fait signe au lieutenant d'intervenir. C'est vrai qu'avec ses vingt-cinq ans, sa tignasse rousse rassemblée en une grosse natte, ses yeux verts et sa silhouette de sportive, le lieutenant ne passe pas inaperçue. Brillante, une des plus jeunes de sa promotion, elle a retenu l'attention d'Hadrien qui s'est réjoui qu'elle reste sous ses ordres à la fin de son stage. Il a, plus d'une fois, admiré sa façon de combiner autorité et compréhension.

— En fait, il a été repêché par un plongeur, explique-t-elle. D'après ce que j'ai compris, il se trouvait à peu près là…

Fasciné, Patrick Corre la regarde au lieu de s'intéresser à l'endroit qu'elle désigne.

Le lieutenant Le Gad sait mettre les gens dans sa poche. Certains de ses collègues, aussi intelligents qu'elle, jouent trop facilement de la main de fer sans gant de velours, au risque de faire dégénérer des situations qu'elle réussit souvent à apaiser.

— Un doigt, dit-il enfin. Pas bon pour mes poissons, ça. J'espère qu'il n'y a rien d'autre.

— Précisément, reprend-elle, nous nous demandions…

Elle n'a pas le temps d'ajouter « comment s'en assurer ».

— En combinaison, dit-il.

— Et comment…

« Comment a-t-il pu arriver là ? »

— Impossible !

Il est télépathe ou juste très malin ? se demande le lieutenant Le Gad. Elle tente de le prendre de vitesse et insiste :

— Aucune chance pour qu'il soit tombé ou ait été jeté dans l'aquarium de l'intérieur ?

— Par qui ? Quelqu'un qui veut se faire remarquer ? On y va, vous plongez ? Il y a une combi qui devrait vous aller.

— Ce serait avec plaisir, dit-elle, mais ce sera le travail de la police scientifique.

Patrick Corre, qui s'éloigne déjà vers la porte de service par laquelle il est entré, se retourne d'un bloc en entendant la fin de la phrase de Maïwenn, qui reprend :

— Puisqu'il s'agit d'un morceau de corps humain, nous devons laisser les techniciens de la Scientifique s'en charger. Ils ne tarderont pas.

— Quoi ? Personne n'y va sans moi !

— Ne vous inquiétez pas, le rassure Maïwenn, nous avons besoin de vous.

Philippe Langlois blêmit. Il vient de comprendre que le pavillon Tropical restera fermé plus longtemps qu'il ne l'avait cru. De son côté, toujours furieux, Corre le fusille du regard.

— Faut leur montrer les plans pour qu'ils comprennent, lui jette-t-il. Cette chose n'a pas pu arriver par le système de filtrage.

En voilà deux qui ne s'aiment pas follement, note Hadrien. Une piste ? Un vulgaire acte de malveillance pour bloquer l'accès au pavillon et blâmer Corre ? Ou désir de nuire à Langlois ?

— Ah, non ! proteste ce dernier. C'est impossible, on les garde secrets. Vous vous rendez compte, s'ils circulaient, toutes les possibilités de sabotage ou même d'attentat éco-terroriste ? De toute façon, cela ne dépend pas de moi mais du directeur.

— Alors, faites-leur visiter les coulisses pour qu'ils comprennent ! jette encore Corre.

— Nous le ferons, de toute façon, puisque le doigt se trouve à l'étage, intervient Hadrien. Je demanderai à voir les plans en cas de besoin, avec une réquisition si nécessaire.

Soulagé, Langlois interpelle l'agent de sécurité.

— Loïc, vous pouvez retourner à votre poste, nous n'avons plus besoin de vous, mais avant de partir, apportez-nous deux chaises et deux cafés.

Langlois ajoute à l'intention d'Hadrien :

— Le temps que votre équipe arrive, autant patienter avec un minimum de confort, n'est-ce pas ? Savez-vous ce qui m'étonne le plus ? Que ces gosses aient repéré ce doigt dans un pareil environnement.

Hadrien entend bien : si seulement ces sales mouflets n'avaient rien vu ! On n'aurait pas tout ce chambardement, un jour d'affluence qui plus est !

— Monsieur Langlois, nous ne restons pas ici. Nous montons à l'étage. Il est temps de s'occuper de la pêche du jour.

Il accompagne sa plaisanterie d'un petit sourire destiné à détendre Philippe Langlois.

Maïwenn, qui observe son stagiaire assis devant la paroi transparente, capte le regard d'Hadrien et le lui désigne d'un discret mouvement de la tête. Patiemment, Kevin scrute le sol et les alentours de l'endroit où, leur a expliqué Loïc Le Gall, la chose a été repérée. On sent qu'il tente d'explorer les masses d'eau, au cas où un autre élément suspect y baignerait.

— Quelque chose, lieutenant ? lui demande Hadrien.

— Non, capitaine, mais il y a des endroits où l'on voit mal.

— De toute façon, fait remarquer Maïwenn, avec le passage de la matinée et toutes les petites mains qui ont dû se balader sur la vitre…

— Bien ! Le Gad, je vous laisse faire les premières constatations.

Loïc Le Gall les rejoint à cet instant, son talkie-walkie à la main.

— Capitaine, il y a des gens pour vous à la porte. Ils ont dit « PTS ».

— Parfait, amenez-les ici, s'il vous plaît. Ensuite, nous n'aurons plus besoin de vous que pour relever vos empreintes. Merci, monsieur Le Gall.

PTS ? Langlois n'ose pas demander de quoi il s'agit puis se souvient d'une série télé : police technique et scientifique. Quelle poisse, mais quelle poisse !

— Vous pensez que je pourrai rouvrir le pavillon avant la fin de la matinée ?

Hadrien secoue la tête et prend l'air navré qui s'impose.

— Tout dépendra de la procureure. Dans l'immédiat, cette salle est une scène de crime potentielle.

Sans s'asseoir ni boire un café dont il n'a pas envie, Hadrien examine la salle où il se trouve. Une fois de plus, il s'émerveille du spectacle mais aussi de l'ambition qui a présidé à la création des immenses aquariums. Ballet hypnotique, éclat des peaux bleutées, magie de ce monde sous-marin qu'il explore régulièrement avec son club de plongée, dont fait partie Maïwenn. Un mouvement l'arrache à sa contemplation. Il entend à peine Philippe Langlois s'exclamer : « Ah, je crois que ce sont vos collègues ! », pas plus qu'il n'a entendu ses tentatives d'engager la conversation.

Hadrien présente rapidement les deux techniciens. Langlois semble de plus en plus consterné de voir la salle envahie par d'autres gens que des visiteurs.

— Bonjour, capitaine !

— Bonjour, capitaine Martin. Bonjour, lieutenant Prieur.

Ils se connaissent : toujours le club de plongée.

Les nouveaux venus posent déjà leurs mallettes d'intervention dans un coin de la salle. Maxime Prieur enfile une combinaison blanche tandis qu'Armelle Martin prend le sac contenant ses affaires de plongée.

— Armelle ?

— Ah, bonjour Maïwenn ! J'ai apporté la glacière que tu m'as demandée. Tu as le doigt ?

Maïwenn lui tend la pochette scellée qu'Armelle place dans une petite glacière. La conservation de l'indice dans le froid évitera ou, du moins, ralentira sa détérioration.

Philippe Langlois suit le tout avec intérêt.

— Vos subordonnés doivent-ils obligatoirement savoir plonger ? demande-t-il à Hadrien. Ou bien est-ce un hasard ? Vous-même, j'ai cru comprendre… On m'a dit…

Pas à l'aise, Philippe Langlois !

— Ce ne sont pas mes subordonnés, répond Hadrien d'un ton sec.

— Mais cette femme sait réellement…

Macho, en plus ?

— Oui, elle est excellente.

Langlois s'est rendu compte de sa sottise.

— Désolé, tout cela me dépasse et je ne sais plus ce que je dis.

En effet, pense Hadrien.

— Capitaine, intervient Maïwenn, n'oubliez pas M. Corre.

— Je l'appelle, dit vivement Langlois. Le connaissant, poursuit-il avec un faible sourire, il sera aux anges. Il n'apprécie rien tant que de bons plongeurs. Prenez garde qu'il n'essaie pas de vous la chiper pour sa propre équipe !

— Vous vous entendez bien, M. Corre et vous ?

Langlois n'a pas vu venir la question et se trouble un instant. Il n'a pas l'habitude qu'on lui parle aussi directement.

— Non, nous nous tapons réciproquement sur les nerfs. Il méprise l'aspect administratif de ma tâche et son indifférence envers la hiérarchie m'exaspère. Cela ne m'empêche pas d'admirer son travail. Sans lui, ce pavillon ne serait pas ce qu'il est.

Hadrien connaît suffisamment Langlois pour savoir qu'il ne ment pas. Il lui sourit enfin.

— J'ai encore besoin de vous quelques instants. Le lieutenant Prieur va prendre vos empreintes…

— Mais… Comment pouvez-vous croire…

— Calmez-vous, sourit Hadrien. C'est la procédure habituelle. On relève les empreintes de toutes les personnes qui se sont trouvées, à un moment ou à un autre, sur une potentielle scène de crime. Cela nous permet de les éliminer de la liste des suspects.

Il s'est permis ce demi-mensonge pour éviter de rendre certains dîners compliqués et s'autorise à revenir au mode « cher ami ». Il s'en veut un peu de maltraiter Philippe Langlois, qui est quelqu'un de bien, et se promet de l'inviter à prendre un verre pour compenser son attitude. Mais il se trouve peut-être au début d'une enquête criminelle et refuse que des relations personnelles faussent son jugement. S'il ne maintenait pas une certaine distance, tôt ou tard, cela se produirait. Il restera donc distant aussi longtemps que nécessaire.

— Ne vous inquiétez pas, monsieur Langlois, tout ira bien. Dès que nous aurons fini ici, je vous libérerai. À présent, je vous laisse avec le lieutenant.

— Et les enfants ? demande Langlois d'un ton inquiet.

— Qu'en avez-vous fait ? veut savoir Hadrien.

Philippe Langlois se tourne vers l'agent de sécurité, qui répond d'une voix crispée :

— Nous les avons installés au self-service avec un jus de fruit mais ils sont en train de mettre le personnel sur les nerfs et de gêner les visiteurs. Si vous pouviez les faire tenir un peu tranquilles…

Haussement d'épaules découragé. Cette armoire à glace n'hésiterait pas devant un taureau furieux mais, face à une bande de gamins surexcités, il craque !

— Nous nous en occupons, dit Hadrien en retenant un fou rire.

Entre-temps, Patrick Corre les a rejoints et Maïwenn lui a présenté sa copine Armelle Martin. Quelques mots d'explication l'ont convaincue de le laisser plonger avec elle. « Vous avez l'habitude du milieu sous-marin, a-t-il dit, mais pas des aquariums et de leurs installations. Vous risquez d'abîmer quelque chose ou de vous blesser. »

La technicienne a fini par accepter ses arguments, à condition que Patrick Corre n'essaie pas de l'aider à faire les prélèvements qu'elle jugera nécessaires. C'est son travail à elle et elle sait comment le faire, bien compris ? Maïwenn n'a pas besoin d'explications pour comprendre de quoi il s'agit. Armelle saura repérer les indices éventuels et les récolter sans les abîmer.

— Lieutenant Ledut ? Vous ne bougez pas d'ici. Vous guiderez le capitaine Martin quand elle sera sur site.

Ravi d'être chargé d'une telle responsabilité par sa collègue, Kevin se fige devant l'aquarium.

À l'étage, dans le vestiaire, les deux plongeurs finissent de s'équiper. Maïwenn aide Armelle à enfiler sa combinaison, vérifie avec elle son équipement ; la sacoche accrochée à sa taille tient bien, les pochettes à scellés qu'elle contient ne risquent pas de s'échapper. Quand Patrick a fini de s'habiller, il les guide dans les coulisses du centre par un large couloir blanc qui les mène en haut de l'aquarium. Guillaume les y attend.

— Salut, Guillaume ! dit Patrick Corre.

L'un après l'autre, Corre en premier, ils vont s'asseoir sur la plate-forme de mise à l'eau où ledit Guillaume vérifie à nouveau leur équipement et les aide à enfiler les harnais de leurs bouteilles. Un épais fil en Nylon bleu les reliera à Guillaume et à Maïwenn qui resteront en surveillance au bord du bassin. Cette dernière regarde, envieuse. Elle aurait aimé plonger avec eux, vivre cette expérience inhabituelle. Peut-être que si elle en parle à ce drôle d'homme qui la regarde avec tant d'intérêt…

Ils entrent dans l'eau en douceur, presque sans éclaboussures ni bruit. Patrick Corre se déplace sans effort, ses pieds bougent à peine. Il a dû être un poisson dans une autre vie, pense Maïwenn, tant il semble à l'aise. Le suivant, Armelle se glisse délicatement entre les longs rubans d'algues, les rochers et les poissons. Quelques-uns, curieux ou familiers, s'approchent comme pour la flairer. Puis Maïwenn perd de vue les deux plongeurs. Hadrien et Kevin doivent les voir, eux.

À l'étage du dessous, se désintéressant de Prieur, qui inspecte la salle avant de passer à l'étage, Hadrien s'approche dès qu'il aperçoit les plongeurs. Armelle Martin évolue avec souplesse, se laisse frôler par les poissons, chatouille une étoile de mer, visiblement prend plaisir à cette aventure inattendue. À ses côtés, Patrick Corre se déplace tranquillement, en habitué des lieux. Quand Armelle Martin arrive à l'endroit où le doigt a été récupéré, Corre empêche quelques poissons de s'approcher et de troubler la vision de la plongeuse. Avec des gestes précautionneux, la technicienne examine le sol et les rochers de la zone. Il lui reste à faire quelques prélèvements. Croyant qu'elle a terminé, Patrick Corre rebrousse chemin mais, ne voyant pas Armelle à ses côtés, il redescend et la trouve, une éprouvette à la main, en train de prélever de l'eau et des débris divers.

— C'est vraiment la meilleure, commente Hadrien.

Maxime Prieur sourit.

— Oui. Elle finira ingénieure. Nous préparons le concours ensemble…

— Bonne nouvelle, mais je regretterais votre départ si vous étiez tous deux nommés ailleurs.

Sans transition, il ajoute :

— Vous avez trouvé quelque chose ?

— Non, rien de suspect. J'ai également observé la partie supérieure du bassin. J'ai relevé une minuscule trace de sang non loin de la plateforme de mise à l'eau. Un moucheron écrasé, peut-être. Rien d'exploitable. Je testerai toute la zone au luminol quand il n'y aura plus personne.

Hadrien a déjà travaillé avec Maxime Prieur et le traite volontiers d'obsessionnel. Il revient dix fois au même endroit s'il estime possible d'y relever le plus minuscule indice. Cela lui a valu une certaine réputation. Au début de sa carrière, alors qu'on s'apprêtait à classer un décès comme suicide, il a déniché des traces de sang là où personne n'avait cherché, sous la tondeuse à gazon. Du moins est-ce la légende la plus connue à son sujet.

Tandis que Maxime Prieur tape ses premières notes sur son ordinateur portable, Hadrien apprécie les quelques minutes de silence dont il dispose avant le retour d'Armelle et de Maïwenn.

Une porte claque, elles reviennent.

— Capitaine, dit Armelle, je n'ai rien vu d'autre.

Philippe Langlois et l'agent de sécurité ouvrent de grands yeux. Ils assistent en direct à ce qu'ils n'ont, jusqu'alors, vu qu'à la télé ! La technicienne range dans sa mallette les éprouvettes qu'elle a placées dans des pochettes à scellés fermées par une bande adhésive rouge. Les deux hommes sont trop loin pour y lire la mention « police nationale – scellé ne pas ouvrir », à quoi s'ajoutent les deux lettres RF de chaque côté. Elle note ensuite la date, le lieu, le numéro que Maïwenn lui donne et écrit « Hadrien Fox » dans la case « nom de l'OPJ », nom de l'officier de police judiciaire en charge.

— Je croyais qu'on utilisait de la cire, murmure Langlois.

Hadrien se retourne vers lui. La question a fait surgir en lui le souvenir de ses débuts quand, en l'absence du sceau officiel, ses collègues et lui utilisaient une ancienne pièce de cinq francs dont ils imprimaient le relief dans la cire fondue à l'aide d'un briquet. Le système favorisait les fumeurs… Retenant un sourire, il se contente de répondre à Langlois avec sa courtoisie habituelle :

— Cela se pratique encore mais on passe depuis peu à des moyens plus modernes, comme ces étiquettes adhésives de sécurité.

Puisqu'on trouve les informations sur internet, il n'hésite pas à fournir d'autres explications.

— On ne peut pas les ouvrir sans laisser de traces. La mention « ouvert » apparaît sur le sachet.

Cela laisse Philippe Langlois songeur.

— Tout le monde peut en acheter ?

— Oui, mais pas avec les mentions officielles !

— On peut les personnaliser ?

— Oui.

La réponse est sèche. Hadrien veut bien lui donner quelques détails mais il n'est pas là pour ça. Le cher Philippe n'a qu'à ouvrir son ordinateur !

De leur côté, Armelle et Maxime finissent de ranger leur matériel.

— Je suppose que tu as la température de l'eau ? demande Maxime.

— Oui, d'après Patrick Corre, elle reste en moyenne à 16 °C. J'ai quand même vérifié.

Mallettes bouclées, ils se redressent, lourdement chargés.

— Nous avons terminé, capitaine.

La voix d'Armelle dissipe le bref énervement d'Hadrien.

— On y va. Je vous adresse mon rapport dans l'après-midi mais, pour les résultats d'analyse…

— Je sais, vous devez envoyer les prélèvements au labo de Nantes et ils sont débordés…

Elle rit et Prieur soupire.

— Je leur demande de faire un miracle ? dit-elle. D'accord, comme d'habitude ! Mais cela ne devrait pas traîner : une voiture part en ce moment avec d'autres scellés. Votre collègue s'arrête ici pour récupérer notre récolte.

Hadrien effectue un rapide calcul : trois heures pour arriver au laboratoire qui travaille pour la police. S'ils lancent l'analyse tout de suite, il aura le résultat demain dans l'après-midi. Bien joué !

— Merci, capitaine Martin, merci lieutenant Prieur ! À plus tard.

Il se tourne vers le directeur.

— Monsieur Langlois, je vous libère. Je vous appellerai si j'ai encore besoin de vous.

Si cela peut vous consoler, vos visiteurs se réjouiront peut-être d'avoir assisté à un événement imprévu. À présent, nous allons voir les enfants. Merci pour votre aide. J'appelle la procureure. Si elle est d'accord, vous pourrez très vite rouvrir.

Il ignore totalement si c'est vrai mais tient à mettre du baume sur les blessures de Langlois. Le temps d'un bref rapport à Marianne Camara, Hadrien raccroche et tend la main à Langlois avec un grand sourire.

— Feu vert pour la réouverture ! Vous pouvez ôter votre barrière. À bientôt, Philippe, et dans de meilleures circonstances, j'espère.

Il n'en faut pas plus à Langlois pour retrouver son assurance. Il serre vigoureusement la main tendue.

— Avec plaisir ! Loïc Le Gall va vous montrer le chemin.

En effet, quelques instants plus tard, l'agent de sécurité est de retour.

— Je vous laisse avec mes lieutenants, ils vont recueillir le témoignage des enfants.

Un grand soupir lui répond.

Le capitaine est déjà loin quand ses lieutenants arrivent au self-service. Maïwenn s'amuse à l'idée de livrer son stagiaire aux jeunes fauves. Ils découvrent, en effet, une scène « à vous dégoûter d'avoir des enfants », dira-t-elle plus tard à Hadrien. Les trois instituteurs semblent avoir renoncé. Comment faire tenir tranquilles une trentaine de jeunes enfants dans ces conditions ? Mais un petit miracle se produit. Très à l'aise, Kevin s'installe au milieu d'eux et commence à leur parler de son métier. Quelques instants suffisent à ramener un peu d'ordre. Maïwenn prend conscience d'avoir négligé un détail : la voix de son stagiaire, une voix basse, ronde, assurée mais douce.

— Votre collègue devra m'expliquer sa technique !

L'homme qui vient de lui parler s'est levé.

— Erwan Berrou, dit-il. Voici mes collègues, Coline Verlinde et Fanchon Quinta.

— Pouvez-vous me raconter ce qui s'est passé ?

En quelques mots, l'instituteur relate la découverte, les hurlements et le jus de fruit offert par Océanopolis.

— C'est mon fils qui a donné l'alerte, conclut-il.

Paméla s'est déjà lassée d'écouter Kevin, qui ne s'intéresse pas qu'à elle. Elle s'approche, suivie de quelques autres, pour savoir ce que veut « la dame ». Après un examen critique de la crinière flamboyante de Maïwenn – couleur vraie ou fausse ? –, elle déclare :

— Moi, je sais !

Sa déclaration, faite sur le ton aigu qui la ferait reconnaître à des kilomètres, déclenche un concert de « ouaiiiis, tu sais rien, t'es trop bête, t'es trop moche ! ». Sidérée par tant de méchanceté, Maïwenn se dresse de toute sa hauteur et toise les enfants. L'un après l'autre, ils se taisent. Les trois instituteurs sourient sans rien dire.

— Je suis le lieutenant Le Gad, annonce Maïwenn avant de se pencher vers Paméla. Tu sais quelque chose ? Quoi ?

Mais la malheureuse est en larmes et refuse de dire un mot. Maïwenn en conclut que, non seulement elle n'en tirera rien dans ces conditions, mais qu'il n'y a sans doute rien à en tirer. Comment une petite fille de huit ans disposerait-elle de la moindre information sur ce doigt mystérieux ? Elle se contente de relever les identités des trois enseignants et, à tout hasard, celle de Paméla qui se sent, soudain, très importante. Paméla Prigent, fille de Nadine Prigent, de père inconnu.

— Je pense que je peux vous libérer, dit-elle à Erwan Berrou. Bonne visite !

3

Hôtel de police de Brest
Mercredi 16 juin, 10 heures.

— Vous auriez dû m'appeler immédiatement !

Le commandant Édouard Gambais fulmine.

— Le directeur fait partie de mes relations ! Je veux être informé du moindre développement de l'enquête.

Hadrien attend paisiblement la fin de la petite scène que lui joue son supérieur. Quand ce dernier se calme enfin, il en profite.

— J'ignorais que vous fussiez liés. L'eussé-je su, je vous aurais entretenu de l'incident sans tarder.

C'est habituel entre eux : face à Gambais, Hadrien adore se servir de modes de conjugaison compliqués. Il sait qu'ils sont appréciés à leur juste valeur sans que rien permette à Gambais d'affirmer que l'on se paie sa tête… Et pourtant !

— Hélas, je ne dispose pas du moindre élément nouveau. Un doigt apparemment féminin a été récupéré dans l'un des aquariums d'Océanopolis et nous attendons les résultats des analyses. La chance veut que le laboratoire de Nantes soit un peu moins surchargé que d'habitude. Ils ont promis de se montrer aussi diligents que possible. Armelle Martin a de bonnes relations avec eux et leur a expliqué la situation.

Édouard Gambais balaie la suite d'un élégant geste de la main dans le style d'un chef d'orchestre symphonique.

— Très bien, très bien, je vous fais confiance. Mais attention ! Pas de vagues, je ne veux pas de vagues ! Il s'agit de la première attraction touristique de Bretagne, nous ne pouvons pas nous permettre un scandale. Votre procureure a donné l'autorisation de réouverture, n'est-ce pas ?

— Oui, dès hier. Nous n'avions pas la moindre chance de découvrir un quelconque indice matériel sur place.

Au mot « matériel », le commandant a dressé l'oreille. Il se lève, fait quelques pas dans son bureau, s'arrête devant Hadrien.

— À quoi pensez-vous ? Une complicité…

— Je me garderai d'avancer une quelconque hypothèse avant d'avoir reçu les résultats des analyses. Le doigt est resté dans l'eau un moment et les poissons ont joué avec. Je ne sais pas si l'empreinte digitale sera exploitable. Nous nous trouvons devant un cas des plus complexes. En effet, le système de filtrage de l'eau de mer ne laisserait rien passer d'aussi gros qu'un doigt. Personne ne comprend comment il a pu se retrouver dans un bassin.

Gambais fixe Hadrien quelques instants puis se détourne avec un soupir.

— Espérons… Je compte sur vous, n'est-ce pas ?

— Certainement, commandant.

Hadrien referme délicatement la porte de Gambais. Dans le corridor, on l'attend.

— Alors ?

— Alors quoi ? Comme d'habitude.

— Pas de vagues ? chuchote le brigadier Le Floc'h.

Autour d'eux, on n'ose pas rire ouvertement. Le commandant a l'oreille fine.

Clin d'œil d'Hadrien.

— À part ça, reprend le brigadier, vous n'avez plus de problème d'ordi ?

— Non, pas pour l'instant.

Hadrien traduit, avec justesse, la grimace de la Bécane comme l'expression d'un regret. Il sait qu'on se moque de lui mais il a aussi compris que Le Floc'h, comme les autres, a besoin de souffler, par moments. Descendre au port leur apporte un peu de l'oxygène qui leur manque sous la férule de Doudou Gambais. Tous les prétextes sont bons, à commencer par une panne informatique fantôme. Tout le monde y trouve son compte : ceux qui « doivent » descendre au commissariat du port et lui qui en profite pour se tenir au courant de ce qui se passe à l'hôtel de police.

Il s'apprête à leur dire au revoir quand son mobile vibre. Message d'Armelle Martin. « Le labo tente l'extraction de l'ADN. Rapport officiel sous quarante-huit heures. » Rien d'officiel dans l'immédiat ? Rien à transmettre à Gambais. Cela restera entre la technicienne et lui.

À l'extérieur, il est surpris par la bruine. Une heure plus tôt, un beau soleil régnait dans un ciel d'été. Climat brestois ! Climat toujours changeant qui offre les quatre saisons en une seule journée. Mais on avait besoin d'eau. Bienvenue à la bruine !

Un train vient sans doute d'arriver car il y a de la circulation au rond-point devant la gare.

Peu importe, Hadrien n'a pas envie de se dépêcher. Il aime prendre le temps de s'arrêter à un stop un peu plus longtemps qu'il ne faut pour le simple plaisir de regarder la tour de la gare – classée aux Monuments historiques ! – puis d'admirer le panorama qui se découvre quand on descend la longue avenue Salaun-Penquer jusqu'au port. C'est toute la rade que l'on découvre, avec les trois ports en contrebas : tout au loin, sur la gauche, le port de plaisance de Moulin-Blanc, flanqué des beaux bâtiments blancs d'Océanopolis, et, en arrière-plan, l'élégant pont de l'Iroise qui franchit l'Élorn. À droite, la marina du Château, le nouveau port de plaisance pris sur les terrains de l'Arsenal avec le port militaire à l'arrière. L'ancienne forteresse de Brest, fondée par les Romains et aménagée par Vauban, domine les ports de sa silhouette solide, sa tour ronde semblant veiller encore sur la sécurité de la rade.

Enfin, entre les deux, aux pieds d'Hadrien, le vaste port de commerce, ses quais animés, restaurants, bars, magasins, criée, départs des bateaux pour les îles, bâtiments administratifs, capitainerie, vieux gréements comme *La Recouvrance*, en attente de la prochaine grande fête de la mer qui a lieu tous les quatre ans ; entre cette partie du « port de co » et

Moulin-Blanc, la cale de radoub, les chantiers, les énormes silos de stockage et les grues immenses qui se découpent dans le bleu du ciel comme de géantes sauterelles. Et les immeubles neufs qui ont poussé sur les ruines de bâtiments tristes et gris. Le quartier moderne de Brest se construit ici.

Hadrien soupire, rêve : de l'autre côté de la rade, au-delà de la presqu'île de Plougastel, la longue presqu'île de Crozon se dessine nettement. Il ferait si bon naviguer dans ces eaux par un temps pareil ! En effet, au cours des quelques minutes nécessaires pour arriver au commissariat, le ciel s'est dégagé et il flotte une bonne odeur d'après-ondée. Maïwenn lui fait signe depuis son bureau. Un rayon de soleil qui entre par sa fenêtre fait briller ses boucles d'un roux joyeux.

— Capitaine ? J'ai demandé à Ledut de vérifier avec les collègues des autres commissariats les mains courantes des derniers jours. Deux disparitions ont été signalées, toutes deux concernant l'équipage du *Sea Paradise*.

— Le monstre ?

— Lui-même. Il s'agit de la commissaire de bord et d'un steward. Le monstre ne devait rester qu'une journée mais une légère avarie les a obligés à rester jusqu'à ce soir.

— Quand est-il arrivé ?

— Dans la nuit de dimanche à lundi. En principe, il repartait lundi soir mais il y a eu un départ de feu dans la salle des machines et ils ont dû attendre l'expert des assurances avant de réparer.

— Et ?

— En principe, quand on est commissaire de bord, on ne quitte pas le bateau et on doit rester joignable à tout moment. Or personne n'a revu celle du *Sea Paradise* depuis l'arrivée à quai.

— Injoignable ?

Maïwenn acquiesce de la tête.

— Et l'autre disparition ?

— Un steward. Dans ce cas, on ignore de quand date sa disparition car il n'était pas de service avant dix-neuf heures. Il y a deux équipes qui travaillent par roulement. Il faut pouvoir répondre à une demande des passagers à n'importe quelle heure.

— Qui a signalé leur absence ?

— L'officier de sécurité du *Sea Paradise*.

— Quand ?

— Hier après-midi.

— À l'hôtel de police ?

— Oui, fait Maïwenn, l'air consterné. Elle connaît d'avance la réaction d'Hadrien.

— Ils ne pouvaient pas m'en parler pendant que j'y étais ?

Elle n'aime pas le voir en colère.

— Je vous ai préparé du café, glisse-t-elle discrètement.

Il lui lance un long regard, hésitant entre l'explosion et la reconnaissance.

— Merci, dit-il enfin avec un sourire crispé.

Réfugié dans son bureau, il se reproche déjà d'avoir montré son exaspération. Si Gambais s'occupait un peu plus de ce qui se passe dans son service et un peu moins de ses fichues statistiques, le gardien de service aurait peut-être pensé à évoquer ce signalement à ses collègues du port ! Un officier se déplace pour informer de la disparition d'une personne indispensable à l'organisation du bateau ainsi que celle d'un employé, et cela ne fait ni chaud ni froid au gardien de permanence ?

— Le Che, si tu as envie de te défouler, c'est maintenant ou jamais, grogne Hadrien.

L'oiseau penche la tête, observe Hadrien de son œil brillant…

— Ça va pas, chouchou ?

Hadrien s'en étrangle avec son café. A-t-il bien entendu ? Cet oiseau si mal embouché, qui ne profère jamais que des grossièretés, vient-il réellement de lui dire…

— Ça va pas, chouchou ?

Le Che a récidivé. Hélas, cela ne dure pas.

À peine Hadrien s'est-il approché de la cage que l'animal reprend son vocabulaire habituel.

— Crétin ! Bonjour, cocu !

Tout rentre dans l'ordre, en somme, mais Hadrien le regrette. Le regrette… un peu ! L'épisode a eu le mérite de le calmer. Il termine son café et va rincer sa tasse dans la petite cuisine du commissariat.

Au passage, il hèle Maïwenn.

— Lieutenant ? Avez-vous vérifié la nationalité du bateau ?

— Française, capitaine. Nous avons compétence.

— Parfait ! On y va.

Cette fois, Hadrien monte dans la Mégane de service. Maïwenn prend le volant tandis que Kevin se tortille à l'arrière : manque de place pour ses longues jambes.

Quelques centaines de mètres plus loin, ils s'arrêtent devant le haut grillage qui protège le dock réservé aux bateaux de croisière. Le garde ne leur ouvre qu'après avoir vu les cartes de police et prévenu le *Sea Paradise*. Kevin soupire, lui qui n'a pas encore le droit d'avoir une carte. Il a hâte de terminer son stage et de recevoir sa plaque, le « graal ».

Au flanc du monstre des mers, un officier descend la coupée à vive allure. Hadrien ne se presse pas de descendre de voiture, intrigué par la précipitation de l'homme en uniforme bleu marine qui se fige en les apercevant. De leur côté, Maïwenn et Kevin sont sortis du véhicule en parfaite synchronisation. Le stagiaire prend vite le rythme, pense Maïwenn. Les deux lieutenants attendent qu'Hadrien les rejoigne au pied de la coupée et les annonce.

— Je suis le capitaine Fox, voici les lieutenants Le Gad et Ledut. Nous sommes là pour les disparitions…

L'officier ne le laisse pas terminer :

— Enfin ! Je retournais au commissariat. Nous devons appareiller dans quelques heures mais notre commissaire n'est toujours pas rentrée. Je suis Stéphane Meunier, officier en charge de la sécurité.

— Je viens d'en être informé, rétorque Hadrien d'un ton sec. Si je comprends bien, c'est vous qui avez effectué le signalement ? Parfait, nous montons donc à bord avec vous et vous nous montrez la cabine des disparus. Ce sera un début, non ?

— Excusez-moi, capitaine, je ne voulais pas paraître désagréable mais l'absence de Caroline nous place dans une situation compliquée. Je suis très inquiet et j'ai vraiment eu la sensation de ne pas être pris très au sérieux par votre collègue. Il a même suggéré qu'il pouvait s'agir d'une fugue amoureuse ! Comme si…

Si je tenais le responsable de cette bourde, pense Hadrien. *Ce que l'on fait ou pas au cours des premières heures suivant une disparition détermine en grande partie l'issue de l'enquête, n'importe quel gamin le sait avec les séries télé.*

Hadrien n'a encore jamais visité l'un de ces villages de vacances flottants. Il en va de même pour ses deux lieutenants qui ouvrent de grands yeux. Le navire fait presque trois cents mètres de long et reçoit environ deux mille cinq cents passagers avec quelque huit cents membres d'équipage, navigation et hôtellerie. L'officier de la sécurité leur fait traverser l'espace d'accueil, moquette, boiseries, éclairages clinquants, ascenseurs vitrés à décor or et rouge. Quelques pas dans un passage orné de plantes exotiques et il ouvre avec un passe une porte marquée « réservé au personnel ». L'ascenseur de service vers lequel il les escorte est une simple cabine blanche aux boutons sans fioritures. Il appuie sur celui du premier pont sous le niveau de flottaison. Une légère secousse et la porte coulisse, découvrant un paysage très différent de ce qu'ils ont vu à l'accueil. Tout est peint en blanc, même les sols. Pas de boiseries, du métal. Sur les parois des coursives est régulièrement affiché le plan du navire, pont par pont. Des portes s'ouvrent à intervalles réguliers de chaque côté.

— C'est tout de suite à droite, dit-il.

— Vous êtes entré ? demande Hadrien.

— Oui, bien sûr ! Au cas où elle aurait eu un malaise ou un accident…

— Comment êtes-vous entré ?

— J'ai un passe, évidemment !

— Vous pouvez nous ouvrir ?

L'officier a déjà sorti une carte de sa poche et l'a glissée dans la serrure. Un déclic…

— Vous nous attendez dans le couloir, lui intime Hadrien.

Mentalement, il corrige : *la coursive*, mais il s'amuse à jouer les ploucs. Cet officier d'opérette l'exaspère. Il l'abandonnerait volontiers en tête à tête avec le Che !

Laissant la porte ouverte, il examine les six mètres carrés de la cabine. Tout respire l'ordre et la propreté. Rien ne traîne. Dans son dos, les deux lieutenants n'ont pas bougé. Ils attendent mais Maïwenn s'impatiente.

— Capitaine ? On peut commencer ?

Ils ont fini d'enfiler leurs gants. Compte tenu de l'exiguïté des lieux, Hadrien choisit de leur laisser la place et retourne dans la coursive pour s'occuper de l'officier de sécurité.

— Comment s'appelle votre commissaire ? demande Hadrien.

— Caroline Dalleray. Son père est de Québec, je crois.

— Vous la connaissez depuis longtemps ?

— Je suis arrivé un peu après elle sur le *Sea Paradise*, il y a deux ans. De là à dire que nous nous connaissons bien… Les horaires sont très lourds, vous savez, cela peut aller jusqu'à onze heures par jour ou plus, sept jours sur sept, quand on est en mer. Cela ne laisse pas beaucoup de temps pour parler d'autre chose que du boulot.

— Quel est exactement le rôle d'un ou d'une commissaire de bord ?

— Énorme ! C'est le second maître à bord, si je puis dire. En tout cas, c'est le chef de tout le personnel, hors personnel navigant. Entre autres, Caroline est responsable de la sécurité à bord et je suis son officier sécurité.

— Par exemple ?

— Elle doit assister à l'embarquement des passagers. Les contrôles sont très stricts. Les papiers d'identité sont scannés, les passagers et leurs bagages passent un portique de détection, tout est vérifié. Nous appliquons les mêmes consignes que dans les aéroports. La sécurité de plusieurs milliers de personnes en dépend.

Hadrien commence à prendre la mesure de la catastrophe que représente la disparition de Caroline Dalleray.

— Elle joue également le rôle de directrice du personnel, responsable des approvisionnements, de l'hôtellerie, des animations… En fait, tout ce qui n'est pas la navigation.

En effet, c'est énorme.

Pendant ce temps, Maïwenn et Kevin ont fait le tour des lieux.

— Capitaine ? Sa brosse à dents et ses affaires de toilette sont là. Par contre, aucune trace de ses papiers ni d'un quelconque portefeuille.

— Quand elle descend à terre, prend-elle un sac à main ou met-elle tout dans ses poches ? demande encore Hadrien.

Maïwenn sourit mais ne dit rien. C'est bien une question d'homme ! Les vêtements féminins possèdent rarement des poches assez grandes pour qu'on puisse y loger autre chose qu'un mouchoir. Quant aux vestes, aucune poche intérieure ne permet d'y glisser ses papiers ou son portefeuille.

— Un sac ! répond Stéphane Meunier.

— Elle doit les aimer, intervient Maïwenn.

— Oui, Caroline adore les sacs et les chaussures. Même ici, elle en apporte toute une collection.

Maïwenn hoche la tête. Même si l'officier ne le lui avait pas dit, elle l'aurait compris. L'étroite penderie de la cabine déborde de boîtes de chaussures empilées avec soin et de sacs rangés dans d'élégantes poches en tissu.

— Capitaine, vous devriez voir ça.

Elle s'efface pour qu'Hadrien puisse constater par lui-même : la plupart des grands noms de la maroquinerie de luxe figurent dans cette penderie.

Réprimant un sifflement de surprise, il se tourne vers Meunier.

— Vous saviez qu'il y en a pour une petite fortune ? Elle est aussi bien payée que ça ?

— Je ne sais pas exactement mais cela doit se situer entre trois mille et quatre mille euros. Moins qu'à terre pour de pareilles responsabilités mais ce n'est pas imposable.

— Ah…

Non négligeable mais insuffisant pour s'offrir cette garde-robe de star.

— Donc, résume Maïwenn, Caroline Dalleray a emporté au moins un sac et ses papiers. Mariée ?

— Célibataire, sans enfant. La compagnie évite d'embaucher des gens mariés ou avec des enfants, à cause des complications.

Même s'il s'agit de discrimination, pense Maïwenn, cela se comprend. Certains métiers font des dégâts sur la vie des couples. Quant aux enfants… Tout en photographiant le contenu de la penderie et le reste de la cabine, elle pense à des femmes qu'elle connaît et qui arrivent à tout mener de front. Pour sa part, elle aime son métier avec une passion un peu trop exclusive. Un couple stable, une famille ? On verra plus tard.

— C'est bon, capitaine, dit-elle. À part le coffre, nous avons fini.

— Je suppose que vous ne connaissez pas la combinaison ? demande Hadrien à l'officier.

— Non, bien sûr !

— Lieutenant Le Gad, vous demanderez à notre serrurier habituel de venir.

— Je viens de lui envoyer un message, capitaine, dit-elle en ôtant ses gants.

Hadrien sourit en lui-même : travailler avec Maïwenn est un plaisir quand, comme lui, on préfère l'efficacité aux statistiques bien propres. Sans rien montrer de sa satisfaction, il se retourne vers l'officier de bord.

— Monsieur Meunier, à partir de maintenant, personne ne doit entrer dans cette cabine sans mon autorisation.

— Bien, je donnerai la consigne, mais le personnel de ménage est déjà passé, comme chaque matin.

— Nous devrons les interroger. Vous voudrez bien donner leurs noms au lieutenant Le Gad.

Kevin, qui observe attentivement les faits et gestes de sa collègue, lui glisse à l'oreille :

— Faut pas être claustrophobe !

— C'est vrai que ça manque d'air, répond-elle à voix haute.

Stéphane Meunier s'en vexe et cela s'entend dans sa réplique.

— Les cabinets de toilette sont ventilés dans toutes les cabines du personnel !

Pendant que Maïwenn et Kevin posent une rubalise en travers de la porte, Hadrien reprend la main :

— Le bureau de Mme Dalleray ?

— Il faut remonter au niveau de l'accueil des passagers.

— Il manque un autre employé, non ? intervient Maïwenn.

— Oui, un steward affecté aux passagers des suites.

— Je suppose que sa cabine se trouve par ici ?

Hadrien n'interrompt pas son lieutenant. Elle est plus douée que lui pour faire parler les hommes.

— Un pont plus bas. Si vous voulez bien me suivre…

Ils reprennent l'ascenseur.

Ils sont dans le ventre du monstre, encore plus bas sous la ligne de flottaison. Pas d'air, pas de lumière du jour. Difficile de ne pas se sentir pris au piège ! Meunier ouvre avec son passe une lourde porte, également en métal et peinte en blanc. « Accès interdit, réservé au personnel ». Comme sur le premier pont, les plans du navire, affichés partout, tiennent lieu de décoration.

L'impression d'enfermement s'amplifie quand l'officier sécurité ouvre la cabine du steward avec son passe, après avoir frappé. Deux couchettes superposées, une image carcérale…

— Quelle surface ? s'enquiert Maïwenn.

— Cinq mètres carrés… Je sais !

Stéphane Meunier hausse les épaules.

— C'est comme ça, sur ces bateaux. La compagnie les construit pour transporter des passagers. Le personnel se trouve réduit à la portion congrue, mais on sait à quoi on s'engage quand on signe. On est blanchi et nourri, plutôt bien, mais mal logé. Mais, en faisant attention, on peut mettre presque tout son salaire de côté.

Pour dissiper la gêne, Hadrien reprend les questions.

— Le nom de ce steward ?

— Mathieu Lombard.

Maïwenn note les renseignements sur sa tablette.

— Il nous faudra son dossier complet, dit-elle. Laquelle est sa couchette ?

Elle refuse d'appeler « lit » l'étroit couchage du steward.

— Il faudra demander à son colocataire.

— Vous pouvez nous le trouver ?

L'officier a déjà pris son téléphone.

— Julien ? Tu sais qui partage la cabine de Mathieu Lombard ? Oui, celui qui a disparu… Oui, je sais qu'il est de service mais j'ai une information à lui demander. Maintenant. Trouve-moi ce Tanguy ! Tu sais où il travaille en ce moment, non ? Alors, tu me le dégotes et tu lui dis de m'appeler immédiatement.

Meunier raccroche d'un geste furieux.

— Problème de gestion de personnel ? demande Hadrien d'un ton doucereux.

— Le responsable de l'hôtellerie sur le pont des suites. Il a déjà eu un avertissement et nous avions parlé, Caroline et moi, de le remplacer rapidement. Nous pensions nommer ce Mathieu Lombard, justement, qui donne entière satisfaction.

Son téléphone sonne déjà.

— Tanguy ? C'est laquelle, ta couchette ? Celle du haut ? Donc, Mathieu occupait celle du bas. Son placard ? OK. On te verra tout à l'heure. Oui, la police est là. Merci.

Maïwenn et Kevin sont déjà en train de retourner la literie de la couchette inférieure. Rien.

Au tour du placard. Zut ! Fermé.

— Un passe ? demande Hadrien à Meunier.

L'officier lui tend son passe-partout. Les cartes des portes servent aussi pour les placards.

Tout y est parfaitement rangé. Rangé, oui, mais certains articles étonnent Maïwenn.

— Capitaine ?

Laissant la place à Hadrien, elle se glisse dans la minuscule salle de bains. Kevin, prié d'attendre devant la porte, bout de frustration. Il n'aime pas se contenter de regarder sans agir.

Hadrien, dont le gabarit s'accommode mal de l'exiguïté des lieux, comprend tout de suite ce qui intrigue son lieutenant. À côté de sa tenue de travail de rechange, le dénommé Mathieu Lombard a empilé des chemises de luxe et suspendu deux costumes griffés dans une housse. Une boîte de chaussures porte la marque d'un célèbre bottier. Il y a même plusieurs flacons d'eaux de toilette de luxe. Réplique masculine du vestiaire de la commissaire, à l'exception d'une bouteille d'un whisky ruineux. Hadrien s'en étranglerait : un Mosstowie ! Ce Mathieu Lombard aurait-il consacré un mois de salaire à une seule bouteille de whisky ?

— L'alcool est autorisé ?

— Strictement interdit ! répond l'officier. J'ignorais…

— Il travaille ici depuis combien de temps ? poursuit Hadrien.

— Deux ou trois ans, je vérifierai.

— Salaire ?

— Entre mille et mille deux cents euros.

— Il travaille toute l'année ?

— Non, seulement pendant la saison en Méditerranée.

Hadrien et Maïwenn, qui s'est extirpée du placard-salle de bains, ont fait le même calcul : comme Caroline Dalleray, même s'il ne dépense pas grand-chose, le steward n'a pas pu s'offrir tout cela avec son seul salaire.

— Il nous faudra votre itinéraire, avec les escales, leur durée, etc.

Hadrien se tourne vers son stagiaire qui hausse les épaules.

— Il ne manque rien, capitaine. Il y a deux trousses de toilette, complètes, avec brosse à dents, fil dentaire, tout, quoi !

— Ses papiers ?

Maïwenn répond d'un mouvement négatif de la tête.

— C'est normal, explique Meunier. Les passeports sont confisqués… Je veux dire, mis en sécurité à l'embarquement dans le coffre du commissariat.

— Si quelqu'un veut descendre à terre pendant une escale ?

— Il faut demander la permission et ce n'est pas toujours possible.

— Vous, par exemple ?

— Moi ? Jamais ! Ou presque. Mon équipe doit assurer la sécurité à bord vingt-quatre heures sur vingt-quatre. Cet hiver, je suis exceptionnellement allé à terre parce que nous étions dans un circuit Amérique du Sud. Caroline m'avait demandé de veiller au grain lors des excursions. Nous nous sommes partagé le travail. Il y avait toujours deux autres membres de la sécurité avec nous.

— Vous aviez donc récupéré vos passeports ?

— Oui, et ils étaient remis dans le coffre à chaque retour.

La compagnie doit redouter les défections en cours de croisière, songe Hadrien. À voir leur air dégoûté, Maïwenn et Kevin sont parvenus à la même conclusion.

— Il va falloir reloger ce... Tanguy ? C'est ça ?

— Comme pour la commissaire, cette cabine est interdite d'accès.

— Mais il a besoin de ses affaires ! proteste l'officier.

— Le lieutenant Le Gad se charge de vider son placard.

— Vous nous compliquez le travail...

Laissant Hadrien discuter avec Stéphane Meunier, Maïwenn a fait le tour des biens du dénommé Tanguy. Dans son placard, ouvert grâce à la carte sésame, rien que de très banal : tenue de rechange, linge de marques courantes, jeans et tee-shirts. Rien sous les matelas, non plus, ni sous la couchette du bas hormis deux sacs de voyage, un banal et un luxueux étiqueté au nom de Mathieu Lombard. Vides tous les deux.

Sans hésiter, elle ouvre le premier et y déverse le contenu du placard de Philippe Carsand.

Tandis que Kevin pose la rubalise en travers de la porte, Maïwenn se charge d'appeler les techniciens de la PTS.

— Y a-t-il un endroit tranquille d'où je pourrais téléphoner ? demande Hadrien.

— Bien sûr, à l'infirmerie, si vous voulez. Au commissariat, vous risqueriez d'être dérangé.

L'officier les fait remonter vers le pont qui se trouve juste sous la ligne de flottaison, celui où ils ont visité la cabine de la commissaire. Toujours pas de hublot, bien sûr, mais ils remontent, au moins. Maïwenn jette un coup d'œil du côté de Meunier. Tout ça manque d'air. Hadrien voit Kevin se pencher vers elle et murmurer :

— Je plains les pauvres gars qui bossent aux cuisines !

Ils ont l'air de bien s'entendre, ces deux-là... Hadrien s'en réjouit. En dépit de son éducation à refaire, Kevin est un bon élément. Après tout, lui-même n'a pas toujours parlé latin. Si son parrain et ex-professeur d'histoire, Julien Dargosse, n'avait pas payé ses études, aurait-il quitté la boutique familiale ? Passionné de latin, il lui a transmis le virus. Le capitaine lui doit une culture peu banale et des renseignements de première main sur les préoccupations de ses concitoyens grâce à sa discrète activité : Julien Dargosse officie depuis sa retraite sous le pseudonyme de Robert, conseil en Destin, pour ne pas dire astrologue.

Tandis qu'Hadrien se livre à des réflexions perplexes sur le destin, Stéphane Meunier frappe discrètement à la porte de l'infirmerie, faisant apparaître une brune d'une quarantaine d'années à l'air fatigué mais joliment bronzée.

— Bonjour, Stéphanie, dit-il. La police est venue pour l'absence de Caroline. Ils ont besoin d'un endroit tranquille pour téléphoner. Tu n'as personne, en ce moment ?

— Non, mais...

Hadrien intervient.

— Bonjour, madame, nous n'en aurons pas pour longtemps. Juste un appel à passer.

L'infirmière lui lance un regard curieux puis se tourne vers l'officier sécurité.

— Je vais prévenir le docteur De Brouckère.

— Inutile de le déranger, répond Meunier. À moins que vous ne souhaitiez lui parler, capitaine ?

— Non, nous avons seulement besoin d'un endroit tranquille. Merci.

Sans un mot, l'infirmière sort, Stéphane Meunier derrière elle. Hadrien et ses lieutenants la voient s'éloigner de quelques pas dans la coursive et parler à l'officier d'un ton furieux. Elle n'apprécie pas d'être éjectée de son domaine, même par la police. Tant pis ! Kevin referme la porte tandis que Maïwenn prend rapidement quelques notes sur sa tablette. Hadrien a déjà cherché le numéro de Marianne Camara dans ses contacts.

— Madame la procureure ?

Elle l'écoute résumer ses investigations.

— Deux disparitions inquiétantes et très bizarres, n'est-ce pas ?

— En effet.

— Je suppose que, maintenant, vous voulez parler au commandant de cette passoire ? demande-t-elle. Donnez-moi une demi-heure et j'arrive !

Elle a déjà raccroché mais Hadrien a eu le temps de l'entendre crier à sa secrétaire de retarder le rendez-vous suivant. Son téléphone indique midi et quart. Ce n'est pas encore aujourd'hui qu'ils déjeuneront à une heure normale.

— Monsieur Meunier ?

L'officier patientait dans la coursive, l'infirmière un peu calmée à ses côtés.

— Merci de prévenir l'accueil que la procureure nous rejoint et que je dois en être averti aussitôt. À présent, nous voulons voir le bureau de la commissaire. Merci, madame, ajoute-t-il à l'intention de l'infirmière.

Au grand soulagement de Kevin, l'ascenseur du personnel les remonte enfin au niveau de l'accueil. Dans un sursaut, Stéphane Meunier tente de protester.

— Avant de vous laisser entrer dans le bureau de Caroline, je dois en référer au commandant et à l'armateur. La plupart des dossiers sont confidentiels. Vous n'avez pas besoin d'un mandat pour perquisitionner ?

— Non, pas dans ce cadre. Nous sommes dans un cas de flagrant délit : nous avons constaté deux disparitions inquiétantes. La procureure vous expliquera cela en détail, si vous voulez. Mais prévenez le commandant, nous le verrons avec la procureure.

— Capitaine…

Maïwenn désigne un panneau d'orientation à Hadrien. La direction du bureau qu'ils cherchent y figure clairement. Tournant le dos à Meunier qui parle à toute vitesse dans son téléphone, Hadrien emboîte le pas de son lieutenant, Kevin les suivant en arrière-garde, comme tout bon stagiaire. Depuis qu'ils ont quitté les quartiers du personnel, tout n'est que confort, moquette à grands ramages, soleil, éclairages de toutes sortes, dorures, moulures, et sourires sur tous les visages. Les employés doivent avoir des crampes à la fin de la journée ! Le commissariat de bord ne se trouve pas très loin de l'accueil et, situé au milieu du pont, ne dispose pas de vue sur l'extérieur. Par la porte ouverte, leur parvient une voix de femme. Elle reproche à son interlocuteur la qualité inférieure des légumes fournis et ajoute qu'elle doit en commander à Brest pour les remplacer. Hadrien patiente sur le seuil et, dès qu'elle a raccroché, donne un coup sec sur le battant de bois verni.

— Bonjour !

Le ton change instantanément, tout sucre et miel.

— Que puis-je pour vous ?

La jeune femme s'est levée pour accueillir en souriant ce qu'elle suppose être un client.

— Capitaine Fox…

Hadrien et Maïwenn lui mettent leur carte sous le nez et son sourire s'efface.

— Ah ! Je vois, entrez, je vous prie.

Le commissariat de bord est plus grand que la cabine de sa titulaire mais envahi par des armoires de classement. D'innombrables dossiers contiennent toute l'organisation du bateau. Ici, se règlent toutes les questions d'intendance, de personnel et de sécurité.

— Vous êtes ? demande Hadrien.

— Cassandra Johnson, l'adjointe de Caroline.

Johnson ? Cela explique son léger accent.

— Madame Johnson, avez-vous constaté quoi que ce soit d'anormal, ces derniers jours, si l'on exclut l'absence de Mme Dalleray ?

— Non, je ne vois pas.

Hadrien se tourne vers l'officier qui ne le lâche pas d'une semelle.

— Monsieur Meunier, pouvez-vous nous dire s'il manque quelque chose ?

Depuis le seuil, l'officier examine la pièce avec attention, sans se presser. *Parfait*, pense Hadrien, *nous avons affaire à un homme plus scrupuleux qu'il le paraît. Je commençais à douter de ses capacités.*

— Non, dit enfin l'officier. Il ne manque rien de visible.

Prudent, en plus !

— Assurez-vous que personne n'entre ici non plus.

— Mais nous avons besoin…

— Nous ferons aussi vite que possible, répond Hadrien.

Cassandra Johnson réagit mal.

— Vous ne vous rendez pas compte, nous sommes paralysés si…

Hadrien feint de ne pas l'entendre.

— Monsieur Meunier ? Pourriez-vous conduire la procureure ici dès son arrivée ?

— J'ai déjà demandé qu'un employé l'attende au pied de la coupée pour la faire monter à bord. Le commandant Moreau vous recevra dans son bureau.

À la question qu'il devine, il répond d'avance :

— Il se trouve tout en haut, juste sous la passerelle de commandement.

— Madame Johnson, intervient Maïwenn, nous avons besoin d'une photo des deux disparus.

— Bien sûr, c'est dans l'ordinateur.

— Je vous suis.

Penchée sur l'épaule de la jeune femme, Maïwenn lui donne son adresse de courriel. Elle note ensuite les données indispensables au signalement : date de naissance, taille, couleur des yeux et des cheveux… et, de sa tablette, envoie le tout à un collègue de l'hôtel de police.

— C'est bon, capitaine, l'alerte disparition sera lancée dans quelques minutes et les techniciens viennent de me prévenir : ils arrivent. Voulez-vous que je les récupère à l'accueil ?

— Non, lieutenant, je pense que M. Meunier s'en chargera volontiers.

Voyant l'officier se vexer d'être traité en garçon de courses, Hadrien ajoute en souriant :

— Cela nous permettra de libérer les lieux au plus vite. Sauf si nous trouvions des indices indiquant qu'un crime a été commis…

Il n'a pas résisté : ce décor kitschissime l'exaspère. Et le résultat de sa vanne le réjouit : l'officier sécurité, tout comme l'adjointe de la commissaire, a blêmi. Cassandra semble au bord de l'évanouissement. Kevin, qui en a assez de jouer les transparents sous le prétexte – justifié – d'être en stage de fin d'école, s'empresse, la fait asseoir, lui propose un verre d'eau, se penche sur elle avec sollicitude. Hadrien l'observe du coin de l'œil et décide de lui laisser montrer ses capacités. En effet, son stagiaire est en train de faire parler la jeune femme et Maïwenn écoute avec attention.

— Vous voulez bien répéter tout cela au capitaine Fox ? susurre Kevin en tapotant la main de Cassandra.

Elle fait oui avec la tête mais sa voix tremble.

— Elle m'a dit qu'elle avait une course à faire en ville et qu'ensuite elle irait prendre un verre avec un vieil ami.

— Avait-elle l'air de s'en réjouir ?

— Oui et non… C'était bizarre, elle avait l'air embêtée. Presque inquiète. Je n'y ai pas fait très attention, j'étais occupée à trouver des vols pour les passagers qui préféraient interrompre leur croisière plutôt que d'attendre la fin de la réparation ici.

Enfin ! Enfin, pense Hadrien, *un début de piste*. Les mains dans les poches de sa veste, il se tient droit devant la jeune femme et prend brusquement conscience de la crainte qu'il lui inspire. Elle ne comprend sans doute pas qu'il la fixe ainsi, comme une coupable. Changeant d'attitude, il lui sourit.

— Elle ne vous a rien dit sur ce vieil ami ? lui demande-t-il.

— Non, et quand j'ai voulu en savoir plus, elle l'a mal pris.

— Que lui avez-vous dit ?

— Une plaisanterie sur les marins qui ont quelqu'un dans chaque port. Je ne l'avais jamais vue comme ça, fâchée et… Oui, sur les nerfs comme si elle craignait quelque chose. Je vous l'ai dit, je l'ai trouvée bizarre mais, sur l'instant, je n'y ai pas fait attention.

— Merci, dit Hadrien. Il faudra venir au poste pour faire une déposition.

Cassandra tourne vers Kevin son visage bouleversé.

— Vous croyez qu'il lui est arrivé quelque chose ?

— Nous l'ignorons, répond-il gentiment.

En dépit de la situation, Hadrien s'amuse à voir son stagiaire roucouler. Il a encore une question pour Cassandra, la même qu'il a posée à Stéphane Meunier.

— D'après vous, manque-t-il quelque chose dans ce bureau ?

Le regard de la jeune femme hésite, passe d'Hadrien à Kevin puis fait le tour de la pièce.

— Non, dit-elle enfin, mais Caroline n'a pas l'habitude de laisser traîner ses affaires...

— Vous confirmez donc les déclarations de M. Meunier ?

— Oui, je pense...

On frappe à la porte avec autorité.

— Capitaine Fox ?

Ah ! La merveilleuse voix de Marianne Camara. Il en a des frissons et il la salue en regrettant que le baisemain soit passé de mode. Elle porte même un de ses parfums préférés, *Amazon*, qui semble créé pour elle.

Discrètement, il lui expose en quelques mots le résultat des recherches puis lui désigne Cassandra, qui se lève.

— Bonjour, mademoiselle !

— La commissaire a-t-elle un ordinateur personnel ?

— Il y a son ordinateur de travail, là, sur son bureau, mais elle en a un dans le coffre.

— Vous connaissez la combinaison ? Bien, on va l'ouvrir.

Cassandra, qui se dirige déjà vers le coffre, est stoppée net par un impératif :

— Non, vous ne touchez à rien !

Maïwenn a remis des gants et tape sur le clavier du coffre les chiffres que Cassandra lui dicte à mi-voix.

— Merci, reprend la procureure. Vous pouvez attendre dehors, à présent. Voyons ce que nous avons là…

Sous le regard d'Hadrien et de Marianne Camara, Maïwenn sort du coffre des boîtes de rangement en plastique transparent où s'entassent des centaines de passeports. Certaines portent l'étiquette « personnel ».

— Et un ordinateur ! triomphe Maïwenn.

Elle le pose sur le bureau, à côté des boîtes de passeports.

— On ne touche plus à rien ! déclare une voix virile. Bonjour, madame la procureure, capitaine…

Le duo Armelle Martin et Maxime Prieur est accompagné d'un agent technique qu'Hadrien ne connaît pas. Armelle Martin suit le regard du capitaine.

— Nous avons reçu les renforts, explique-t-elle. Capitaine, voici le lieutenant Lio Hoang.

Lio arrive à peine à l'épaule d'Hadrien et ne doit guère peser plus qu'un oiseau-mouche. Elle fait pourtant beaucoup d'effet avec son regard brillant d'intelligence. Sous ce regard, Hadrien, difficile à déstabiliser en temps normal, se sent mis à nu. Le subtil sourire de Lio achève de le mettre K-O. Il n'y peut rien, il aime les femmes à forte personnalité. Armelle, consciente de l'impact de la jeune femme sur les hommes, prend un air très innocent mais s'amuse beaucoup. Les présentations rapidement terminées, l'équipe technique fait sortir la procureure comme les policiers et commence son travail sous le regard fasciné de Cassandra qui, perchée sur la pointe des pieds, observe tout par-dessus l'épaule de Kevin.

— Monsieur Meunier ? Je crois que c'est le moment de nous conduire chez le commandant.

Hadrien fait passer Marianne Camara devant lui. Les deux lieutenants gardent l'entrée du bureau. Cassandra observe avec un intérêt mêlé d'inquiétude les opérations de l'équipe technique. Relevé d'empreintes, inventaire du coffre, mise sous pochette plastique et scellés de l'agenda de la commissaire, de son ordinateur personnel et de son téléphone. Elle observe en silence, jusqu'au moment où Armelle débranche l'unité centrale de l'ordinateur de bord.

— Non ! Vous ne vous rendez pas compte ! Tout est dedans !

— Désolée, mademoiselle, répond Armelle. Nous vous le rendrons quand nous l'aurons examiné.

— Non, je dois…

Kevin l'écarte en l'entraînant par les épaules dans un geste très protecteur auquel elle ne résiste pas.

— Venez, vous n'y pouvez rien et nous non plus. C'est la procédure.

— C'est impossible ! Comment je fais, moi ?

On la sent au bord des larmes. Kevin, entre la procureure, Cassandra et Lio, ne sait plus où tourner la tête. S'il avait su que son métier réservait autant de bonnes surprises, il l'aurait choisi plus tôt ! Dans l'immédiat, il tente de réconforter la plus proche.

— Vous n'avez pas d'autre ordinateur ?

— Si, à l'accueil, mais…

— Vous pourriez travailler à partir de là.

— Mais les passeports des passagers ? Ils vont tous réclamer leur rapatriement !

— Ils attendront que nous ayons vérifié leur identité.

— Quoi ? Ils sont encore deux mille à bord !

En effet, dans l'espace d'accueil tout proche, retentissent de nombreuses voix, certaines très fâchées, d'autres inquiètes. Derrière son comptoir, la réceptionniste tente de calmer son monde. Cassandra prend lentement conscience de la situation et, comme si la lumière jaillissait soudain dans son esprit, elle tape frénétiquement sur le clavier de son téléphone.

— J'appelle ma responsable chez l'armateur, confie-t-elle à Kevin.

Un échange rapide et elle raccroche. D'un pas décidé, un grand sourire aux lèvres, elle s'installe derrière le comptoir et s'empare d'un micro.

— Mesdames, messieurs ! Pour vous remercier de votre compréhension face à un événement indépendant de notre volonté, la compagnie vous offre une boisson de votre choix dans votre bar préféré ! Je vous rappelle que vous avez le choix entre cinq ambiances différentes où vous attendent des équipes formidables. Si vous avez pris notre carte magnétique, votre consommation sera déduite du montant dû en fin de séjour. Si vous ne l'avez pas, l'accueil vous délivrera un bon valable, lui aussi, dans tous nos bars. Je vous rappelle que les espaces de sport restent ouverts ainsi que le spa, les boutiques et l'espace beauté. Toute l'équipe vous prépare de merveilleuses animations pour la soirée. Nous vous tiendrons informés dès que nous en saurons plus. Les bons seront disponibles dans un petit moment. En attendant, profitez de tout ce que vous propose le *Sea Paradise*.

Le micro refermé, Cassandra pousse un grand « ouf ! ». La réceptionniste, quant à elle, s'inquiète des bons de boisson.

— Où je trouve ça, moi ?

— Tu as une imprimante et un ordinateur, non ? Tu fais un modèle où tu écris « bon pour une boisson au choix », avec la date, le numéro de cabine avec le nombre d'occupants et tu numérotes les bons, histoire de ne pas en donner deux à la même personne. Tu répètes le modèle autant de fois que possible sur une page et tu te sers du massicot. Pour savoir combien en faire, tu déduis de la liste des passagers ceux qui nous ont déjà quittés et ceux qui ont la carte magnétique. Tu verras qu'il ne te restera pas grand monde. Demande à Melody de venir t'aider.

— C'est sa pause…

— Et alors ? Situation exceptionnelle. Dépêche-toi si tu ne veux pas te faire bouffer toute crue par une horde d'assoiffés furieux !

De toute évidence, Cassandra a repris ses esprits. Autorité, débrouillardise, une pointe d'humour… *Pas mal*, pense Kevin qui se sent préposé à sa garde. Sur sa lancée, elle appelle le responsable des animations.

— Tu peux organiser quelque chose en urgence ?

— Karaoké ? Concours de danse de salon ?

— Les deux ! Où ?

— Pont Hugo pour la danse et Dante pour le karaoké.

— Merci !

La jeune femme a déjà repris son micro et annonce les réjouissances.

— Kevin ?

Il sursaute. Maïwenn le rappelle à l'ordre d'un ton décidé.

— Tu rêves ?

— Non, j'écoutais. Tu as entendu ? Ils ont donné un nom d'auteur à chaque pont.

— Pour avoir un alibi culturel, répond-elle sans rire. Avec ce qui se passe sur ce damné rafiot, ça leur en fera au moins un, d'alibi ! Tu m'accompagnes, tonton R'né ne va pas tarder.

Elle a éludé le *e*, à la brestoise.

— Qui ça ? demande Kevin avec curiosité.

— René Simon, mon tonton d'adoption. On se connaît depuis mes cinq ans. Il est serrurier.

En l'attendant, elle étudie avec Kevin la liste des ponts.

— Pas de Mallarmé ? s'étonne-t-elle. Pourtant idéal pour le casino !

— « Jamais un coup de dés n'abolira le hasard… »

Interloquée, elle dévisage Kevin.

— Ça t'étonne ? J'adorais Mallarmé quand j'étais jeune.

— Parce que tu es vieux, maintenant ?

— Oui, plus qu'à quinze ans.

— Ah…

— Et j'ai eu une prof de français formidable. En tout cas, c'est nul, ce décor.

Maïwenn ne peut qu'approuver : cette débauche de dorures et de faux luxe lui donne envie de fuir.

Comme l'officier sécurité passe non loin de là, elle le hèle.

— Monsieur Meunier, nous avons besoin de vous et d'un autre témoin pour l'ouverture du coffre dans la cabine de Mme Dalleray.

— Tout de suite ? Mais…

— Oui, tout de suite. Tenez, la jeune femme là-bas…

— Mais c'est une serveuse !

— Et alors ? Allez la chercher, s'il vous plaît.

Il traîne les pieds mais s'exécute et revient avec une jeune femme d'à peine vingt ans.

— Bonjour, mademoiselle, je suis le lieutenant Le Gad. Votre nom ?

— Manon Descamps.

— Vous êtes française ?

— Oui.

— Majeure ?

— Oui !

— Très bien, je vous réquisitionne avec M. Meunier pour servir de témoins. Cela ne devrait pas être long. Nous attendons le serrurier. Pendant ce temps, allez récupérer vos pièces d'identité, j'en ai besoin. Faites vite, je vous prie !

Tandis qu'ils obtempèrent, Kevin vient se mettre à côté d'elle.

— Maïwenn, pendant qu'on attend, je peux te demander quelque chose ?

— Dis toujours…

— Pourquoi le capitaine porte-t-il un nom anglais ?

— Parce que sa grand-mère a épousé un soldat écossais après la Première Guerre.

— Remarque, s'appeler Renard pour un flic, c'est pas mal. C'est rusé, ces bêtes-là. Et Hadrien ?

— Tu es bien indiscret, le stagiaire.

— Ah, j'y suis ! Le mur d'Hadrien en Écosse !

— Tu vois que tu n'es pas si bête.

— Moque-toi de moi !

— Chut, nos témoins reviennent.

— Ah ! Regarde qui voilà…

Elle fait signe de la main à un homme d'un certain âge chargé d'un sac d'outils. Planté au milieu de l'espace d'accueil, il a l'air perplexe.

— Maï ? Komanksé ?

Pour les non-Brestois, la rapidité de son débit et sa façon d'avaler une partie des mots le rendent incompréhensible.

— Pas mal et toi ?

— Komdab'. Et sékisussi ?

— Kevin. Il est stagiaire chez nous.

— Salut, Kevin, savati ?

— Oui, bafouille Kevin, interloqué par le personnage.

À Paris, au siècle dernier, on aurait parlé d'un titi. René Simon le serrurier est en réalité un tit zef, un authentique « Breswa », une espèce en voie de disparition. Ayant examiné les parages, il se retourne vers Maïwenn.

— Dis donc, mignonne, c'est rien moche, ce sabot !

— Je te dis pas ! Faut descendre, il y a un coffre à ouvrir. Ces deux-là nous servent de témoins.

Maïwenn et le serrurier s'éloignent, pratiquement bras dessus bras dessous, dans une étonnante complicité. Kevin les suit en silence, fasciné par le parler et la dégaine du serrurier. Lui, son argot, c'est celui des cités. Là, il a l'impression d'entendre un langage fossile. Ses parents utilisent ce genre d'expressions, de temps en temps, ils se donnent du « mignon » et « mignonne », mais ils s'habillent « normalement ». Le serrurier ressemble à une caricature avec sa salopette de travail bleu vif, son tee-shirt de la Marine nationale usé jusqu'à la trame et sa cigarette éteinte coincée au coin de la bouche. Mais, sous sa casquette de marin, brillent deux yeux pâles pleins de gentillesse, d'humour et de finesse.

Maïwenn fait ouvrir la cabine par Meunier qui a toujours son passe sur lui et, avant d'entrer, fait signe aux deux témoins de rester à l'extérieur. Elle tend sa tablette à Kevin.

— Lieutenant, vous pouvez photographier leurs passeports ? Merci. Et n'oubliez pas de leur donner leurs convocations pour venir déposer au commissariat.

Voyant l'air affolé de Manon Descamps, Kevin prend le temps de lui expliquer qu'il s'agit seulement de confirmer qu'elle a assisté à l'ouverture de la cabine, ce qui la rassure.

— Si vous n'avez plus besoin de ma tablette… Monsieur Meunier, vous attendez un peu plus loin, merci.

Kevin lui rend sa tablette et éloigne les deux témoins de quelques mètres avant de reprendre à toute vitesse son poste sur le seuil. Il ne veut pas rater sa première ouverture de coffre !

Il ne faut pas longtemps à « R'né » pour découvrir le secret du petit coffre qui s'ouvre avec un doux déclic.

— Tu as vraiment de l'or dans les pattes, soupire Maïwenn. Merci, tonton R'né.

— Yapadkoi !

Mais il est fier de voir sa 'tite Maï devenue un grand flic, même si les flics, il ne les aime pas trop.

La ‘tite Maï a remis ses gants et, après avoir photographié l’intérieur du coffre, en glisse le contenu dans une pochette à scellés : des liasses de billets et deux passeports. Elle compte rapidement l’argent, note la somme sur la pochette puis les deux passeports et la ferme.

— Et voilà, on peut remonter !

Revenu au niveau de l’accueil, le serrurier touche sa casquette à l’intention de Kevin.

— Salut, mon gars. À une autre fois.

Il s’éloigne, escorté vers la sortie par Maïwenn qui le quitte en l’embrassant gaiement sur la joue. Elle revient l’air réjoui.

— Un numéro, non ? dit-elle à Kevin. Je l’adore. C’est l’homme le plus gentil au monde et le meilleur des serruriers.

— Je ne pensais pas qu’on pouvait ouvrir un coffre aussi vite.

— Oh, c’était un facile, celui-là ! j’aurais pu le faire moi-même.

— Tu sais…

— Bien sûr, il m’a appris ! Viens, je me demande où en est la Scientifique chez la commissaire.

Les deux témoins se sont éclipsés.

Plus haut, sur le dernier pont avant la passerelle, le commandant Moreau reçoit la procureure et Hadrien dans son bureau. Là, on baigne en pleine lumière. Tout est en bois rouge et cuivres luisants. On se croirait sur un ancien voilier. L'ordinateur portable dernier cri qui occupe un angle de la table de travail rappelle pourtant qu'il s'agit bien du XXIe siècle… Cela respire l'ordre et la propreté. Hadrien ne résiste pas et se dirige vers le vaste hublot qui donne sur bâbord.

De là – à quelle hauteur peut-il être ? plusieurs dizaines de mètres au-dessus du niveau de la mer, c'est certain –, on domine les ports. Hadrien s'accorde quelques secondes pour profiter de la vue panoramique : il n'a jamais vu sous cet angle le port de commerce et le port de plaisance – territoire dont il a la responsabilité –, ni la montée vers la gare, ni la falaise qui se dresse derrière le port, gagné au siècle précédent sur la mer, ni le quartier qui s'étage entre le port et la gare, mélange de maisons avec vue sur la rade et de petits immeubles. Tout en haut, la gare et sa tour classée. Il y a du blanc, du vert, du rose aussi, et du gris. Et la route, le long des quais, où défilent des dizaines de voitures, noires, rouges, blanches, bleues, aux dimensions de jouets.

Marianne Camara est en train d'expliquer au commandant qu'elle ne peut le laisser repartir tout de suite, bien que les réparations soient terminées. L'enquête doit suivre son cours. Un échange un peu vif s'ensuit : l'armateur n'appréciera pas de perdre autant d'argent car, c'est clair, les passagers devront tous être rapatriés aux frais de la compagnie. L'escale brestoise devait durer moins de vingt-quatre heures. Or le *Sea Paradise* est immobilisé depuis trois jours.

— Je dois en référer à l'armateur, insiste le commandant d'un ton courtois mais très ferme.

On ne sait trop ce qu'il espère : amadouer ou intimider la procureure. En fait, il ne sait pas comment se comporter avec cette femme au profil de reine égyptienne et à la peau brune. En temps normal, il la draguerait sans hésiter mais elle a le pouvoir d'immobiliser son navire… La sonnerie d'un téléphone, celui d'Hadrien, l'arrache à son dilemme.

— Oui ? répond le capitaine. Ah ! D'accord, on arrive. De toute façon, on a terminé, ici.

Au niveau de l'accueil, il retrouve son équipe et les techniciens qui sont en train de ranger dans l'une de leurs mallettes le matériel de relevé d'empreintes. Armelle Martin finit de lister les pièces saisies.

— Armelle, dit Lio Hoang. Je fais un dernier tour des tiroirs.

Rapide mais précise, la jeune femme ouvre et referme les tiroirs du bureau, y passant la main dans tous les sens. Son expression insatisfaite intrigue Maïwenn.

— Vous cherchez quelque chose ? demande Kevin.

À peine sa question formulée, il se mord les lèvres. S'il n'avait pas compris sa sottise, un vigoureux coup de coude dans les côtes le lui aurait fait savoir. Maïwenn le regarde d'un air atterré. Son regard dit clairement : « Mon pauvre garçon, tu es idiot ou quoi ? Ou bien c'est elle qui te rend complètement crétin ? » Par chance pour Kevin, Lio semble n'avoir rien entendu, trop concentrée pour s'apercevoir de quoi que ce soit. Elle vient de se glisser sous le bureau où elle tâtonne avant d'émerger avec un sourire de triomphe. Elle se remet sur ses pieds d'un seul élan, brandissant un carnet à bout de bras.

Sans un mot, elle le tend à Maïwenn qui l'ouvre et en tourne quelques pages. Des noms de ports, des chiffres, des initiales…

— Bravo, Lio, dit-elle en lui rendant le carnet qui disparaît aussitôt dans une pochette transparente.

Lio scelle ensuite la pochette plastique et y note les mentions obligatoires.

— Je note qui pour l'OPJ ?

— Hadrien Fox, répond Armelle Martin.

— La victime ?

— On ne sait pas encore.

L'équipe quitte enfin le bureau, passe sous la rubalise tendue dans l'ouverture et ferme la porte.

4

Au pied de la coupée, Hadrien s'apprête à saluer Marianne Camara mais elle lui pose une question qui le désarçonne :

— Capitaine, pouvez-vous m'expliquer ce qui se passe de spécial à Brest avec les hommes ? C'est l'air marin, une tradition, ou quoi ?

Sans voix, il la dévisage.

— Vous avez tous les yeux qui traînent, ajoute-t-elle, et ça doit être contagieux, au vu du comportement du commandant Moreau !

Hadrien rame comme un fou, à la recherche d'une réponse intelligente, humoristique, mais parfaitement polie... Échec ! Il bredouille lamentablement :

— Je ne sais pas, madame... Je n'avais pas remarqué...

Le petit rire de Marianne Camara ajoute à son trouble.

— Rien remarqué ? Ouvrez les yeux, capitaine, et vous comprendrez de quoi je parle. J'attends votre rapport.

Elle est sérieuse ou bien elle se paye franchement sa tête ? Perplexe, il la regarde partir au volant de sa Mini de citadine. On en voit peu à Brest. Il ne s'étonnerait pas de la voir bientôt changer pour un modèle plus pratique quand on vit au bord de la mer et qu'on aime les sports nautiques. Quoique… Il ignore si elle pratique un sport, même s'il l'imagine volontiers en train de choquer les écoutes sur *Nessie*, son voilier, ou même de le barrer. Son voilier à lui ! Mais il se secoue. Le temps n'est pas aux rêveries, aussi plaisantes soient-elles. De plus, il y a dans sa vie une Juliette Marec qui n'apprécierait peut-être pas la situation. Elle tolère à peine sa complicité avec Maïwenn, qu'elle sait pourtant en couple avec un agent de voyages. Hadrien se masse pensivement la nuque. Il se sent bien avec Juliette, il aime son intelligence, ses jolis seins, sa drôlerie et le sérieux avec lequel elle pratique son métier de journaliste. Leur histoire dure depuis un an. Mais… Sa jalousie le gêne. Il trouve insultant qu'elle ne lui fasse pas confiance. Si quelque chose le retient de passer à une relation plus installée, c'est bien cela.

Il a horreur du mensonge et se froisse de ce qu'on puisse l'en soupçonner.

Le trajet, en ce début d'après-midi, s'effectue en quelques minutes. Maïwenn, qui a repris le volant, se garde de briser le silence du capitaine et, sagement, Kevin l'imite. Ce n'est qu'au moment où elle coupe le contact qu'Hadrien reprend vie.

— On dépose le matériel et on va casser la croûte chez Malou.

Kevin se réjouit déjà mais, une fois poussée la porte du commissariat, il comprend que son déjeuner vient de s'envoler. L'espace d'accueil est en ébullition et les deux gardiens de service débordés.

— On se calme !

La voix puissante du capitaine ramène le silence en un instant. Ne restent que les bredouillis râleurs d'un clochard.

— Jobic ? Qu'est-ce qui t'arrive ?

— Ah, c'est toi, enfin ! Tes arpettes, là, y veulent pas m'écouter. Pourtant, je l'ai vu, le type qu'a pris le canot' des AffMar. Tu vas pas me mettre au trou pour ça. C'est pas possib', c'te monde.

— Tu vas me raconter ça, mais dans quelques minutes.

Hadrien se tourne vers la femme qui se bouche le nez derrière son comptoir d'accueil.

— S'il vous plaît, auriez-vous la gentillesse d'aller chercher des sandwiches pour Jobic et pour moi ?

Maïwenn et Kevin qui viennent d'entrer ajoutent en chœur :

— Pour moi aussi !

— Vous leur demanderez de mettre le tout sur la note, comme d'habitude, ajoute Hadrien. Merci.

— Au pâté du mataf, ouais ! beugle Jobic.

La gardienne de la paix Sylvie Déniel prend les commandes, note scrupuleusement « pâté Hénaff » pour Jobic et s'éclipse. Hadrien a déjà entraîné le clochard dans son bureau. Par chance, il reste du café chaud dans la cafetière. Mais ce n'est pas ce que désire le vieux Brestois.

— T'as pas plutôt une 'tite mousse ?

— Non, tu le sais bien, ni bière ni pastis, ici. En attendant les sandwiches, raconte-moi ton histoire…

— Ben, comme tu sais, je traîne parfois un peu partout. Du côté de *La Recouvrance* quand elle est à quai. L'équipage a toujours quelque chose pour moi. Et pis, je pousse jusqu'aux bureaux des AffMar…

— Je sais que tu as un copain aux Affaires maritimes.

— Ouais, ben si tu sais tout, j'vois pas pourquoi j'te cause !

Hadrien préfère ne pas répondre.

— Bon, alors comme j'te disais, je traînais l'aut' soir du côté des AffMar. Faisait noir, la nuit quoi ! J'pense que j'm'étais perdu…

— T'avais plein ton col, précise Hadrien, qui parle couramment le brestois lui aussi. Jobic, même si cela me navre, tes abus de boisson et tes petits trafics ne m'intéressent pas, tant que tu ne crées pas d'ennuis. Alors, je t'écoute…

— Ben voilà…

Toc, toc ! fait-on à la porte du bureau.

— Vos sandwiches, capitaine.

— Merci.

Tandis que Jobic attaque son sandwich au pâté, Hadrien leur sert deux tasses de café. En dépit de ses protestations, le vieil homme apprécie le breuvage.

Passé quelques instants de silence, un temps consacré à une énergique mastication des deux côtés du bureau, Jobic reprend.

— Comme j'te disais, j'étais tout peinard dans mon coin quand voilà qu'y m'passe sous le nez un type en combinaison noire, et pis un autre. J'les avais pas entendus arriver. Et tu sais pas ? Ils avaient une drôle d'allure, pas catholique si tu veux mon avis. Alors moi, pas fou, je me suis ramassé dans mon coin, pas de bruit, j'ose même pas zyeuter.

— Tu as bien fait, le rassure Hadrien.

L'histoire, en effet, ne lui plaît guère. Les trafics du port, il les connaît, mais ça, c'est inhabituel.

— Ouais, pasque ces types, ils portaient des sacs… Oh, la vache ! J'ai le gosier tout sec. T'as vraiment rien à boire ? C'est le désert, chez toi.

« Non », fait Hadrien de la tête.

Résigné, l'autre se décide à boire un peu de café. Il clape de la langue.

— C'est vrai que c'est du bon. J'avais oublié. Et pis, ton sandwich, il est bien garni. T'es un type bien, 'pitaine. Mais c'est pas tout ça, faut que je te termine mon affaire, pasque les copains vont m'attendre, sinon, et on fait pas attendre les copains.

Hadrien acquiesce de la tête. Non, ça ne se fait pas.

— Ben mon vieux, lâche enfin le clochard, on m'ôtera pas de l'idée que c'étaient des macchab' dans ces fichus sacs !

— Pourquoi ?

— J'sais pas trop comment t'dire... Y avait comme qui dirait une odeur et pis ça avait l'air lourd et mou à la fois, tu vois ?

— Quand cela s'est-il passé ? demande Hadrien qui additionnerait volontiers disparitions et sacs.

— Attends, laisse-moi réfléchir... On est mercredi... Possib' que c'était dans la nuit de lundi à mardi. Ouais, c'est probab'.

— Combien de sacs ?

— Deux ! Tu penses que j'ai regardé ! Et pis, faut que j'te dise un truc : le lendemain, ça m'avait tout mis bizarre, je suis retourné voir en plein jour. Tu m'croiras p'tête pas, y avait des drôles de taches sur le quai. Je crois même que c'tait du sang. Pasque j'ai reconnu l'odeur, après. C'était la même que quand on tuait le cochon chez le pépé, à la ferme.

Hadrien, sans même vérifier, a tendance à le croire. Il trouve juste étrange d'entendre le vieil ivrogne parler de son « pépé ». Mais il a eu des grands-parents comme tout le monde, évidemment !

— Et ensuite ? demande-t-il.

— Ils ont collé les sacs dans le canot' des AffMar et ils sont partis avec. Tu vois le machin ? Avec des gros boudins ?

— Un Zodiac.

— Oui, c'est ça, le machin avec les gros boudins.

— Tu as entendu le moteur ?

Le vieux coule un regard malicieux vers Hadrien.

— Toi, mon gars, t'as tout compris.

Comme s'il avait tout compris, lui aussi, c'est le moment que choisit le mainate pour lancer un long sifflement admiratif.

— Ça va, le Che ? demande Jobic.

Pour toute réponse, d'un air de suprême dédain, l'oiseau lâche une fiente qui déclenche l'hilarité du vieil homme.

Hadrien patiente, sans lâcher son témoin des yeux, et répète sa question.

— Tu as entendu le moteur ?

— Justement, c'est ça qu'était bizarre. Ils sont partis à la rame.

— Tu es certain ?

— Un peu ! Tu peux toujours essayer de godiller, sur ces gros boudins ! À la rame, qu'ils sont partis. Je suppose qu'ils voulaient pas faire de bruit. Mais ils ont mis le moteur, après. Même fin cuit, je reconnais encore un bruit de moteur sur l'eau.

— D'après toi, ils ont pris quelle direction ?

Jobic tord son nez, il n'aime pas avouer son manque de courage.

— Ben...

Hadrien n'insiste pas.

— Tu sais quand ils sont rentrés ?

— Tu rigoles ? J'ai mis les bouts vite fait. J'les ai pas bien vus mais tu peux croire mon expérience, c'étaient pas des gentils.

Hadrien décroche son téléphone et tape une touche de communication interne.

— Le Gad ? Je voudrais que vous preniez la déposition de M. Kéravel et que vous alliez avec lui sur place, devant les AffMar. Vous n'aurez qu'à vous installer dans mon bureau, ce sera plus pratique.

— Tu parles ! s'esclaffe le vieil homme. Je le sais bien que je pue comme trente-six boucs ! Tu veux pas que ça sente dans tout ton commissariat.

Il a raison.

— Jobic, tu vas m'écouter, maintenant. Si tu as vraiment vu ce que tu penses avoir vu, ces gens ne sont pas des gentils, comme tu l'as dit. Alors je veux que tu m'obéisses : tu t'installeras dès ce soir à l'hôtel du Quai, la note est pour moi. Et tu n'en sortiras plus tant que je ne t'en donnerai pas la permission. Tu comprends ?

— Mais c'est que tu me ferais peur, 'pitaine !

— J'espère bien. Pour les repas, ne t'inquiète pas, je demanderai à la patronne de te les apporter trois fois par jour. Tu as bien compris ?

Jobic ronchonne mais il reconnaît qu'Hadrien a raison et il donne son accord d'un haussement d'épaules.

— Les copains vont m'attendre, grommelle-t-il encore.

— Je préfère qu'ils aient quelqu'un à attendre plutôt que quelqu'un à enterrer ! assène Hadrien d'un ton sans réplique.

En dépit de toute sa patience et de la réelle compassion qu'il éprouve pour cet homme dont il connaît la vie, brisée par des drames familiaux, il en a assez. Maïwenn arrive à temps pour lui éviter de s'énerver.

— Je crois qu'on n'en a pas fini, capitaine. Il y a quelqu'un qui vous réclame à l'accueil.

— Occupez-vous de monsieur, je vais voir ce qui se passe. Et…

Il lui fait signe de le rejoindre dans le couloir.

— Quand vous aurez pris sa déposition, vous vérifierez avec les AffMar les dates de sortie de leur Zodiac au début de la semaine. Dernière chose : vous allez voir le quai devant les AffMar en voiture avec Jobic et vous vous arrangez pour qu'il reste invisible. S'il a assisté à ce que je pense, il devient un témoin capital dans notre affaire de disparitions.

— Bien, capitaine !

— Arrangez-vous aussi pour que notre stagiaire reste muet.

Maïwenn paraît gênée.

— Vous ne croyez pas si bien dire, explique-t-elle à mi-voix. Depuis qu'on est revenus du *Sea Paradise*, il est pendu à son téléphone et ça brasse, ça brasse !

— De quoi parle-t-il ? demande Hadrien sur le même ton.

— Pêche aux infos du côté des cités qu'il connaît.

— J'espère qu'il n'en dit pas trop.

— Non, j'ai un peu écouté et, en fait, il parle beaucoup mais sans rien lâcher. Il finira par leur tirer les vers du nez. Je pense vraiment qu'il a du talent. Le problème, c'est qu'il a pris cette initiative sans m'en parler.

— Zut !

Dommage, en effet, car ils l'aiment bien, leur stagiaire. Pourvu qu'il ne gâche pas tout !

— Nous verrons cela tout à l'heure.

— Bien, conclut Maïwenn, nous nous occuperons de M. Kéravel dès que Ledut aura terminé sa conversation.

Elle n'attend pas longtemps. Sur un « salut, gros ! » murmuré, Kevin raccroche. Maïwenn lui fait signe de la suivre dans le bureau d'Hadrien. Le capitaine hoche la tête. Quel démarrage pour Kevin ! Une horde de gamins, un clochard alcoolique, deux disparitions…

Sylvie Déniel a repris son poste à l'accueil après avoir rempli sa mission sandwiches.

— Je m'absente pour un quart d'heure, lui dit Hadrien. Vous…

Il n'a pas le temps de terminer sa phrase qu'un homme quitte sa chaise dans l'espace d'attente et se précipite vers lui.

— Capitaine !

Hadrien se retourne et reconnaît le dompteur de fauves, l'instituteur rencontré à Océanopolis. Comment s'appelle-t-il, déjà ? Ah, oui !

— Monsieur Berrou ? Que puis-je pour vous ?

— C'est peut-être idiot mais…

Le signal d'alarme s'allume dans l'esprit d'Hadrien. Il n'aime pas du tout les phrases qui commencent par « c'est peut-être idiot mais… ». D'après son expérience, cela présage souvent des ennuis.

— Suivez-moi, voulez-vous ?

Il l'entraîne dans le bureau que Maïwenn partage avec Kevin et le fait asseoir, histoire de le calmer car il le sent sur les nerfs.

— Que se passe-t-il ?

— C'est une des élèves de ma classe, la petite Paméla Prigent...

— Je vois, soupire Hadrien.

— Depuis l'autre jour, elle n'arrête pas de répéter qu'elle sait quelque chose sur ce fameux doigt et sa mère aussi.

Bravo pour la syntaxe, songe Hadrien. Sa mère répète aussi, ou bien sait-elle quelque chose, elle aussi ?

— Vous a-t-elle expliqué de quoi il s'agit ?

— Non, elle a refusé et, à midi, quand sa mère est venue la chercher, je l'ai interrogée mais elle a haussé les épaules. Elle m'a affirmé qu'elle ne comprenait pas pourquoi Paméla prétendait cela.

Hadrien hésite entre l'inquiétude et le fou rire. C'est pour ce genre de broutilles qu'on le dérange au milieu d'une histoire de plus en plus embrouillée ?

— Qu'en pensez-vous ? demande-t-il à l'instituteur.

— Justement, je ne sais pas quoi en penser. La mère m'a paru... Je ne sais pas... Gênée ? Mais pas franchement. J'ai eu la sensation qu'elle me mentait. Pourquoi mentirait-elle ? Si elle a un lien avec cette histoire, est-ce que cela ne risquerait pas de la mettre en danger ? Parce que, franchement, si vous me dites que c'était un morceau de plastique, j'aurai du mal à le croire.

Il retrouve soudain son autorité et parle avec assurance. Hadrien comprend qu'il doit reconsidérer son jugement à l'égard d'Erwan Berrou.

— A-t-elle dit autre chose ?

— Non.

— Je vous remercie d'être venu, nous passerons chez elle demain matin et, si c'est nécessaire, nous vous demanderons de faire une déposition en bonne et due forme.

Tout en écoutant l'instituteur, Hadrien a rapidement pris quelques notes sur une feuille qu'il pose en évidence devant l'ordinateur de Maïwenn. Il se lève, plus soucieux qu'il ne veut le montrer. Il tend sa carte à Erwan Berrou.

— Tenez-moi au courant s'il y a du neuf.

Il le raccompagne à la sortie, lui serre la main et, pensif, s'apprête à regagner son bureau où Maïwenn et Kevin prennent la déposition de Jobic. L'horloge accrochée à l'entrée affiche dix-huit heures. Changeant d'avis, il fait signe au gardien Gaël Rousseau, qui vient de remplacer Sylvie Déniel.

— Je reviens dans un quart d'heure.

D'un coup de moto, il gagne l'hôtel du Quai, étroite bâtisse de quatre étages coincée entre un café et un immeuble de bureaux démodé, dans l'une des ruelles perpendiculaires aux quais. La patronne, une femme d'une cinquantaine d'années, grande avec des formes opulentes, un gros chignon blond sur la nuque et des yeux bleus très maquillés, l'accueille à bras ouverts.

— Hadrien ! Mon petit, depuis le temps que je ne t'ai pas vu ! Tu oublies ta vieille tata Do.

Dominique Dumont ! Hadrien la connaît depuis l'enfance, quand elle habitait à côté de chez ses parents. Veuve d'un couvreur victime d'un accident du travail, elle a repris le petit hôtel du Quai avec les indemnités censées compenser sa perte. Hadrien ne manque jamais de lui rendre visite au moins une fois par mois.

— Tu vois bien que je ne t'oublie pas ! Tata Do, j'ai besoin de toi.

— Raconte, mon grand !

Tantôt petit, tantôt grand… Hadrien s'amuse des petits noms qu'elle lui donne avec tendresse. Si ses lieutenants entendaient sa

« tata Do » ! Mais elle est trop futée pour se laisser aller devant les collègues de son Hadrien. Les rares fois où elle les croise, elle l'appelle toujours « capitaine ». Ce n'est pas avec elle que le respect se perdra, pas de risque ! Le respect, elle y tient.

Elle fait passer le capitaine – souci de discrétion ! – dans le réduit qui lui sert de bureau, derrière l'étroit comptoir de l'entrée. D'un coup d'œil, Hadrien vérifie le tableau des clefs. La moitié y est encore accrochée. Avec un peu de chance…

— Tata Do, je suis sur une drôle d'affaire et je voudrais mettre un témoin potentiel au calme.

— Tu veux le planquer chez moi ? Je le connais ?

— Euh… Justement…

L'air méfiant, Do met les mains sur les hanches.

— Allez, accouche ! Je vais pas te manger.

— Jobic, lâche Hadrien.

— Oh, non, pas lui ! C'est un sac d'embrouilles, ce type.

— Je sais, mais je crains qu'il ne se mette en danger. Si jamais il fait du *reuz*, je te promets que je t'en débarrasserai tout de suite.

— Si seulement il prenait une douche !

— Justement…

Do soupire.

— Quoi encore ?

— Tu crois que tu irais lui acheter une tenue propre ? Un pantalon, un tee-shirt, du linge… Sur mon compte, évidemment ! Au cas où j'aurais besoin qu'il soit présentable ?

Elle le contemple longuement d'un air mi-figue mi-raisin puis pousse un grand soupir.

— Toi alors, tu sauras toujours me faire tourner en bourrique !

— Tu as une chambre libre ?

— Oui, au premier sur rue.

— Ça me va. Je te verse deux nuits d'avance. On verra ensuite s'il faut toujours le mettre à l'abri. Tu penses arriver à limiter sa consommation ?

— Il a intérêt à filer droit…

Hadrien la croit volontiers. Il se souvient encore d'une fessée administrée le jour où, avec son inséparable copain Nicolas, il a arrosé les géraniums d'une voisine déplaisante avec autre chose que de l'eau… Ils avaient six ans et il entend encore les cris scandalisés de Dominique.

— Et je lui conseille d'apprécier ma cuisine, ajoute-t-elle avec conviction. Si tu veux qu'il éponge un peu ses repas de cigogne, faut qu'il mange. Tu crois que je peux lui ajouter des *louzous* dans sa soupe pour dormir ?

Hadrien feint de ne pas avoir entendu.

— Je te fais confiance. Si quelqu'un peut le mettre au pas, c'est bien toi, ma tata Do ! Mon lieutenant te l'amènera très vite. Tu as mon numéro, tu m'appelles s'il se passe quoi que ce soit.

— Si je repère un truc pas net devant mon hôtel, par exemple ?

Il la serre dans ses bras et l'embrasse sur les deux joues.

— Tu as tout compris. Je sais que je peux compter sur toi. Mais surtout, pas d'imprudence ! Tu me le promets ?

— Promis, juré, mon grand, tu sais que je tiens à mon intégrité physique ! Et, en cas d'urgence, il y a Paulo.

Paulo, un ancien matelot à la pêche, trompe bien son monde à cause de sa petite taille. Mais quand un fauteur de troubles a goûté à ses poings, il n'y revient jamais, seul ou accompagné. Le garde du corps de Do loge à l'année dans une chambre de l'hôtel du Quai, sauf quinze jours quand il va passer les fêtes de Noël avec une nièce à Toulon. Sa nièce, mon œil ! rigole toujours Do.

— File ! lui dit-elle. Mes amitiés à Julien.

Elle connaît bien le parrain d'Hadrien et il préfère ne pas savoir jusqu'où va cette connaissance… Chassant cette pensée inopportune, il reprend le chemin du poste, satisfait de savoir son témoin sous bonne garde.

Maïwenn n'est pas encore rentrée de sa virée sur le quai des AffMar. Tout semble calme au poste en ce début de soirée. Tout sauf le Che qui part en vrille quand Hadrien entre dans son bureau. Le mainate se lance dans une série de sifflements stridents entrecoupés de « poliiiiiice » tout aussi mortels pour les tympans.

— Suffit !

Hadrien a pris sa voix de commandement et, pendant quelques instants, l'effet de surprise cloue le bec de l'insolent. Hélas, cela ne dure pas. Cette fois, il a passé les bornes : Hadrien prend dans son armoire à dossiers un morceau d'étoffe noire qu'il jette sur la cage du Che. Une dernière protestation étouffée et le silence revient.

— Désolé, mon vieux, mais la journée n'est pas finie, j'ai faim, j'ai soif et cette affaire ne me plaît pas.

Tout en parlant à l'oiseau, Hadrien prépare du café frais et pioche dans sa réserve de biscuits, de solides biscuits salés que prépare son parrain et colocataire. Convaincu qu'une alimentation saine reste la base d'un esprit sain, Julien Dargosse, dit Robert le conseil en Destin, cuisine tous les jours des repas consistants, équilibrés et bio. Comme cela lui réussit, Hadrien ne conteste jamais les choix culinaires de son mentor. La situation prête sans doute à confusion, en dépit de leur différence d'âge, mais Hadrien s'en moque. Orphelin à dix-sept ans, confié à une tante qui ne l'appréciait pas beaucoup et habitait loin de la ville, il a accepté l'année suivante l'offre de son ancien professeur de partager son appartement dans Brest mêm', le centre de Brest. Outre une présence amicale et compréhensive, Hadrien y a trouvé le confort de vivre à proximité de la fac de droit. Sorti major de sa promotion à l'école de police, quand il a été nommé capitaine à Brest après différentes affectations, il a réintégré sa chambre chez Julien Dargosse. Le seul incident de leur cohabitation a concerné la présence du Che : Robert a refusé de le garder, craignant que ses cris et insultes découragent sa clientèle déjà maigre. Or il a besoin de ce complément pour financer ses pèlerinages sur les sites antiques qu'il affectionne, Cumes, Paestum, Épidaure ou Nauplie, un amour qu'il a communiqué sans grand mal à Hadrien.

À la fois restauré et rasséréné par les biscuits et le café, Hadrien libère le Che qui se contente de gémir discrètement. Il est temps de rédiger un rapport sur les événements de la journée… Il est tard, personne ne regarde : il peut sans crainte utiliser son ordinateur au lieu de feindre l'incompétence informatique.

Toc ! Toc !

À peine arrivé à la deuxième page… Hadrien gémit à son tour mais sourit à Maïwenn derrière qui se profile Jobic avec Kevin à l'arrière-garde. Le clochard n'en mène visiblement pas large. Hadrien désigne une chaise à son lieutenant.

— Il refuse de rester à l'accueil, commence Maïwenn.

— Pas grave, répond Hadrien, résigné à ce que rien ne se passe normalement quand Jobic est impliqué. Ledut, pouvez-vous aller chercher une autre chaise ?

Kevin, heureux de ne pas être tenu à l'écart de la conférence avec le patron, ainsi qu'il l'appelle en lui-même, obtempère à toute vitesse. À son retour, il trouve Jobic installé à la place qu'il pensait lui-même occuper.

— 'Pitaine, gémit le vieux, faut que tu me laisses partir.

— Où veux-tu aller ?

— J'ai un copain à la campagne.

— Dommage parce que je veux que tu restes à Brest pendant deux jours. Tu iras à l'hôtel du Quai.

Comme Jobic regimbe, Hadrien le foudroie du regard.

— Tu y seras en sécurité, nourri, logé, blanchi, à mes frais. Tu ne dois pas avoir peur, tu y seras en sécurité. À présent, lieutenant Le Gad, je vous écoute.

— M. Kéravel avait raison, capitaine. Il y avait des taches de sang sur le quai. J'ai demandé à un collègue des AffMar si le Zodiac était sorti ces dernières nuits, il m'a assuré que non.

Hadrien n'a pas besoin d'en savoir plus : non seulement le bateau se trouve dans un lieu inaccessible au public mais le moteur ne démarre pas sans la clef de contact. Comme Kevin ouvre la bouche, il lui lance un regard impératif. Inutile d'affoler le pauvre Jobic, déjà placé malgré lui dans une situation délicate.

— Il n'est pas sorti de la voiture, n'est-ce pas ?

— Non, capitaine, il s'est même caché derrière le siège avant.

— Parfait. À présent, vous l'accompagnez, toujours en voiture, à l'hôtel du Quai.

La patronne est prévenue. Arrangez-vous pour qu'on ne le voie pas entrer.

Jobic tente une dernière fois de protester.

— Ça suffit ! tonne Hadrien. Je tiens à te garder en vie et je veux que tu m'obéisses, c'est tout ! Allez, vous l'embarquez et n'hésitez pas, s'il essaie de vous échapper…

Menace en l'air, évidemment ! Jamais Maïwenn ne passerait les menottes au pauvre homme, mais cela calme chez lui toute velléité de rébellion.

— Ledut, vous allez attendre dans votre bureau avec M. Kéravel. Le Gad, j'ai à vous parler.

D'un geste ferme mais d'une gentillesse étonnante, Kevin entraîne le vieil homme hors de la pièce et referme soigneusement la porte.

— Capitaine, dit Maïwenn, je n'ai pas appelé la Scientifique. Ça risque d'attirer l'attention. Je me suis contentée de prendre des photos le plus discrètement possible avec mon téléphone. S'il y a du louche du côté des AffMar, autant ne pas leur mettre la puce à l'oreille. Déjà, demander des renseignements sur les sorties du Zodiac…

— Vous avez bien fait. Je règle ça avec la procureure. Hum…

— Autre chose, capitaine ?

— Oui. Vous confirmez vos impressions sur notre stagiaire ?

Maïwenn réfléchit quelques secondes à sa réponse.

— C'est un bon, capitaine, mais je le sens prêt à foncer sans se soucier de la hiérarchie. Il aurait eu des problèmes de discipline que cela ne m'étonnerait pas ! Comme je vous le disais tout à l'heure, il a pris l'initiative de se renseigner dans les cités sans m'en parler.

— *Merdum !*

Maïwenn le connaît assez pour savoir que, si son capitaine jure en mauvais latin, il se sent inquiet.

— Je ne pense pas qu'il compromette l'enquête, ajoute-t-elle. Il a tout pour devenir un excellent flic. Je dois juste l'aider à trouver l'équilibre entre son esprit d'initiative et la nécessité de rendre compte à sa hiérarchie.

Hadrien lui sourit : il aime que ses lieutenants se montrent solidaires, d'autant qu'il connaît le dossier de son stagiaire. « Aurait dû terminer major de sa promotion. » Aurait dû ? Une seule explication possible : problèmes de discipline.

— Je taperai mon rapport sur les taches du quai à mon retour, conclut Maïwenn en se levant. Pour le moment, direction l'hôtel du Quai.

Ce mercredi 16 juin, dix-neuf heures sonnent à la pendule Art déco du bureau d'Hadrien. Il sortirait volontiers marcher sur les quais pour réfléchir plus facilement mais se sent pressé par le temps. Même s'il ne dispose d'aucun élément probant, son instinct lui souffle qu'il se passe quelque chose de grave, mais quoi ? Il décroche son téléphone.

— Madame la procureure ?

Marianne Camara hésite aussi sur la meilleure mesure à prendre : déplacer la police scientifique, quitte à alerter d'éventuels criminels, ou attendre jusqu'au lendemain ?

— Mais, dit-elle, nous avons peut-être intérêt à donner un coup de pied dans la fourmilière au lieu d'attendre passivement la suite des événements ?

— J'en étais là de mes cogitations.

— Eh bien, puisque nous sommes d'accord, allez-y ! Imaginez qu'il s'agisse seulement d'un pêcheur qui aurait vidé ses prises sur le quai : nous devons en avoir le cœur net avant de suivre une fausse piste. Feu vert, capitaine ! *Audaces…*

Elle a utilisé la prononciation latine et Hadrien termine la citation à sa place.

— *Fortuna juvat !* Vous avez raison, je les appelle tout de suite.

Eh oui ! La chance sourit aux audacieux…

Armelle Martin proteste : elle vient de quitter les locaux de la PTS et a promis à ses enfants de ne pas rentrer trop tard. Une demi-heure plus tard, Hadrien la trouve quand même sur le quai, ainsi que Lio Hoang, procédant aux relevés et aux prélèvements qu'il a demandés. Avec leurs combinaisons et leurs gants, elles ne passent pas inaperçues. Heureusement que la journée est terminée pour la majorité des gens qui travaillent dans le coin. Depuis le seuil des AffMar, un homme les regarde faire d'un air dégoûté et se dirige vers Hadrien dès qu'il l'aperçoit. Ludovic Le Gall, fonctionnaire de catégorie B, assure l'accueil et le petit secrétariat des Affaires maritimes de Brest. Lui et Hadrien se connaissent depuis l'école primaire.

— Salut, Hadrien ! Qu'est-ce que tu viens chercher chez nous ? C'est quoi, cette histoire pour des taches de n'importe quoi ? Si ça se trouve, un type a vidé son poisson ici ou bien il y a eu une bagarre un peu sérieuse entre des types bourrés, non ?

— Salut, Ludo ! Tu vas bien ? Oui, ce n'est peut-être rien, poursuit Hadrien, mais comme on nous a signalé ces traces, nous sommes obligés d'en rechercher la nature.

Au ton, Ludovic comprend tout de suite qu'il vaut mieux ne pas chercher son copain.

— Je te laisse faire ton boulot, mon pauvre vieux, t'as pas encore fini. Moi, je rentre. À plus !

— Tu es libre demain pour un café avant ta journée ?

— Si tu veux. On se retrouve comme d'hab' ?

— Comme d'hab', répète Hadrien qui déteste pourtant ces abréviations.

Le comptoir des Goélands leur offrira un cadre plus convivial pour aborder les questions qui risquent de fâcher. « Ludo » s'éclipse sans demander son reste. Assez lent la plupart du temps, il comprend vite quand c'est Hadrien qui explique.

Pendant ce temps, sous le regard attentif d'Armelle Martin, Lio a soigneusement nettoyé une crevasse dans le macadam du quai.

— Quelque chose ? demande Hadrien.

— Si vous me disiez que cela ressemble à des tissus humains, je vous croirais, capitaine, réplique la jeune femme avec un sourire charmant. Les sacs devaient être déchirés.

Hadrien maudit *in petto* les criminels : il avait une répétition avec le pipe band qu'il a créé dans la région. Ils ne sont que quatre, deux sonneurs de cornemuse et deux batteurs, mais ils s'amusent beaucoup. Pas de répétition pour lui, ce soir !

— C'est moi qui vous crois, répond-il.

Il se tourne vers Armelle Martin.

— S'il vous plaît, madame Martin, faites le nécessaire mais il me faut l'analyse ADN avant demain soir. Si c'est le même que celui du doigt…

— Et des cheveux ! interjette Lio.

— Oui, si l'ADN des traces relevées sur le quai correspond à celui des cheveux trouvés dans la salle de bains de Caroline Dalleray et du steward, il n'y aura plus aucun doute.

— Le bateau repart demain, explique Hadrien. J'appelle la procureure.

Tandis qu'il explique la situation à Marianne Camara, Lio range son matériel.

— Oui, madame, c'est vraiment urgent. J'ai besoin d'une réquisition pour qu'un collègue parte demain très tôt avec les prélèvements. S'il arrive à Nantes à l'ouverture du laboratoire, nous aurons les résultats en fin de journée…

Non, malheureusement, nous n'avons pas de motif suffisant pour retenir le *Sea Paradise* plus longtemps, mais, d'après son itinéraire, il ne sort pas des eaux territoriales.

À une question qu'Armelle Martin peut seulement deviner, il répond :

— Oui, la Scientifique va déposer les scellés des prélèvements à l'hôtel de police. Si vous voulez bien y faire déposer les réquisitions... Oui, vous avez raison, il vaut mieux en faire une pour les cheveux et une pour les traces sur le quai. Nous ignorons encore s'il s'agit d'une seule affaire. Oui, bien sûr, je reste à votre disposition.

Il raccroche et se tourne vers Armelle Martin.

— Vous avez entendu, je suppose. Il faut déposer les scellés au commissariat central.

Armelle soupire puis échange un regard avec Lio Hoang, qui acquiesce d'un léger signe de la tête.

— Je m'en occupe tout de suite, capitaine, dit Lio.

La jeune femme ponctue sa phrase d'un sourire qui fait chavirer Hadrien. Hopalà, chapalain ! Interdit, mon vieux, interdit puissance mille ! L'expression qu'il utilisait avec ses copains d'école lui est revenue spontanément, signifiant qu'on ne draguait pas telle ou telle fille parce que c'était la sœur, la cousine, la copine ou n'importe quoi de l'un d'entre eux.

— Merci à toutes deux, je vous revaudrai ça.

— Nous aimons le champagne, lance Armelle en riant.

— Je note ! répond Hadrien qui s'éloigne déjà.

Son téléphone sonne avec insistance depuis quelques instants.

— Capitaine ?

C'est le commandant Gambais.

— Mais que se passe-t-il chez vous ? D'abord, où êtes-vous ? On vient de me signaler des morceaux de cadavre échoués à Moulin-Blanc ! Vous allez avoir besoin de renforts pour boucler le site. Je demande tout de suite au procureur de réquisitionner les gendarmes.

— La procureure Camara est déjà sur l'affaire.

— Tant mieux ! Je l'appelle tout de suite.

Dès qu'il a raccroché, Hadrien adresse une grimace navrée à Armelle et à Lio.

— Désolé mais ça continue. On a trouvé un bras à Moulin-Blanc.

— Cette fois, c'est non, réplique Armelle. Lio, tu fais ce que tu veux mais moi j'arrête pour aujourd'hui. Appelez Maxime. Chacun son tour !

— C'est bon pour moi, répond Lio, je n'avais rien prévu. Capitaine, j'avertis Maxime et je vous rejoins dès que j'aurai déposé les scellés en haut.

« En haut » ? Pour quelqu'un qui n'est pas de Brest, c'est logique : le port déroule ses quais au bas de la falaise qu'il faut remonter pour atteindre le centre de la ville et l'hôtel de police.

— Merci, dit Hadrien.

Il l'embrasserait volontiers mais elle s'éloigne déjà vers la voiture qui les a amenées, Armelle et elle. Il lui reste à prévenir Maïwenn.

— Je sais, capitaine, répond-elle, nous sommes déjà en route pour Moulin-Blanc.

— Je vous rejoins.

La nuit s'annonce longue…

5

Mercredi 16 juin, 20 heures.

Avant de foncer vers la plage de Moulin-Blanc, à côté d'Océanopolis où tout a commencé, Hadrien s'arrête brièvement à l'hôtel du Quai.

— Ne t'inquiète pas, lui dit tata Do. Tout est sous contrôle. Ton Jobic…

Elle prononce « Chopic ».

— Chopic est installé sous clef avec instruction de mariner pendant au moins une demi-heure dans la baignoire et d'user un savon entier. Il a peur de fondre mais ça lui fera du bien. Il n'aura à manger qu'à cette condition.

— Tata Do, je t'adore et j'aurais aimé m'attarder…

— Je sais, paraît qu'il y a du *reuz* du côté de Moulin-Blanc. Prends pas froid, mon grand, et emporte ça.

Prends pas froid ? Avec la température estivale qui règne depuis plusieurs jours sur la pointe Finistère ? Hadrien évite de se lancer dans des considérations météorologiques et accepte le sac plastique à glissière où, bien à l'abri, elle a glissé un magnifique sandwich au jambon, avec cornichons.

— J'ai pensé que tu n'aurais pas le temps et que tu risques d'y rester la nuit.

Il l'embrasse vivement sur les deux joues.

— Merci, je file !

Inutile de s'arrêter au commissariat. Maïwenn a fait le nécessaire et embarqué le matériel dans la voiture. Il la connaît ! Une dernière précaution : prévenir son parrain. Ce soir, il ne sait pas à quelle heure il rentrera.

Même s'il n'a pas de gyrophare sur sa moto, Hadrien ne met que trois minutes pour parcourir les quatre kilomètres qui le séparent de Moulin-Blanc. À cette heure-là, la circulation s'est déjà raréfiée. De plus, on approche du solstice d'été et il fait clair jusqu'à vingt-trois heures. En arrivant, il vérifie d'un coup d'œil que tout est calme du côté d'Océanopolis qui, en juin, ferme encore ses portes à dix-huit heures. Les parkings du centre sont vides. Hadrien n'ose imaginer la situation s'il fallait gérer quelques centaines de visiteurs en plus des riverains et des résidents de l'auberge de jeunesse toute proche… Il repère très vite la voiture de ses lieutenants et se gare à côté. Maïwenn est en train de faire installer une rubalise avec des piquets sur un périmètre assez important, un spectacle auquel Hadrien n'assiste pas sans un serrement de cœur. C'est ici, sur cette même plage de Moulin-Blanc, qu'on a retrouvé l'une des victimes de Francis Heaulme, le 14 mai 1989. Le gendarme Jean-François Abgrall, qui a pisté le tueur sans relâche, constitue une référence pour le capitaine Fox.

En rangeant son casque dans le coffre de sa moto, il retrouve le sandwich de tata Do et hésite : vaut-il mieux affronter ce qui l'attend avec l'estomac vide ou plein ? Non, il refuse de manger devant ses lieutenants, qui doivent avoir aussi faim que lui. Tant pis !

— Ah, capitaine ! Contente que vous soyez là, dit Maïwenn. On a besoin de monde.

— La procureure a réquisitionné les Flèches.

Vieille blague entre eux : en breton, les gendarmes s'appellent *archerien*, les « archers », d'où les Flèches… Hadrien a utilisé le mot machinalement mais ils n'ont pas envie de rire, ni l'un ni l'autre. La macabre découverte implique une grande violence, de la souffrance pour la victime et beaucoup de travail pour eux. Et cela, qu'il s'agisse d'un accident ou d'un meurtre.

— Ils ne seront pas de trop, répond Maïwenn. Avec ce soleil, les terrasses sont bondées. Regardez ça ! Ils ne sont pas près de rentrer chez eux ! On a encore plus de deux heures de jour.

En effet, de l'autre côté de la route qui longe la plage, les cafés et les restaurants qui dominent le vaste croissant de sable blanc sont pleins à craquer. Quant aux maisons et aux immeubles du quartier, ils constituent des points d'observation enviables. Partout, des jumelles et des appareils photo sont dardés sur ce lieu de loisir très couru et devenu en quelques instants une scène de crime. Les nouvelles vont vite.

Hadrien soupire.

— Vous me montrez ?

— Suivez-moi…

Kevin Ledut, qui ne lâche pas Maïwenn d'une semelle, pousse une exclamation choisie dans la partie la plus modérée de son vocabulaire. Il a compris la leçon de style du « patron ». Depuis, en présence ou non du capitaine, il s'applique à prendre de bonnes habitudes.

— Vacherie ! dit-il.

Il relève la tête de son téléphone portable et le tend à Maïwenn avant d'apercevoir Hadrien et de rectifier le tir.

— Faites excuse, capitaine. C'est *Ouest-France.*

— Quoi ? Qu'est-ce qu'ils veulent ?

— C'est déjà sur leur site.

Hadrien se décide à regarder l'écran du téléphone. Une photo d'un bras échoué sur le sable s'accompagne d'un gros titre : « Restes humains à Brest ! »

— *Lupatriae !*

Kevin tourne vers Maïwenn un regard étonné. Celle-ci secoue la tête en fronçant les sourcils. Pas le moment, on verra plus tard. Par chance pour lui, il n'insiste pas. Il attendra pour avoir l'explication : dans les moments de grand trouble ou de colère, Hadrien jure en latin. Maïwenn, qui connaît son répertoire, traduira pour Kevin. *Lupatriae* ? Vocatif pluriel de *lupatria*, « charogne » !

Mais l'heure n'est pas au cours de latin accéléré. Hadrien contemple en direct ce que montre la photo du journal : un bras. Maïwenn a fait disposer une planche juste à côté, sur laquelle on peut marcher sans risquer d'écraser un éventuel indice même si, dans le sable remué par la mer, il y a peu de chances de dénicher quoi que ce soit. Pour Hadrien, pas de doute : il s'agit d'un bras de femme, même s'il manque une partie de la main. L'étroitesse du poignet, la finesse du grain de peau... Mais une femme plutôt grande, mince et sportive à en juger par les muscles joliment sculptés. Il se redresse.

— Lieutenant Le Gad ? Vous me racontez ?

— Des gosses du quartier...

— Encore !

Les sourcils froncés, l'air furieux d'Hadrien ne trompent pas son lieutenant : il se reprocherait presque de n'avoir pas protégé des enfants d'un spectacle aussi violent.

— Mais qu'est-ce qu'ils ont à découvrir des horreurs ? D'abord à Océanopolis, maintenant ici !

Fataliste, elle hausse les épaules.

— Ils sont curieux de tout. Ils jouaient, ils ont aperçu un objet dans l'eau, ils ont cru qu'il s'agissait d'un bois flotté et ont voulu le ramasser. Quelques-uns se sont passionnés pour leur découverte mais d'autres se sont mis à hurler.

— Passionnés ?

Incrédule, Hadrien s'est penché sur Maïwenn et la dévisage. Ses yeux bleus virent à l'orage.

— Passionnés ? répète-t-il.

— Oui, capitaine, c'est ce qu'ils ont dit : mieux que Netflix…

Hadrien soupire. Au temps pour ses inquiétudes à leur sujet ! Traumatisés, les petits anges ? Non : passionnés !

— Ensuite ?

— Une des mères est venue voir ce qui se passait et nous a appelés, mais une partie des mômes ont eu le temps de courir partout pour annoncer leur trouvaille. Les clients des bistrots se sont précipités, ils ont tout piétiné et fait des photos… Cela dit, comme on est à marée descendante, s'il y a autre chose à trouver…

Comme s'ils avaient communiqué par télépathie, Kevin lui fait signe. Profitant de ce que sa collègue était occupée avec le capitaine, il a suivi le flot descendant en longeant la plage. Il se trouve à une trentaine de mètres du premier site. Cette fois, c'est un torse, mais un torse masculin, sans la moindre erreur possible, que le flot roule et laisse s'échouer peu à peu.

Au même instant, la silhouette de la procureure apparaît derrière la rubalise, d'une utilité relative car c'est toute la plage qu'il faudrait sécuriser. Marianne Camara a été dérangée alors qu'elle se rendait à un dîner, et sa robe au genou, sans manches, à peine décolletée, d'une coupe parfaite et d'un rose raffiné, représente pour Hadrien un summum d'élégance. Cela ne l'empêche pas d'admirer la ligne de ses jambes, musclées en longueur. En réalité, la procureure a des jambes magnifiques. Les chaussures plates qu'elle vient d'enfiler à la place de ses sandales à talons n'y changent rien.

— Bonsoir, capitaine, je suis venue aussi vite que possible après votre appel.

— Bonsoir, madame, répond-il.

— J'ai réquisitionné les gendarmes, reprend Marianne, ainsi que la gendarmerie maritime et les AffMar. Ils se sont chargés de prévenir les sauveteurs en mer, au cas où il s'agirait d'un accident, même si je n'y crois pas.

Bien sûr ! On ne peut écarter l'hypothèse de survivants. La SNSM saura les repérer et les récupérer.

— Qui s'occupe de transporter les corps à la morgue, chez vous ? ajoute-t-elle.

— Les pompiers, répond Hadrien. Ils sont prévenus.

Des sirènes annoncent l'arrivée des gendarmes.

— Je m'en occupe, déclare la procureure.

— Merci.

Il la voit, silhouette énergique, se diriger d'un pas décidé vers la première voiture bleue qui vient d'éteindre sa sirène mais pas son gyrophare.

Un officier s'en extrait, un double mètre aux cheveux noirs sous son calot réglementaire. Il s'étonne en voyant s'approcher Marianne Camara, qu'il n'a pas reconnue. Il ne l'a croisée que le jour de son investiture et en tenue de magistrate, pas en robe rose ! Mais elle brandit sa carte tricolore et il fait enfin le rapprochement.

— Madame la procureure, je suis le capitaine Maillard.

Elle lui tend la main.

— Bonsoir, capitaine Maillard. Nous n'avons pas encore eu l'occasion de faire connaissance et je regrette que ce soit dans ces circonstances, mais je suis contente de vous voir. Regardez-les !

Elle désigne la foule de curieux qui s'avance de plus en plus et mitraille la scène de crime, téléphones et appareils photo avec zoom réunis.

— Il faut sécuriser toute la plage.

— À vos ordres !

— Merci.

Maillard fait signe à ses troupes qui ont débarqué de leurs fourgons et, quelques minutes plus tard, un cordon sanitaire de silhouettes bleues a pris position, refoulant les voyeurs sur le trottoir. Il a également envoyé deux de ses hommes faire la circulation dans un sens comme dans l'autre car les conducteurs ralentissent ou même s'arrêtent pour mieux voir. Des gens qui étaient déjà rentrés chez eux sont ressortis en apprenant la nouvelle. L'attrait du sang a toujours étonné Maillard, qui estime assez peu ses contemporains. Par contre, cette procureure en rose… Quelque chose en elle l'a convaincu qu'on ne traînera pas en considérations inutiles. Ça lui va !

Évidemment, ça proteste ferme du côté des amateurs de sensationnel. Ils s'apprêtaient à se réhydrater convenablement après une journée de labeur en regardant la mer descendre, et voilà que la marée leur offre une vraie scène de crime ! Ils n'apprécient pas qu'on les prive du spectacle.

Hadrien, qui remarque de loin le déploiement des gendarmes, se dirige vers leur capitaine. Il connaît et apprécie Maillard, en dépit de tout ce qu'on raconte sur la rivalité entre leurs deux services.

— Bonjour, Fox, sale affaire qui vous tombe dessus.

— Merci de votre aide, Maillard. J'ai aussi besoin de vous pour relever l'identité de tous ces gens. D'autres renforts vont arriver du commissariat mais si vous aviez un ou deux de vos gars pour commencer tout de suite…

— Je vais voir ce que je peux faire. Je vous tiens au courant.

Tandis qu'Hadrien rejoint ses lieutenants et la procureure, le lieutenant Maillard fait signe à deux de ses subordonnés, un homme et une femme.

— Vous faites le tour des terrasses pour savoir si quelqu'un a remarqué quelque chose de particulier et vous notez les noms de tout le monde pour convocation, on ne sait jamais. Des renforts arrivent du côté de nos collègues. On fera le tour des habitations plus tard. Ah ! Et les numéros d'immatriculation de tous les véhicules garés dans un rayon de cent mètres. Vous commencez par ça.

Ils saluent, ils obtempèrent.

Les voitures ? Hadrien n'y a pas pensé, se dit Maillard. *Il me devra une tournée !*

C'est à cet instant qu'il voit Hadrien remonter la plage vers lui.

— Si vous pouviez aussi faire le tour des immatriculations…

— C'est commencé, répond Maillard d'un ton goguenard qui arrache un sourire à Hadrien.

— Je vous dois une tournée.

— Oui.

Sans un minimum de complicité, comment supporteraient-ils le spectacle des cadavres auxquels ils sont régulièrement confrontés ? Ils préfèrent, l'un comme l'autre, et sans en avoir jamais parlé entre eux, ne pas se poser la question.

Le bruit d'un hors-bord leur fait tourner la tête. Des petits malins ont trouvé un autre moyen de prendre des photos au plus près en passant par la mer.

— Ne vous en faites pas, les collègues de la Maritime et des AffMar arrivent. Ils contrôlaient un plaisancier sous le pont de Plougastel. La SNSM les rejoint.

Tout en parlant, Maillard fait signe à l'un de ses subordonnés et lui désigne le hors-bord en train de cercler à quelques mètres de la plage.

— Calvez, le porte-voix !

Ledit Calvez s'exécute au pas de course, récupère l'objet dans le fourgon et descend au bord de l'eau sans ralentir.

— Vous êtes sur une scène de crime ! Éloignez-vous tout de suite si vous voulez éviter les poursuites ! Je répète…

Les intrus se moquent de lui et le photographient sans manifester la moindre gêne. Hélas pour eux, ils n'ont pas entendu le Zodiac des gendarmes maritimes qui arrive déjà sur eux dans un panache d'eau, suivi de la vedette des AffMar. Le relevé de l'immatriculation de leur hors-bord ne traîne pas… Leur indifférence aux ordres et leur malsaine curiosité leur coûteront cher. Comme ils protestent, les gendarmes insistent. De la plage, on entend très bien l'échange. À bord du Zodiac, on en a assez.

— Je suis l'adjudant Cadiou, se présente l'un des occupants. Je vous somme de partir.

Le plus âgé des hommes se met à hurler. Équipé d'un énorme zoom, il espérait sans doute réussir la photo du siècle.

— C'est mon bateau et je suis maître à bord. Vous n'avez pas intérêt à m'empêcher d'aller où je veux, vous entendrez parler de moi…

Un hoquet d'ivrogne interrompt la diatribe du mal embouché.

— Vous voulez vraiment vous retrouver au tribunal pour outrage ? demande le gendarme. Je veux voir votre permis bateau…

— Mon permis, et pis quoi encore ? Eh, les copains, vous entendez ça ? Le schtroumpf, il veut voir mon permis.

La vedette des AffMar s'est approchée.

— On s'est déjà vus, non ? dit le gendarme debout à l'arrière. Vous n'avez pas écopé d'une amende et d'un retrait de permis, le mois dernier, pour un gros excès de vitesse dans la bande des trois cents mètres ?

— Et alors, qu'est-ce que ça peut lui faire au schtroumpf ?

— Jeannot, vaudrait mieux te taire, intervient l'un des membres de l'expédition.

— Me taire ? Ça va pas non ? Je parlerai si je veux !

Mais le gendarme a repéré les canettes de bière et la bouteille de whisky vides dans le fond de l'embarcation. Il a compris.

— Monsieur, ça suffit, nous avons autre chose à faire ! Vous circulez sans permis.

— C'est du harcèlement ! Je me plaindrai !

Les copains du maître à bord tentent de le calmer.

— Allez, Jeannot, arrête, maintenant !

— C'est vrai qu'on t'a retiré ton permis ?

— Ça te regarde ? T'étais pas content que j't'emmène voir la bidoche ? C'est les autres, là, qui me l'ont piqué, mon permis. Bande de voleurs !

— Je crains qu'on ne vous le rende pas tout de suite, commente le représentant des AffMar, parce que j'en connais un qui va refaire un tour devant le tribunal.

— Ben voyons, profitez-en, abus de pouv…

L'adjudant Cadiou lui coupe la parole.

— Ça suffit ! Vous nous avez fait perdre assez de temps.

Il fait signe à l'un des trois autres.

— Les clefs, s'il vous plaît.

Ledit Jeannot veut empêcher son copain de prendre le trousseau mais réussit seulement à s'étaler sur les bouteilles vides. Le gendarme s'empare des clefs qu'on lui tend, les passe à un collègue qui les range. Pendant ce temps, « Jeannot » se relève comme il peut.

— Tu t'es fait mal ?

— Mais non, laisse-moi, je suis tombé, c'est pas grave.

— Ce n'est pas grave ? rétorque le gendarme qui lui tend un papier. Voici déjà votre convocation pour outrage à agent de la force publique. Pour le reste, vous verrez avec mon collègue des Affaires maritimes. À votre tour, messieurs les équipiers. Vos papiers, vos téléphones et vos appareils photo…

Penauds, ils s'exécutent et attendent que leurs identités soient relevées. Pendant ce temps, un autre gendarme vérifie leurs téléphones, au cas où ils auraient pris des photos avec.

— Mon adjudant, j'efface les photos ?

— Non, on saisit le matériel.

Les équipiers de Jeannot voient leurs appareils photo et leurs téléphones disparaître dans les sachets de saisie. Le maître à bord, lui, n'a toujours pas compris et aggrave son cas. Tandis que les autres obéissaient aux ordres, il s'est agrippé à son matériel, refuse mordicus de le donner et promet de porter plainte pour cette atteinte à la propriété artistique.

Les trois autres membres de cette lamentable expédition se décident à intervenir.

— C'est bon, Jeannot, tu arrêtes maintenant. On a déjà assez d'ennuis comme ça.

— Il a raison, fais ce qu'ils te demandent !

— Tu nous les brises, Jeannot !

Espérant sans doute adoucir la sanction qui les frappera, ils tentent de maîtriser l'idiot qui se débat et manque passer par-dessus bord. Le plus rapide des trois autres profite de son déséquilibre pour lui prendre ses appareils et les remettre aux gendarmes.

Par mer moins calme, l'aventure aurait pu mal se terminer pour l'ivrogne.

— Vous savez ramer ? demande le gendarme à celui des hommes qui a fait céder l'enragé du cliché. Oui ? Alors, vous allez vous échouer là-bas sans faire de fantaisies.

Là-bas, c'est à l'autre bout de la plage, loin de la scène de crime. L'équipier répond à cet ordre par une mimique simple à interpréter : des fantaisies ? Pas de risque ! Mieux vaut faire profil bas. Avec un des deux autres, il sort les dames de nage d'un équipet, les installe, y place les rames et hardi petit !, sous les sifflets et les rires des spectateurs qui, depuis le trottoir et les terrasses, ont savouré la scène. Ils font route vers « là-bas », où ils devront se mouiller à l'arrivée s'ils veulent remonter leur hors-bord assez haut. Le bateau de la SNSM, arrivé entre-temps, les surveille. Il ne manquerait plus que le flot descendant les entraîne vers la rade !

Hadrien et son équipe ont cessé de suivre les événements à partir du moment où les petits malins ont été pris en charge par les gendarmes maritimes et les AffMar. Accompagné de la procureure, il longe lentement le bord de l'eau. La lumière rasante écrase les reliefs mais un petit tas d'algues abandonné par le reflux attire son attention. Quelque chose en dépasse, un pied. Un pied aux ongles rouges.

Il fait signe à ses lieutenants qui, dans l'ignorance de l'étendue des découvertes, ont disposé un plot de signalement jaune sur les deux premiers sites. Hadrien lève trois doigts et voit arriver un Kevin quelque peu chancelant.

— Ici, lieutenant…

Le stagiaire pose le plot de signalement n° 3.

— Ça va, lieutenant ? s'enquiert gentiment la procureure.

— Un peu de fatigue, c'est tout, merci madame.

— C'est la première fois ?

— En fait… Oui.

— On ne s'habitue pas, vous savez. Concentrez-vous sur votre travail, c'est la seule solution.

Hadrien enregistre l'échange avec étonnement. Il attend que Kevin s'éloigne pour rejoindre Maïwenn et se tourne vers Marianne.

— Et vous ? Ça va ?

— Oui, pourquoi ? Vous savez, ce n'est pas la première fois que je vois un cadavre, entier ou en morceaux. Et vous ?

C'est de bonne guerre, pense-t-il.

— Dans cet état ? La deuxième seulement.

— D'après ce que j'en sais, reprend la procureure, il faut beaucoup de colère pour démembrer un corps aussi sauvagement.

Il attend.

— Avez-vous remarqué que la coupe n'est pas nette ? Nous ne sommes pas face à un acte exécuté froidement, tranquillement, proprement si j'ose dire.

Hadrien préfère ne pas l'interrompre alors qu'il brûle d'en savoir plus sur la vie apparemment déjà bien remplie de la procureure. Sa réflexion sur les hommes de Brest lui revient en mémoire, le gêne un peu. Il n'aimerait pas passer pour un harceleur.

Indifférente aux états d'âme du capitaine, Marianne s'est accroupie d'un mouvement souple à côté du pied. De la pointe d'un stylo (mais d'où le sort-elle ? se demande Hadrien qui n'a pas encore remarqué la pochette de soirée accrochée à son épaule) :

— Regardez, dit-elle. Ce n'est pas un couteau qui a fait ça mais une hache ou une scie. Les chairs sont déchiquetées plutôt que coupées. Il y a là de la colère, de la maladresse ou un grand manque de temps. Au choix.

Sans bouger, elle contemple le friselis délicat de l'eau qui recule sur le sable. Puis, avec un soupir :

— Je n'ai pas fini de rédiger des réquisitions d'analyse ADN, n'est-ce pas ?

— Je le crains…

— Ah, d'ailleurs j'aperçois l'équipe technique et le légiste. Nous les rejoignons ou nous continuons notre exploration ?

Quelle femme étonnante ! pense Hadrien. Il croyait devoir l'aider face à une vision sinistre et voilà qu'elle a renversé les rôles. Mais pourquoi imaginer qu'elle aurait besoin d'aide ?

Fasciné par sa beauté, il a oublié que, pour arriver à la place qu'elle occupe, elle a dû travailler dur et d'abord faire ses preuves dans différents postes de substitut du procureur.

— Nous continuons, répond-elle à sa propre question.

Hadrien n'a plus qu'à la suivre. Il a l'impression d'être pris en main, de ne plus avoir à se soucier de rien d'autre que d'obéir à une reine.

— J'ai cru comprendre que la marée autour du solstice est de faible amplitude, ici, non ?

— C'est exact.

La procureure consulte rapidement son téléphone.

— Le reflux a commencé vers seize heures, on aura donc la basse mer dans peu de temps, d'ici à une heure.

Hadrien l'appréciait déjà, il commence à ressentir un profond respect.

— Et le marnage n'est pas très important, dit-il. Cinq à six mètres seulement.

— C'est ce que je vois. Cela restreint nos recherches.

— Une équipe restera sur place au cas où le flot ramènerait d'autres… d'autres éléments.

— Vous aurez du monde pour la nuit ?

— On va se débrouiller.

— Bien. Nous pouvons rejoindre la Scientifique.

Elle tourne les talons non sans avoir vidé ses chaussures du sable qui s'y est infiltré. Hadrien ne résiste pas à la vision de ses chevilles – fines, si fines ! – et de ses pieds parfaits. La lumière particulière de cette fin de jour les pare d'une lueur d'or qui leur va très bien. Une vieille expression brestoise lui vient à l'esprit : « Elle est belle abominap' ». Il faut être né là pour savoir que cet « abominable » remplace avantageusement « très ». En français, on dirait sans doute « terriblement ». Dans un grand élan, il remercie la Vie de lui offrir tant de beauté pour compenser l'horreur. Quand cette affaire sera terminée, il emmènera son parrain en escapade à Rome ou à Florence, ne serait-ce que pour deux jours consacrés à l'art et à la beauté.

Il se secoue : la fatigue commence à l'emporter alors que la PTS fait son entrée.

— Monsieur Prieur, bonsoir ! dit-il. Désolé pour vos projets de la soirée…

— Pas de souci, capitaine !

Aïe ! Hadrien sent son cerveau grincer : il déteste ce « pas de souci » qu'on emploie à toutes les sauces.

Lio le salue de la main.

— On ne se quitte plus, lance-t-elle avant d'ajouter : Votre collègue d'en haut est averti, capitaine. Il sait que je lui apporterai avant son départ d'autres prélèvements à analyser. Nous nous sommes organisés. Il nous manque seulement les réquisitions à fins d'analyse.

Marianne Camara, qui s'était arrêtée pour revoir le tronc et le bras, les rejoint et salue les techniciens qu'Hadrien s'empresse de lui présenter.

— Lieutenants Lio Hoang et Maxime Prieur.

— Je vous remercie de votre disponibilité.

Maxime Prieur, qui finissait de fermer sa combinaison, lève la tête et sourit.

— Bonsoir, madame la procureure. C'est un plaisir.

— Étant donné le motif de votre présence, c'est un plaisir que je vous laisse volontiers, rétorque-t-elle.

Hadrien se retient de rire, en dépit des circonstances. Maxime Prieur succombe visiblement, lui aussi, au charme de Marianne Camara, mais sa tentative de séduction est tombée à plat. La procureure a joué sur les mots avec une présence d'esprit remarquable.

Le médecin légiste, qui les a devancés, est accroupi auprès du torse et se redresse à leur approche. Un blouson de cuir patiné, un pantalon noir froissé, une sacoche qui a connu des jours meilleurs, le docteur Laforêt est reconnaissable entre mille. Ce que sa tenue montre d'indifférence aux apparences s'oublie dès que l'on découvre, sous une tignasse blanche ébouriffée, un visage ridé et pas très bien rasé mais illuminé par deux yeux bleus brillant d'intelligence et d'humour derrière des lunettes rondes et rouges.

— Bonsoir, madame la procureure, dit-il avec une inclination désuète mais pleine de charme.

— Bonsoir, docteur Laforêt. Vous pouvez nous en dire quelque chose ?

Pensif, il sort de sa poche un sac d'orangettes, sa faiblesse. Il le tend à Marianne Camara et à Hadrien qui tous deux refusent de la tête.

— Vous avez tort, ce sont les meilleures de toute la ville.

Il déguste une délicieuse friandise, justifiant sa réputation de *lichou.* Quand il a terminé, il soupire.

— Que puis-je vous dire ? Heure de la mort, par exemple ? Difficile à déterminer mais, en supposant que ce torse ait séjourné dans l'eau depuis qu'il a été découpé, je dirais qu'il marine depuis environ quarante-huit heures. Les tissus sont déchiquetés autour des plaies. Je pencherais donc pour un travail bâclé, improvisé, entrepris dans l'urgence ou sous le coup d'une grande colère.

Hadrien jette un coup d'œil à la procureure et pense : *Bravo !*

— Une hache, une scie peut-être, ou les deux. L'une pour commencer le travail, l'autre pour le terminer. Ou l'inverse. Je vous en dirai plus après examen.

— Et le bras ?

— *A priori*, la même chose. Mais, là, il s'agit d'une femme, sans hésitation possible. Le torse, c'est un homme. Il paraît que vous avez aussi trouvé un pied ?

— Oui, là-bas, le numéro 3, répond Hadrien.

— Vous les faites passer en priorité ? demande la procureure au légiste. C'est vraiment urgent.

— Qu'est-ce qui ne l'est pas ? soupire le docteur Laforêt. Mais c'est promis, je ferai le maximum.

— Merci, docteur. Je retourne au bureau pour rédiger les réquisitions. Vous avez tous mon numéro de portable, appelez-moi à n'importe quelle heure en cas de besoin.

Avant de s'éloigner, elle se tourne vers le haut de la grève. La foule des curieux a nettement diminué. On distingue dans le demi-jour restant des tables maintenant vides aux terrasses des cafés et des restaurants.

Elle lance un dernier « bon courage à tous et à demain ! » puis reprend le chemin de sa voiture, non sans saluer au passage le capitaine Maillard.

— Je crois que vous pouvez rentrer, capitaine. Le spectacle est terminé.

— Merci, madame. À votre service !

Du haut de ses deux mètres, il lui décoche un large sourire.

— Merci à vous, capitaine, au revoir, répond-elle de son ton le plus professionnel.

Le gendarme, qui vient d'être quitté par sa femme parce qu'elle en avait assez de ses horaires, soupire en voyant tous ses espoirs s'évanouir. Pendant quelques instants, il a rêvé… lui aussi. Il n'aime pas le long chemin de solitude qu'il devine s'allonger devant lui.

Au moment où la Mini de Marianne Camara s'engage sur la route en direction du centre de Brest, une équipe de police est en train d'installer de gros projecteurs sur la plage. La nuit reste claire mais on n'y voit plus assez pour distinguer un paquet d'algues d'autre chose.

De nouveaux renforts apparaissent peu après.

— Bonsoir, capitaine Fox !

Hadrien, qui ne les a pas vus arriver, sursaute et se retourne. Il arpentait pour l'énième fois le bord de l'eau, une forte lampe torche à la main.

— Ah ! Lieutenant Torpenn…

D'une minceur qui confine à la maigreur, le lieutenant Gaël Torpenn dépasse Hadrien de quelques centimètres. On sent un homme déterminé.

— Voici le lieutenant Delambre, qui nous a rejoints depuis quelques semaines. Le commandant Gambais a pensé que vous auriez besoin de monde.

C'est le moins qu'on puisse dire ! Hadrien se sent sale, froissé, épuisé. Il rêve d'une douche et de vêtements propres.

— Merci, lieutenant. Il suffira de laisser deux gardiens pour la nuit. Si vous avez besoin des techniciens, c'est le lieutenant Prieur qui est d'astreinte.

— Où est-il ?

— Avec les pompiers qui emporteront les morceaux de corps à la morgue. Le docteur Laforêt est parti. D'après la SNSM, compte tenu des courants, nous avons peu de risques de voir arriver d'autres restes maintenant, mais il faudra surveiller le flot montant.

— Bien, je mets une équipe en place.

— Et ensuite, rentrez chez vous. Inutile de traîner ici plus longtemps, lieutenant. Assurez-vous que les hommes ont les numéros de tout le monde, au cas où…

— À vos ordres, capitaine.

Hadrien se dirige avec soulagement vers sa moto. Maïwenn et Kevin l'attendent en somnolant dans leur voiture.

Quand il tape sur la vitre côté conducteur, elle sursaute.

— Tu m'as fait peur !

Hadrien met un doigt sur sa bouche en désignant Kevin qui ronfle béatement, écroulé sur le siège passager. Pour l'instant, il n'a pas besoin de savoir que, en dehors du service, Maïwenn et Hadrien se fréquentent, font de la voile ensemble et appartiennent au même club de plongée. Ils ne vont pas au lit ensemble, c'est tout. Entre eux, c'est clair dès le départ : amis mais pas amants, surtout pas ! Au travail, cela se termine souvent mal et encore plus quand une relation hiérarchique s'en mêle. Ils s'entendent trop bien pour prendre ce risque.

— Torpenn s'occupe de l'équipe de garde, annonce Hadrien.

— Le commandant a fini par nous envoyer de l'aide ?

— Mais oui ! Va te coucher. Tu ramènes Kevin ?

— Bien sûr. Et toi ?

— Je rentre. Parrain a fait du poulet pour le dîner. Je suis certain qu'il m'a préparé une assiette poulet froid mayonnaise.

— Veinard !

— Oui ! Fais attention de ne pas t'endormir en route.

— Promis. À demain.

Il s'écarte de la fenêtre et entend Maïwenn qui secoue énergiquement son stagiaire.

— Eh ! On se réveille !

— Hein ?

— On a le droit d'aller dormir.

— C'est vrai ? Pas trop tôt. Tu me ramènes ?

— Bien sûr, gros bêta. Je ne t'abandonne pas en pleine nuit sur le port… Tu risquerais de faire de mauvaises rencontres…

— Paie-toi ma tête, vas-y… Oh, zut ! j'ai oublié…

Maïwenn a déjà bouclé sa ceinture et mis le contact. À quelques mètres de là, Hadrien s'installe comme il peut dans la voiture trop petite de ses collègues.

— Quoi ? Qu'est-ce que tu as oublié ?

— Tout à l'heure, au téléphone, c'était un de mes potes de la cité. Il a laissé traîner ses oreilles un peu partout. J'ai pensé à l'appeler quand le clodo…

— Hopalà ! Jobic n'est pas un clodo, on le connaît tous et on l'aime bien.

— C'est quoi, alors ?

— Un clochard, certes, mais surtout un type qui n'a vraiment pas eu de chance. Tu peux dire SDF, si tu veux, mais pas clodo.

— Bon, te fâche pas ! Bref, quand je l'ai entendu dire que c'était pas des gentils, les types qu'il avait vus, j'ai appelé mon pote. D'après lui, le bruit court dans les cités que de vrais méchants, avec des têtes patibulaires et parlant une langue étrangère, russe peut-être, traînent par chez nous depuis quelques jours. On parle d'un trafic bizarre mais il ne sait pas encore de quoi.

— Une nouvelle drogue ?

— Non, il serait au courant et il m'aurait prévenu tout de suite.

Donc, le nouveau a déjà un indic ? Intéressant, pense Maïwenn.

— Aucune idée ?

— Non, il a juste dit « des vrais méchants » et « un truc bizarre ».

— Après ce qu'on vient de voir, je te crois qu'il y a de vrais méchants dans le coin…

— Tu crois que le capitaine va m'engueu… Pardon, m'enguirlander de ne pas lui en avoir parlé tout de suite ?

Il n'y a pas beaucoup de circulation dans Brest, vers minuit, et ils arrivent déjà dans le quartier de Kevin, une des cités difficiles de Brest. L'ambiance change ; des groupes de jeunes garçons traînent un peu partout, désœuvrés, énervés.

— Arrête-toi ! s'exclame Kevin. Tu veux me faire repérer ?

Maïwenn se glisse dans une ruelle mal éclairée.

— C'est bon, ici ?

— Oui, ça ira. Alors, à ton avis, le capitaine…

— Ne sera pas content, c'est sûr, mais nous avons tous été débordés et tu apportes une info. Ça devrait bien se passer. Tu n'as qu'à dire que tu n'as eu ton copain que demain matin.

— Tu veux que je mente ? Ça va pas ?

Maïwenn sourit. Son stagiaire vient de réussir brillamment un petit test de loyauté.

— Ne t'inquiète pas, on va savoir tout de suite ce qu'il en pense.

Hadrien décroche à la dernière sonnerie.

— Je viens d'arriver, avoue-t-il.

— Je vous passe le lieutenant Ledut.

Il écoute sans un mot ce que lui rapporte Kevin, qui n'en mène pas large. Sachant que son stagiaire redoute de se faire passer un savon, en temps ordinaire il en aurait profité pour lui donner une leçon, mais là il se sent trop fatigué.

— Bon travail, lieutenant, dit-il. Bien sûr, j'aurais préféré que vous m'en parliez tout de suite, mais ça ira pour cette fois. Et, quand vous prenez une initiative, mettez d'abord le lieutenant Le Gad au courant, voulez-vous ? À demain.

Soulagé de s'en tirer à bon compte, Kevin redonne le téléphone à sa collègue.

— T'es un bon gars, lui dit-elle avec une tape sur la joue. Va dormir, maintenant. Et pas d'embrouilles avec les lascars, hein ? Je t'attends demain au poste à huit heures.

— Quoi ? C'est neuf heures, normalement.

— Pas demain, on a beaucoup de boulot.

— Et je récupère quand ?

— Ça, mon vieux… File, je meurs d'envie d'une douche bien chaude.

— À demain, et merci pour le taxi !

6

Jeudi 17 juin, 8 heures.

Une bonne odeur de café règne dans le commissariat du port de Brest. Sans doute faudrait-il le rebaptiser « des ports de Brest » car, depuis quelques jours, Hadrien et son équipe passent presque autant de temps au port de plaisance qu'au « port de co », le port de commerce.

Il fait bon dans la salle de réunion éclairée par un beau soleil d'été. Sur la table, à côté de la cafetière et de la théière, trône une pile de croissants frais et de pains au chocolat. Hadrien tient à manifester son soutien à son équipe. Depuis le début de cette affaire si embrouillée, ils n'ont pas compté leurs heures. Par chance, l'équipe de nuit n'a rien signalé que de très habituel : une bagarre, un peu de tapage nocturne, une ivresse sur la voie publique, rien de très grave.

— Commençons par le plus simple, attaque-t-il quand toute son équipe est installée autour de la table. Avant tout, le lieutenant Torpenn nous a été adjoint en renfort par le commandant. Lieutenant, vous vous occupez de l'histoire des Prigent, mère et fille, qui sauraient quelque chose. L'adresse est dans le dossier. Vous irez avec Déniel.

— Bien, capitaine. Je laisserai d'abord le temps à Mme Prigent d'amener sa fille à l'école, si vous êtes d'accord. Inutile de mêler la gamine encore plus à tout ça.

— Vous avez raison.

On comprend tout de suite qu'il a des enfants, pense Hadrien. Il a déjà travaillé avec Gaël Torpenn et apprécie sa présence.

Hadrien prend le temps de savourer une gorgée de son cher arabica Tapachula Chiapas. Dans les grands jours, comme aujourd'hui, tout le poste en profite, sauf les amateurs de thé comme Maïwenn et Sylvie Déniel. Après leur horrible nuit, un moment de plaisir lui semble indispensable pour tous. Un vrai café et des croissants au beurre qui croustillent tout en fondant… Le bien-être tient à peu de chose, parfois.

— Bien, reprend-il, lieutenant Torpenn, pouvons-nous avoir votre rapport sur la fin de la nuit ?

— Oui, capitaine. Pas de nouvelles trouvailles. Deux gardiens sont restés en surveillance. Les prélèvements ADN ne devraient pas tarder à arriver au labo. Le collègue est parti à six heures. Avec le gyro, ça ne traînera pas. La nouvelle… euh… Lio…

— Le lieutenant Lio Hoang ?

— Oui, excusez-moi, elle a été formidable. Elle a attendu jusqu'à six heures du matin d'avoir les prélèvements effectués par le légiste dans la nuit pour les apporter au lieutenant Fournier, le collègue de service pour Nantes.

Encore une victime du sourire de Lio ! se dit Hadrien. Entre celle-ci et la procureure, la vie risque de se compliquer. Il va devoir aussi s'occuper de Juliette, à laquelle il a promis des informations exclusives sur l'affaire en cours, dès qu'il le pourra. Comme d'habitude, elle le harcèlera, mais il ne lui racontera rien avant la clôture de l'enquête. Pourtant, elle sait user d'arguments auxquels il résiste difficilement.

Il s'abstient de commenter la réflexion du lieutenant Torpenn.

— Du neuf du côté de la SNSM ou des AffMar ? demande-t-il à la cantonade.

— Oui, capitaine, répond Maïwenn. Ils nous préparent un mémo sur les courants dans la rade et devraient nous l'envoyer par courriel dans la matinée. Cela nous donnera peut-être une idée de l'endroit où les corps ont été jetés.

— Le Gad, vous avez l'habitude de naviguer dans la rade, vous vous chargez de cet aspect du dossier. Ledut, avez-vous d'autres informations, de votre côté ?

Tout heureux d'être ainsi sollicité, le stagiaire se sent navré de devoir répondre « non ».

— Rien de neuf, capitaine, mais je préfère ne pas insister trop lourdement. Ça viendra tout seul, à mon avis.

— Bien, c'est vous qui savez, mais tenez-moi au courant ! Et pas d'imprudence n'est-ce pas ?

— Compris, capitaine !

Encore une leçon que Kevin n'oubliera pas. Comment ce diable de capitaine, si différent de lui, toujours tiré à quatre épingles sans que cela lui donne l'air d'un fils à maman, comment réussit-il à le faire obéir sans qu'il ait envie de se rebeller, ne serait-ce que par principe ? *La classe !* conclut Kevin. Plongé dans ses réflexions, il a failli ne pas entendre la suite.

— Vous voulez bien exposer à vos collègues ce que vous avez déjà appris ?

Essayant de ne pas rougir de fierté, il rapporte les propos de son informateur.

Le lieutenant Torpenn hoche la tête.

— Cela recoupe ce que j'ai entendu dans un bar de la côte, récemment. À l'Aber-Wrac'h, plus précisément. On aurait vu des inconnus qui parlent avec un accent bizarre. Italien pour certains, arabe pour d'autres, ou encore russe ! Il est question de bateaux qui circuleraient la nuit tous feux éteints.

— Les trafics habituels, sans doute, suggère Maïwenn. Dans un port comme celui-ci, on trouve de tout, et surtout des ragots et affabulations de toutes sortes.

— Bien sûr, répond Torpenn, mais, pour qu'on en parle autant, c'est qu'il se passe quelque chose d'inhabituel.

Hadrien réfléchit avant de reprendre la parole.

— Il vaut mieux que cela ne sorte pas d'ici, dans l'immédiat. Bien, vous savez ce que vous avez à faire. J'attends vos rapports respectifs pour la fin de la matinée. Je dois m'absenter, je reste joignable sur mon portable. Merci à tous.

Il a oublié de poser une question à Jobic. Le temps de récupérer ses clefs dans son bureau, il traverse l'espace d'accueil où le lieutenant Torpenn le rattrape.

— Capitaine, vous ne voulez vraiment pas que j'essaie d'en savoir plus sur ces types à l'accent bizarre ?

— Pas tout de suite, lieutenant, nous avons assez remué la vase, il faut la laisser retomber pour y voir un peu plus clair. Mais ne vous inquiétez pas, cela ne durera pas. Moi, j'ai un témoin à voir. À tout à… Oh, Ludo ! Que se passe-t-il ?

Ludovic, l'employé des AffMar qui s'est étonné de voir Hadrien s'intéresser à de bêtes taches sur le quai, est en train de bavarder avec Anne Quéméneur, la gardienne de service à l'accueil.

— Moi, rien. Je me demandais si tu savais déjà ce que c'était, ces taches. Qu'est-ce que tu veux, tu m'as rendu curieux.

— Excuse-moi mais je n'ai pas le temps et, de toute façon, je n'ai pas encore les résultats des analyses.

— Tant pis ! Ça va me tourner en tête tant que je ne saurai pas la vérité, tu vois. Je repasserai…

La sonnerie du téléphone de l'accueil l'interrompt.

— Capitaine !

C'est Anne Quéméneur qui l'appelle.

— Ludo, à plus !

Tournant le dos à son ancien camarade de classe, Hadrien prend le combiné que la gardienne lui tend en chuchotant : « C'est le commandant... »

— Bonjour, commandant... Quoi ?

Hadrien écoute sans interrompre puis raccroche et fait demi-tour.

— Salle de réunion ! crie-t-il en passant dans le couloir des bureaux. Il y a contre-ordre. Tout le monde ! C'est urgent ! Torpenn, vous aussi.

À peine la porte fermée, il s'assure d'un coup d'œil que tous les intéressés sont là.

— Il va falloir nous montrer très prudents. Le commandant vient de m'apprendre que le lieutenant Fournier a été suivi jusqu'à Nantes par des inconnus qui ont tenté à deux reprises de l'envoyer dans le décor. Il dit qu'il a eu de la chance.

Le lieutenant Torpenn hoche la tête.

— Pas une question de chance, avec lui ! C'est un excellent pilote. Il aime les sportives et il sait tirer le maximum même de nos voitures de service.

— Autrement dit, reprend Hadrien, nous avons mis les pieds dans une sale histoire. On est à la pêche au gros et il va falloir prendre quelques précautions. Pour l'instant, nous avons un témoin que j'ai logé à l'hôtel du Quai. Je veux qu'un gardien y reste en faction tant que je n'ai pas trouvé une meilleure solution.

Kevin lève timidement la main.

— Oui ?

— Capitaine, dans la cité, il serait à l'abri.

— Vous m'avez dit que vous auriez des ennuis…

Kevin secoue la tête.

— Je n'ai pas besoin de demander ce service en tant que flic. Il suffit que je parle d'un pote qui a besoin de se cacher de la police pendant quelque temps. Personne ne l'approchera, je vous le garantis.

Hadrien réfléchit rapidement. Les autres n'osent pas intervenir tant l'idée leur paraît risquée, même si le raisonnement de Kevin se tient.

— Lieutenant Ledut, j'aurais accepté votre proposition si vous n'étiez pas stagiaire. En cas de problème, cela aurait de trop lourdes répercussions pour vous comme pour moi. Donc, bien qu'à regret, je dois refuser.

Maïwenn, assise à côté de Kevin, lui donne un léger coup de coude qu'il prend comme un encouragement. Le capitaine ne vient-il pas de lui faire un compliment devant toute l'équipe ? Cooool !

— Nous avons aussi deux prétendus témoins, cette fameuse gamine, Paméla, et sa mère. Si jamais elles savaient réellement quelque chose, elles seraient toutes les deux en danger. Torpenn, vous ne prenez et ne leur faites prendre aucun risque. Déniel, vous restez en retrait, c'est bien compris ?

— Très bien, capitaine.

— Allez-y dès que nous aurons terminé ici et tenez-moi au courant.

C'est au tour de Maïwenn de lever la main.

— Capitaine, il y a quelque chose qui me chiffonne.

Elle se tourne vers le lieutenant Torpenn.

— Votre collègue transportait les prélèvements pour analyse. Pourrait-il y avoir une autre raison aux tentatives dont il a été victime ?

— Non, je ne vois pas.

— Alors, c'est bizarre. Qui pouvait être au courant de la cause de son déplacement et comment a-t-on pu reconnaître sa voiture ?

— Les collègues…

— Mais ils savent qu'il ne servirait à rien de détruire ce matériel ? Il suffirait d'effectuer d'autres prélèvements.

On entendrait une mouche voler.

— Conclusion ? demande enfin Hadrien.

— D'une part ce sont des amateurs, agissant dans l'urgence et ignorants de nos procédures. Donc peut-être des étrangers. D'autre part…

Elle laisse à Hadrien le soin de terminer.

— D'autre part, ils sont bien renseignés.

Ils avaient tous déjà compris mais les mots les glacent.

La gardienne Déniel rompt le silence.

— Sait-on à partir d'où le lieutenant Fournier a été suivi ?

— Il s'en est rendu compte à Lorient, répond le lieutenant Torpenn.

— Seulement ?

— Oui, et comme il a l'œil, je suis convaincu que la poursuite a commencé à Lorient.

Un autre port.

— Brest, Lorient, l'Aber-Wrac'h…, énumère Maïwenn.

— Deux disparus à bord d'un bateau et le canot des AffMar qui sort en pleine nuit, ajoute Hadrien. On a un problème.

— Perquisition aux AffMar ? suggère le lieutenant Torpenn.

S'il connaissait mieux Hadrien, il se serait tu.

— Non, nous n'avons rien pour l'instant, rien de solide. On continue à fouiller et je veux que rien ne filtre de ce qui vient de se dire ici. On a au moins deux cadavres sur les bras, je n'en veux pas d'autre.

Un « c'est compris, capitaine » général lui répond.

— Et maintenant, au travail ! Le Gad, vous tenez la maison en mon absence et vous appelez le commandant de ma part. Je veux deux hommes à l'hôtel du Quai pour la protection d'un témoin. Et s'il s'étonne de ce que j'installe un témoin dans un hôtel, qu'il m'appelle. En attendant, j'y vais et, ensuite, je file chez la procureure pour faire le point. Merci.

Avant de gagner l'hôtel, Hadrien prend le temps d'envoyer un SMS à Marianne Camara pour lui annoncer son arrivée dans une demi-heure.

Quand il se gare devant l'établissement de tata Do, il s'étonne de découvrir le dénommé Paulo sur le seuil, les bras croisés, l'air farouche.

— Bonjour, Paulo ! Un problème ?

— Ça, tu peux le dire !

— Pourquoi tu ne m'as pas appelé ?

— C'est Mme Dominique qui n'a pas voulu. Elle a dit que tu viendrais ce matin et qu'il ne fallait pas te déranger, que tu serais assez vite au courant. Elle t'attend.

Perplexe, Hadrien fonce dans l'entrée où, en effet, sa tata Do l'attend, bien carrée sur une chaise paillée, un extincteur sur les genoux. Dans d'autres circonstances, Hadrien aurait éclaté de rire. On dirait Mam Goz guettant le retour de son homme, coiffe bigoudène en moins.

— Hadrien, c'est Chopic.

— Qu'est-ce qu'il a fait ?

— Lui, rien, le pauvre mignon ! Mais un malfaisant a voulu le tuer, rien que ça !

C'est donc cela qui vaut au vieil homme de passer du qualificatif de « vieux puant » à cet amical « mignon » dont Hadrien s'étonnait…

— Où est-il ?

— Dans mon bureau. Personne ne peut y entrer sans passer par Paulo et par moi.

— Tu crois arrêter un tueur avec ton extincteur ?

— Oui, j'ai bien vu dans les films comment il faut faire.

Atterré, Hadrien se penche sur elle, la débarrasse de son arme improvisée et la serre dans ses bras à l'étouffer.

— Ne refais jamais ça, tu m'entends ! Tu aurais dû m'appeler, je serais venu tout de suite.

— Mais on l'a mis en fuite, à nous deux, Paulo et moi, et toi tu n'étais pas là.

Elle n'a pas tort.

— Deux hommes arriveront bientôt en protection. Je les attends avec toi. D'ailleurs…

Il prend son téléphone.

— Commandant ? Mon lieutenant a dû vous demander deux hommes pour protéger un témoin. Cela devient très urgent. Le témoin en question a été victime d'une agression.

— Votre SDF ? répond sèchement Gambais. J'ai une solution à vous proposer : la cellule de dégrisement, il serait à l'abri, chez nous.

— Je ne préfère pas, commandant, je vous expliquerai. Je dois passer chez la procureure et je viens vous faire mon rapport tout de suite après.

Hadrien raccroche, satisfait. Il sait que ce « je viens vous faire mon rapport » lui vaudra l'indulgence du commandant en cas de besoin. Dans l'immédiat, deux gardiens expérimentés doivent le rejoindre dans dix minutes, le temps de descendre la rampe qui conduit au port de commerce depuis le centre de la ville.

Il se tourne vers l'hôtelière.

— Bon, raconte-moi maintenant ce qui s'est passé.

— Je venais de monter le petit déjeuner à ce pauvre Chopic et je commençais à trier le courrier. Le facteur passe tôt, ici. Et puis, la porte du bureau n'était pas fermée, j'ai eu une impression bizarre, comme si j'avais vu un fantôme, tu sais, du coin de l'œil. Mais les fantômes, je n'y crois pas, hein, surtout pas en plein jour. Alors, je me lève, je vais voir dans l'entrée et j'entends du *reuz* à l'étage. Je monte aussi vite que je peux. La porte de ce pauvre Chopic…

Hadrien se demande si elle l'appellera de nouveau un jour autrement que « ce pauvre Chopic »…

— La porte était entrouverte et ça faisait des bruits bizarres, à l'intérieur. Tu sais que je ne suis pas indiscrète mais, avec ce que tu m'avais raconté, j'ai préféré vérifier. J'ai toqué et j'ai demandé : « Tout va bien ? » Comme il ne répondait pas, j'ai poussé la porte et j'ai vu ce sale type en train d'étrangler le pauvre Chopic. Je te dis pas comme j'ai attrapé la cafetière et *pan !* Un bon coup sur sa cafetière à lui !

Et elle rit de sa blague. Hadrien en reste bouche bée.

— Tu as…

— Qu'est-ce que tu crois ? Je n'allais pas laisser étrangler un client, surtout amené par toi ! Le type, il a gueulé ! J'ai oublié de te dire que le café était encore très chaud. Comme il s'essuyait les yeux, je lui en ai remis un autre coup en pleine figure, et pis dans le nez, et dans les dents. Et ce pauvre Chopic qui reprenait son souffle comme il pouvait, il lui a planté son Opinel dans les côtes ! Heureusement qu'il l'avait ! Tu sais, c'est un ancien marin et ils ont tous leur couteau. Il n'utilise que le sien, à table. L'autre, il n'a pas demandé son reste, il a cavalé dans l'escalier et *pfuit !* Envolé l'assassin !

Hadrien hallucine, il imagine la scène assez cocasse malgré tout. Toutefois, ses réflexes professionnels jouent encore.

— Tu n'as pas lavé le couteau, au moins ?

— Tu me prends pour une cruche ? Ton couteau, avec l'ADN du tueur, il t'attend dans un sac plastique sur mon bureau.

— Donc plus de peur que de mal. Chopic a besoin d'un médecin ?

— Non, il s'est bien débattu. Il a plus de force qu'on croirait.

— Je vais quand même demander qu'on l'emmène à l'hôpital pour avoir un descriptif de ses blessures éventuelles.

— Il a des grosses marques sur le cou.

— Tu vas devoir aussi laisser la chambre en l'état, le temps pour la Scientifique d'en faire le tour.

Joignant le geste à la parole, il tape le numéro de la PTS sur son téléphone.

— Ils viendront dans la matinée, annonce-t-il après avoir raccroché. Ils te montreront leur carte tricolore. Tu veux bien expliquer tout ça à Paulo pendant que je parle à Jobic ?

Dans le minuscule bureau de l'hôtel, Jobic termine un plantureux petit déjeuner.

— Comment tu te sens ? demande Hadrien.

— Comme un coq en pâte ! Ta copine, elle est super.

Décidément, ce petit monde ne cesse d'étonner Hadrien. Il subit une tentative de meurtre et se sent comme un coq en pâte ?

— Comme mon 'tit déj était renversé, la patronne m'en a préparé un autre encore deux fois mieux. Elle dit que je dois éponger la bibine – non, elle dit pas la bibine, la boisson – et me remplumer. Je te dis pas comme je mange, depuis hier ! Autant en moins d'un jour que pendant toute une semaine. Tu m'as envoyé au paradis, 'pitaine !

— J'en suis heureux, mais je dois te poser quelques questions. Tu as vu ton agresseur ?

— Si je l'ai vu ? En pleine figure, oui ! Et il puait de la gueule, je te dis pas !

« Je te dis pas », leitmotiv du matin…, remarque Hadrien.

— Tu saurais le décrire pour qu'on fasse un portrait-robot ?

— Pas besoin, tiens, il est là, ton type.

De plus en plus sidéré, Hadrien contemple le dessin que Jobic lui tend.

— Ouais, j'ai un peu traîné aux Beaux-Arts, à une époque. Pas toujours été matelot, moi ! Par contre, je sais pas quelle langue il parlait, parce qu'il a juré comme cent mille diab' quand Mme Dominique lui a cassé la cafetière dessus. Mais c'était pas d'ici.

Hadrien sort son téléphone et choisit une application « traduction ». Il tape un juron bien français et assez long – du genre qu'il ne se permettrait jamais de répéter devant qui que ce soit – puis demande à la machine de le traduire et le prononcer dans différentes langues. Au troisième essai, Jobic lève la main d'un air pensif.

— Là, refais-le… Oui, ce n'est pas tout à fait ça, mais ça y ressemble.

Pas de doute, son agresseur parlait russe. Ou une langue proche. Hadrien vérifiera auprès de tata Do.

Il appelle Maïwenn.

— Lieutenant, vous pouvez venir chercher Jobic pour l'emmener à l'hôpital ? On a voulu l'éliminer. Il faut faire constater les traces de l'agression, demander un certificat médical et, ensuite, prendre sa déposition. Vous vous ferez accompagner par les deux hommes affectés à sa protection. Je vous attends. Une tentative suffit.

L'ex-matelot et dessinateur, qui termine son troisième croissant, en rigole.

— Trois poulets pour moi tout seul ? C'est bien la première fois que j'apprécierai la compagnie !

— J'aurais préféré que ce soit dans d'autres circonstances, grogne Hadrien. Je te laisse terminer ton petit déjeuner tranquillement.

Hadrien sort à peine du bureau qu'une sirène retentit dans la rue. Les gardiens envoyés par le commandant entrent quelques instants plus tard sous le regard méfiant de Paulo, toujours posté devant la porte.

— Brigadier Stéphane Lambert et gardien Yann Ducros à vos ordres, capitaine !

On a presque entendu claquer ses talons. Jeune recrue à la carrure impressionnante, Lambert semble déterminé à réussir sa carrière.

— Le commandant m'a enjoint de vous préciser que je suis ceinture noire de karaté et bon tireur.

Fichtre ! Enfin quelqu'un qui emploie « enjoindre » à bon escient ! Cela met du soleil dans une journée qui a mal commencé.

— Le gardien Ducros est champion de France de tir dans la police, ajoute Lambert.

— Ah, c'est donc vous ? J'ai entendu parler de vos exploits mais j'ignorais que vous faisiez partie des troupes brestoises.

— Ma mère est du Conquet, capitaine, et j'ai demandé mon affectation ici dès que j'ai pu.

Rassuré sur l'avenir de son protégé, Hadrien donne ses instructions aux deux hommes, leur enjoignant de ne pas quitter Jobic d'une semelle, de l'empêcher de sortir et de ne laisser aucun inconnu, homme ou femme, l'approcher, sauf les lieutenants Le Gad et Ledut qui viendront le chercher pour aller à l'hôpital, ainsi que la PTS.

— Vous les accompagnerez à l'hôpital et ensuite au commissariat pour qu'on prenne sa déposition. Pendant qu'il y sera, vous reviendrez ici pour vérifier qu'on ne peut accéder à l'hôtel par aucun autre côté que la porte principale. N'oubliez pas le grenier et la cave, s'il y en a une ! Bien compris ?

— Compris, capitaine !

Le temps de vérifier l'histoire de l'accent russe auprès de tata Do, et Hadrien accueille Maïwenn. Il lui confie le tout, non sans renouveler ses consignes. Il insiste, en particulier, pour qu'ils portent tous leurs gilets pare-balles.

— Bien sûr, capitaine, j'en ai même prévu un pour lui.

Cette fois, il est vraiment rassuré. Jobic ne risque rien.

Direction le bureau de la procureure ! Un collègue attaqué, car il n'y a pas d'autre mot, sur la route du laboratoire de Nantes, et un témoin victime d'une tentative de meurtre… Qui était au courant ? Ça pue salement, pense Hadrien avec colère. Il y a des fuites. Le pire : il se doute de l'origine de la trahison et désire plus que tout se tromper.

Dans le lointain, retentit la sirène d'un bateau : le *Sea Paradise* s'apprête à reprendre la mer et salue Brest. Rageant ! À quelques heures près ! Même à vitesse réduite, le monstre quittera la rade dans la matinée. S'il faut le rattraper…

Marianne Camara écoute le compte-rendu d'Hadrien, pensive. Quand il lui raconte comment on a voulu empêcher les prélèvements d'arriver au laboratoire, elle l'interrompt.

— Il y a une hypothèse à laquelle vous n'avez pas pensé : étant donné la violence de leurs procédés, ce ne sont certainement pas des amateurs. Ils connaissent nos procédures, ils savent que nous n'aurions qu'à envoyer d'autres prélèvements, mais il ne s'agit pas de cela…

— Vous avez raison. Ils veulent gagner du temps.

— Le *Sea Paradise*, disent-ils en chœur.

— Il part ce matin, précise Hadrien.

— Trouvez-moi un motif de le retenir, vite !

— Tant que nous n'avons pas les résultats ADN…

— Je n'ai vu aucun signe distinctif sur le bras ni sur le torse… On ne vous en a pas parlé, sur le bateau ?

— Non. Pas de tatouage, pas de cicatrice.

— Le pied ? C'est le même vernis que celui du doigt ?

— Apparemment, mais, là aussi, tant que nous n'avons pas les résultats des analyses, nous ne pouvons écarter la coïncidence.

Il aime bien dire « nous », quand il s'agit de Marianne Camara. Ce matin, elle est parfaite dans un tailleur-pantalon de lin blanc qu'elle porte sur un débardeur mandarine.

— Je suppose que le pedigree des employés a été vérifié ? demande-t-elle.

— Les passeports ont été scannés et on les revérifie.

— Quelles nationalités ?

— Pas de Russe, si c'est ce à quoi vous pensez.

— Zut ! Ukrainien ?

— Oui, deux, mais surtout des Français, dont quelques Antillais, et des Philippins…

Le récit de l'agression contre Jobic lui arrache la même exclamation.

— Zut ! Cela fait trop de coïncidences.

Elle ne prononce pas le mot « taupe » mais elle le pense très fort et Hadrien ne s'y trompe pas.

Le téléphone les fait sursauter. Troisième zut !

— Dites-leur que j'ai terminé, répond la procureure. J'arrive. Merci, Mme Gauthier.

— Capitaine, vous pouvez m'appeler à n'importe quelle heure. Mais, comme je serai au tribunal cette après-midi, je basculerai en mode vibreur.

Elle griffonne rapidement sur un Post-it.

— Numéro direct de ma secrétaire, Mme Gauthier. Si je ne décroche pas, elle saura me joindre. Vous pouvez aussi m'envoyer un SMS si vous préférez rester discret.

L'esprit préoccupé, Hadrien descend le long couloir du tribunal qui l'a conduit au bureau de la procureure et s'arrête devant l'ascenseur. Comme lui, elle a conclu à l'existence d'une taupe et, comme lui, elle n'aime pas ça du tout. D'ailleurs, qui aimerait ça ? Hadrien hésite encore à en parler au commandant Gambais. La procureure n'a pas évoqué la question. Qui ne dit mot consent ? Hadrien décide de s'en tenir à cette interprétation du silence de Marianne Camara. Plongé dans ses réflexions, il n'a pas vu son amie, Juliette Marec, qui accourt vers lui depuis l'autre bout du couloir. La journaliste du *Télégramme* ne passe pourtant pas inaperçue : petite et très blonde, elle porte un jean et un débardeur qui découvre des épaules déjà bronzées. Elle rejoint Hadrien au moment où l'ascenseur s'arrête devant lui et lui pose la main sur le bras, le faisant sursauter.

— Tu as un problème, toi, lui dit-elle.

Hadrien sourit. Comment fait-il, se demande-t-il, pour croiser autant de femmes toutes plus affolantes les unes que les autres ? Pourtant, il n'a jamais trompé Juliette, qui lui apporte le plaisir et la tendresse dont il a besoin après avoir côtoyé la violence, la méchanceté, la bassesse…

— Tu me connais trop bien !

— C'est l'affaire de Moulin-Blanc ?

— Compliquée…, reconnaît-il.

— Il y a des rumeurs, sur le port.

Il ignore comment elle s'y prend : Juliette, avec ses airs de poupée blonde, arrive toujours à ses fins et sait toujours tout avant tout le monde, ou presque. Cela vaut la peine de l'écouter.

— Il y a des types que personne n'avait jamais vus, poursuit-elle. Discrets mais pas gentils. C'est étrange, je n'avais jamais entendu répéter si souvent ces mots « pas gentils » qu'en ce moment.

— Tu as une idée de la date à laquelle ils sont arrivés ?

— Une semaine, à un ou deux jours près. Ils logeraient quelque part sur la côte mais les localisations sont très contradictoires. Tantôt on me parle du Conquet, tantôt du Relecq ou carrément de la côte Nord.

— L'Aber-Wrac'h, Plouguerneau ?

— Oui. Tu as des infos ?

— Autre chose ? demande-t-il sans répondre à la question de Juliette.

— Eh ! Tu ne veux pas que je fasse ton boulot ?

— Juliette, je n'ai pas le temps de plaisanter. J'aimerais beaucoup mais cette histoire…

— Pue salement ! termine-t-elle à sa place. OK, ils auraient un accent bizarre. Personne n'a su me dire lequel précisément, russe, polonais, tchèque, hongrois, sibérien, j'ai eu droit à tout et n'importe quoi ! Mais tout pointe vers une langue de l'ex-bloc soviétique. Je vois déjà mon titre : « Les ex du KGB débarquent à Brest ! »

Hadrien profite de ce qu'ils se trouvent seuls dans le couloir pour lui prendre le bras.

— Juliette, sois prudente ! Ce sont, en effet, des vrais méchants, d'où qu'ils viennent. Je ne veux pas que tu prennes le moindre risque.

L'anxiété que reflète le visage d'Hadrien, une rareté chez lui, dissuade la jeune femme de placer une réplique style série télé : « Oh, tu tiens un peu à moi ? » Elle l'a déjà vu soucieux à cause d'affaires pénibles, mais jamais aussi tendu.

— D'accord, Hadrien, mais lâche-moi, on pourrait nous voir. Et on a dit qu'on resterait discrets.

— Je m'en fiche, c'est trop grave. Promets-moi…

— D'accord, je te promets de ne prendre aucun risque inutile. Tu sais que je me fie à ton instinct. Si tu me dis de me méfier, je me méfierai. Promis ! Tu penseras à me tuyauter dès que tu le pourras ?

— Oui, répond-il en l'embrassant très vite dans le cou. Je dois y aller…

— Voir le commandant ? Tu l'embrasseras pour moi ?

Ils se quittent avec le sourire que déclenche toujours l'innocente blague de Juliette. Cela date d'une soirée où elle était invitée, sans Hadrien, en même temps que le commandant Gambais. Aussitôt tombé sous le charme de ses yeux gris, ce dernier avait déployé toute la panoplie du parfait séducteur. Il avait espéré, sinon la mettre dans son lit car il aurait craint de faire des vagues, au moins la mettre dans sa poche de façon à avoir un contact au *Télégramme*. Même s'il ne tient pas la presse en très haute estime, le commandant a toujours considéré comme nécessaire de savoir s'en servir et, donc, de rester en bons termes. Juliette profite de ces aimables dispositions pour le faire parler. Rassembler des bribes d'information, des détails, les minuscules indiscrétions qui finissent par en raconter long, elle sait le faire comme personne. Hadrien connaît cette capacité et l'admire.

À l'entrée de l'hôtel de police, il croise le brigadier Le Floc'h, *alias* la Bécane. Il le salue d'un clin d'œil. Même s'il y a seulement quelques centaines de mètres depuis le tribunal, la marche lui a fait du bien.

— Bonjour, capitaine ! répond le brigadier qui, lui, ne se permet pas de clin d'œil. Pas de problème, en ce moment ?

Hadrien comprend aussitôt : la vie au poste principal devient pénible pour le brigadier.

— Si, justement, je voulais vous voir ! Je ne retrouve pas une partie de mes fichiers de la procédure en cours. Si vous avez une minute…

— Aïe ! La procédure en cours… Alors, c'est urgent ?

— En effet. Puisque je vais voir le commandant, je lui dirai que je vous ai réquisitionné. Vous pensez pouvoir y aller tout de suite ?

— Oui, capitaine, à vos ordres ! Mais ne comptez pas que j'y sois avant une petite demi-heure, le temps de terminer ici et de descendre à pied. Toutes les voitures sont dehors.

— Parfait, brigadier Le Floc'h, je vous remercie.

— Le Che va bien ? demande Le Floc'h plus discrètement.

— Tout à l'heure, répond Hadrien à mi-voix.

Certains de ses collègues qui le voient passer saluent d'un air un peu moqueur cet Hadrien « avec un h », qu'ils ne comprennent pas mais doivent ménager en raison de son grade. En revanche, ceux qui, comme la Bécane, le connaissent, répondent à son bonjour avec un discret respect.

Hadrien trouve le commandant occupé à dépoussiérer une maquette de porte-avions qu'il n'avait pas encore vue. Autre nouveauté : le bureau a été repeint et tapissé d'un élégant papier crème à rayures ivoire. La différence de teintes se voit à peine mais cela crée une impression très raffinée, très soignée. Une console en chêne sculpté a été ajoutée dans un angle. Le commandant y dépose avec soin sa maquette. Le contraste entre la console ancienne et la maquette contemporaine mériterait certainement un article dans un magazine de décoration. Hadrien se reproche ses sarcasmes. Il apprécie de se trouver dans une pièce agréable et propre.

— Très réussi, commandant !

Il y a même une bibliothèque en acajou, assortie au bureau, bourrée de livres de droit et de dossiers impeccables.

— Je vous remercie, capitaine, il était temps d'améliorer le décor. Par contre, ce qui ne s'améliore pas, c'est votre enquête.

— Toute l'équipe vous remercie d'avoir envoyé des renforts, commandant.

D'un geste auguste de sa main manucurée, le commandant balaie ce petit souci.

— Où en êtes-vous ? Votre témoin ?

— En sécurité et capable de dessiner…

Hadrien, qui hésitait jusque-là, se décide à montrer le portrait de l'agresseur de Jobic.

— Il se débrouille bien votre témoin… Déjà vu cette tête ?

— Non.

— Quelqu'un le connaît ?

— Je préférais en parler avec vous avant de faire circuler son portrait. Je crains de donner l'alerte au gibier.

— Comment…

Édouard Gambais réalise soudain que son capitaine a l'air très embêté. Que se passe-t-il ? Il flaire une histoire louche. Son esprit soupçonneux ne devine pourtant pas ce qu'Hadrien voudrait lui cacher : l'existence de fuites. Il faudrait mieux connaître le terrain pour l'envisager. Or le commandant n'est jamais allé sur le terrain et, quand il ne comprend pas, il applique une recette aussi classique qu'infaillible : aux autres de se débrouiller ! Si cela tourne mal, il ne sera pas impliqué.

— Écoutez, mon vieux…

Holà ! pense Hadrien. *C'est la première fois qu'il m'appelle « mon vieux ». Ça sent les ennuis…* En effet, ça ne rate pas.

— Faites votre métier ! Enquêtez, fouinez, interrogez, secouez s'il le faut mais sans faire de vagues, surtout ! Bref, apportez-moi des résultats, c'est tout ce que je veux. Demandez-moi tous les renforts nécessaires mais réglez cette affaire au plus vite. Les vacances approchent, les touristes arrivent déjà, le préfet va nous tirer les oreilles et je ne vous parle même pas de la mairie ! Brest ne peut pas rater la saison après avoir tellement investi pour accueillir les visiteurs. Océanopolis, le téléphérique, le tramway, la Carène, que sais-je encore. Allez, tenez-moi au courant !

Ainsi congédié sans autre forme de procès, Hadrien ne demande pas son reste et tire sa révérence. Dans le couloir, il découvre un de ses protégés qui le guettait.

— Capitaine ! Le lieutenant Lamour a quelque chose pour vous.

Comme le gardien s'est exprimé à mi-voix, Hadrien suppose qu'il ne veut pas mettre le commandant dans la partie.

Sylvie Lamour, mère de quatre enfants, elle aussi championne de tir, s'est levée à l'entrée du capitaine. Elle n'aime pas beaucoup Hadrien, sans savoir pourquoi. Peut-être parce qu'il a, un jour, remis à sa place un crétin qui la harcelait en raison de son nom de famille, pourtant courant dans la région ? Elle préfère se défendre elle-même. Les malpolis regrettent toujours amèrement et longtemps leurs écarts de langage.

— Capitaine, une patrouille de cette nuit a repéré un drôle d'oiseau… Ne vous inquiétez pas, votre mainate ne s'est pas échappé. Un petit bonhomme au teint foncé et qui porte un tee-shirt « *Sea Paradise* »… Ça vous intéresse ?

— Si ça… Lieutenant, vous êtes…

Il a failli dire « un amour » mais se rattrape en bafouillant « formidable », ce qui la fait rire.

— Merci, capitaine ! Vous voulez le voir ?

— Vous l'avez ?

— Non, il nous a filé entre les doigts mais il paraît que vous êtes… formidable pour la course à pied…

Et *vlan !* Elle ne l'a pas loupé ! Hadrien ravale sa déconvenue et juge inutile de la remettre à sa place. Qu'elle savoure cette petite victoire…

— De quel côté a-t-il été vu ?

— Le Stang-Alar. On l'a repéré d'abord du côté de Moulin-Blanc. Depuis votre pêche miraculeuse, tout le monde cherche le scoop. Votre homme faisait tache dans le quartier et il n'a pas échappé aux jumelles des guetteurs. Quand il s'est rendu compte qu'il attirait l'attention, il a fait demi-tour pour remonter vers le vallon. D'après les gardiens présents qui ont cherché à l'attraper, il court vite…

L'idée d'Hadrien distancé par un « petit bonhomme » réjouit le lieutenant qui ne s'en cache pas.

— Je vous remercie, lieutenant Lamour, répond courtoisement Hadrien avant de lui tourner le dos.

— Au revoir, capitaine, bonne chance !

Le ton sarcastique à peine voilé de cette mère de famille lui inspire un profond mépris. Cela l'étonne toujours : pour lui, quand on a des enfants, on se conduit forcément bien. Mais les faits sont têtus et le détrompent quotidiennement. À propos d'enfants…

Sur le seuil de l'hôtel de police, il appelle Maïwenn.

— Des nouvelles de Torpenn ?

— Non, capitaine, pas encore. Il est à peine dix heures.

— Rien d'autre ? Non ? Si vous me cherchez, je serai au Stang-Alar. Il semble qu'un employé du *Sea Paradise* s'y soit réfugié. Je pars y faire un tour avant d'envoyer la cavalerie.

— Mais alors…

— Oui, nous aurons un motif valable pour retenir ce damné rafiot s'il s'agit bien d'un de leurs employés. Jusqu'à nouvel ordre, pas un mot de cette histoire ne doit sortir. Je veux conserver l'effet de surprise. Maïwenn, n'oublie pas que la disparition de cet homme ne nous a pas été signalée. Pourquoi ? Ils l'ignorent ou bien veut-on nous la faire ignorer ? Je te laisse, j'informe la procureure.

Il raccroche, laissant Maïwenn pensive. S'il lui donne son prénom et la tutoie pendant le travail, c'est qu'il flaire une piste.

7

Jeudi 17 juin, 10 h 30.

Hadrien se souviendra des moments qui suivent son départ de l'hôtel de police comme d'une parenthèse presque heureuse au milieu d'une histoire sinistre. Il a toujours aimé le vallon du Stang-Alar et ne s'inquiète que d'une chose : de quel côté tentera-t-il sa chance ? Par le bas du vallon ou par le haut ? Cela représente une trentaine d'hectares à explorer sur une longueur de deux kilomètres. Si le fugitif s'y trouve toujours, de quel côté a-t-il trouvé un abri ?

Il réfléchit tout en pilotant sa moto en direction de la place de Strasbourg. Il remonte la rue Yves-Collet puis la rue de Sébastopol à petite vitesse, s'arrête pour laisser traverser les piétons aux passages réservés, ne fait pas rugir son moteur… Son parrain lui a appris une grande leçon : c'est quand on manque de temps qu'il faut s'asseoir et réfléchir. *D'accord, parrain, je suis confortablement assis sur la selle bien rembourrée de ma moto et je réfléchis.*

Place de Strasbourg, Hadrien jette un regard froid sur une construction désignée comme le bâtiment public le plus moche de l'année 2016. L'œuvre s'intitule *Les Jetées* mais on y voit plutôt des Escalator figés pour l'éternité. La critique est cruelle à l'égard de l'artiste mais Hadrien n'a toujours pas accepté que l'on remplace par des horreurs un rond-point merveilleusement fleuri. Rouler doucement lui a permis de se décider. Si l'homme est malin, il se trouve du côté de la falaise, à l'entrée du jardin botanique, vers le haut du vallon. À cette heure-ci, il n'y aura pas grand monde. Après la place de Strasbourg, Hadrien la joue paresseux, descend la rue de Paris sans hâte et s'arrête devant une boulangerie. Si cet homme s'est enfui du *Sea Paradise* comme il le pense, il ne sait pas où aller et a faim. S'il se fie à la description fournie par le lieutenant Lamour, Hadrien parie volontiers sur l'un des Philippins du bord. D'après ce qu'il a vu, on les affecte surtout à la buanderie et aux cuisines. Sans papiers puisque les passeports des employés sont confisqués, cet homme, qui ne connaît pas Brest et parle sans doute peu le français, cherchera à se cacher. Or s'il a couru vers les arbres du Stang-Alar, le vallon qui monte perpendiculairement à la plage de Moulin-Blanc, c'est parce que les arbres offrent un meilleur abri que la rue. En revanche, s'ils assurent le gîte, ils ne fournissent pas le manger. Peut-être qu'un sac de croissants le convaincra de se montrer. Hadrien n'a pas envie d'une chasse à l'homme, à l'homme exploité qui plus est et qui doit craindre le pire pour avoir non seulement pris le risque de fuir mais aussi trouvé un moyen de le faire.

Les croissants à l'abri dans le coffre de la moto, Hadrien tourne dans la rue du Bot, sur sa droite, et la remonte. Enfin, la rampe du Stang-Alar l'amène en pente raide à l'entrée du jardin botanique qui occupe les deux tiers du vallon. Et, à cet instant, la chance décide de le servir. Un de ses amis d'enfance, qui travaille au Conservatoire botanique, sort du pavillon d'accueil.

— Hadrien !

— Jean-Marc !

— Tu sais que tu donnes le mauvais exemple avec ta moto ?

— Oui, je t'explique mon problème…

En effet, il n'est pas censé aller jusqu'au portail à moto mais Jean-Marc Sévellec comprend vite la situation et Hadrien se gare discrètement à l'abri du pavillon d'accueil. Il n'a pas envie, en cas de besoin, de perdre du temps à courir jusqu'au parking. Pendant qu'il range son casque, il demande des nouvelles des derniers travaux de Jean-Marc.

— Ça s'est bien passé, en Sicile ?

Jean-Marc travaille au sauvetage d'une espèce menacée, le *Zelkova sicula.*

— Je te raconterai ça plus tard, on va plutôt s'occuper de trouver ton bonhomme.

Au moment de s'engager dans l'allée principale du jardin, Hadrien lève les yeux vers les serres qui dominent l'entrée et dont la vue ravive toujours un de ses grands souvenirs : la rare floraison, en 2003, d'un arum géant. Trois mètres de haut et une épouvantable puanteur !

Devisant d'un air décontracté, Hadrien et Jean-Marc longent le vaste étang qui miroite à leur gauche sous un ciel parfaitement bleu. Au fond, se dressent les parois d'une ancienne carrière de gneiss.

— Tu crois qu'il aurait pu trouver notre cachette ?

— Non.

Tout petit, Hadrien avait transposé, en grandeur nature, les images d'un livre sur la préhistoire dans les anciennes carrières. Dès qu'on l'avait autorisé à se promener avec des galopins de son âge, il avait exploré les parois rocheuses en quête d'abris-sous-roche, convaincu d'y découvrir des peintures rupestres… Lors d'une exploration où Jean-Marc l'accompagnait, il avait trouvé un creux dans la falaise qui leur avait ensuite servi de repaire.

— Non, reprend Jean-Marc. C'était déjà difficile d'accès à l'époque, et depuis, la végétation s'est densifiée.

— Ce serait pourtant naturel. Il a dû chercher un refuge du côté des carrières.

— Laisse-moi réfléchir…

Confiant dans la connaissance qu'a son ami du terrain, Hadrien se détend, apprécie la promenade, admire les arbres magnifiques, les nénufars qui commencent à s'ouvrir, les iris d'eau aux lumineuses fleurs jaunes. Et que de parfums ! Il aime aussi le spectacle des canards colverts qui partagent l'espace avec mouettes, aigrettes, foulques, poules d'eau et passereaux. Il frémit à l'idée de voir débarquer dans ce calme et cette beauté une compagnie de gendarmes armés de pied en cap et chargés de poursuivre un pauvre type.

— Et là ? demande-t-il.

Une cabane sur pilotis avec un toit très pentu retient l'attention d'Hadrien. Il imagine combien cela l'aurait fait rêver dans son enfance. Jean-Marc réfléchit quelques instants sans cesser de marcher.

— Non, je ne pense pas. Ton type aurait dû se jeter à l'eau pour gagner la cabane et il ne pourrait pas en sortir en plein jour. Il sera toujours temps, en cas d'échec…

Devant les arbres magnifiques qui ombragent les rives de l'étroite rivière, Hadrien voit resurgir toute son enfance mais tout lui paraît différent, à la fois plus grand et plus petit. Quelques promeneurs et amateurs de course à pied le saluent et, comme il se doit, il dit bonjour aux gens qu'il croise. On est à Brest, pas chez des « sauvages de grandes villes » !

— Les anciens locaux du conservatoire n'ont pas encore été rasés, dit Jean-Marc. Essayons de ce côté…

Ils poursuivent jusqu'aux trois mares qui succèdent à l'étang de la grande carrière. Les eaux calmes des étangs d'un côté contrastent avec le chant permanent de la rivière qui, de l'autre côté, frétille entre les rochers. L'eau, les oiseaux, le frissonnement des feuillages dans la brise… Hadrien se sent renaître. Évidemment, il faut que son téléphone le dérange à cet instant. C'est le lieutenant Torpenn.

— Capitaine, il est onze heures et la mère n'est pas là. D'après les voisins, elle ne rentre pas toujours.

— Laissez-lui une convocation et procédez à une petite enquête de voisinage. Merci, lieutenant.

Ce rappel à ses responsabilités a brisé le charme. Hadrien avance de quelques pas le long de la première mare et lève les yeux. D'abord des arbres et la rambarde d'un chemin qui monte au flanc du vallon puis un aperçu de la falaise. Tout en haut, la cachette… Hadrien réalise à quel point il s'est trompé : l'escalade qu'il osait à douze ans lui serait impossible à présent, en dépit de son excellente condition physique. Il ne franchirait plus certains passages très étroits et acrobatiques.

— On ne passerait plus, confirme Jean-Marc. Trop grands, trop lourds… Et tu te souviens du temps qu'il nous a fallu pour la découvrir ? Ton bonhomme ne dispose pas de ce temps. Viens, allons voir du côté des anciens bâtiments.

Ils empruntent une des passerelles qui franchissent le ruisseau et, après une brève montée, arrivent devant la construction qui abritait le conservatoire. Les portes sont fermées, aucune n'est fracturée. Personne n'est entré.

Le fugitif a dû trouver une autre solution. Soucieux, Hadrien regarde autour de lui… La bambouseraie ! Cela s'impose comme une évidence : s'il s'agit bien d'un des Philippins du bord, celui-ci a dû se tourner spontanément vers un environnement familier. *Le renard se réveille*, pense Hadrien. Comment n'y a-t-il pas pensé tout de suite ?

Ils redescendent vers les bosquets de bambous. Un panonceau demande que l'on n'y entre pas car « chaque bourgeon cassé représente une année de perdue pour la plante ». Très bien mais le fuyard ne lit pas le français, hormis les inscriptions indispensables à comprendre pour son travail. De toute façon, la préservation des bambous n'entre certainement pas dans ses préoccupations immédiates…

Hadrien se reproche également d'avoir pensé uniquement à la rive gauche alors que la rive droite offre elle aussi de belles possibilités : bambous, gunnères au bord de l'eau, fouillis végétal au flanc du vallon. Ils descendent et remontent lentement la rive droite au milieu des bambous et des bananiers, convaincus que leur manège inquiétera suffisamment l'homme pour qu'il commette une erreur. Heureusement que les distances restent courtes ! L'heure tourne, le soleil monte mais il fait bon à l'ombre des plantes. Des cancanements indignés les figent sur place. En contrebas, on s'agite sous un *Gunnera manicata*, plus familièrement une gunnère, dont les énormes feuilles trempent dans l'eau. Une cane en jaillit, visiblement très fâchée, suivie de canetons duveteux.

— Tu paries ? demande Jean-Marc.

— Non, nous sommes d'accord.

Hadrien a la certitude d'avoir déniché son homme. Depuis le pont en surplomb du gunéra, il appelle :

— *You want to eat ? Hello ! I'm your friend, don't be afraid...*

Comme il ne se passe rien, il se décide à descendre sur la berge où ses chaussures s'enfoncent dans l'herbe détrempée. Accroupi sur ses talons, il répète sa proposition :

— Vous voulez manger ? Je suis votre ami, n'ayez pas peur...

Rien. Pourtant, il ne se trompe pas. Posant le sac de croissants sur une pierre sèche, il remonte jusqu'au sentier et attend. Cela ne dure pas. Le « petit bonhomme » apparaît, trempé, l'air terrifié, et s'empare du sac. Sans songer à regagner sa cachette, il dévore un premier croissant puis un deuxième avant de lever les yeux vers Hadrien qui le rassure d'un signe de la main et lui sourit.

— *Hello ! You like it ?* Bonjour, ça vous plaît ?

Hochement de tête : oui, ça lui plaît. Hadrien tente un pas vers lui puis deux et lui tend la main.

— *Come with me*, venez avec moi, je ne vous ferai pas de mal.

— Tu n'as plus besoin de moi ? demande Jean-Marc.

— Non, merci pour ton aide. Je te revaudrai ça.

— Un dîner cuisiné par ton parrain me conviendra !

Jean-Marc s'éloigne en riant et son rire semble décider le fugitif. D'un seul coup, comme incapable de résister plus longtemps, il s'avance. Hadrien lui désigne un banc tout proche et l'invite à s'y asseoir avec lui. Ouf ! Il préfère toujours que tout se passe gentiment, sans menaces, sans casse.

La peur flambe dans les yeux du Philippin, perdu si loin de chez lui, quand Hadrien se présente. La police ! Le mot seul l'accable et il se tasse sur lui-même. Quand Hadrien lui demande de le suivre, il s'exécute, tête basse, mais le capitaine ne l'emmène pas loin. Il s'arrête à l'entrée du conservatoire, à un endroit où le soleil donne bien. Le fugitif a besoin de se sécher et de se réchauffer.

— Allô ? Lieutenant Le Gad ? Il me faut une voiture, discrète si possible.

Il lui explique où il se trouve.

— C'est urgent, conclut-il.

Quand Hadrien dit « urgent », Maïwenn agit en conséquence. Elle a pris son véhicule personnel par souci de discrétion et, dix minutes après leur conversation, elle s'arrête au point de rendez-vous. En découvrant le Philippin, elle ouvre de grands yeux.

— Plus tard ! dit Hadrien. Il faut le mettre en sécurité, mais il a besoin qu'on s'occupe de lui après une nuit passée dehors. Une idée ?

Maïwenn réfléchit quelques instants.

— Une nuit à l'hôpital ? Benoît arrangera ça.

Un frère médecin, cela rend parfois des services.

— Il faut vraiment éviter qu'il s'enfuie de nouveau, insiste Hadrien.

— Une petite cure de sommeil lui fera du bien, décrète le lieutenant.

— Et personne ne doit savoir où il se trouve.

— Voulez-vous un ou deux gardes devant sa chambre ?

Hadrien hésite…

— Non, cela le désignerait sans vraiment le protéger. Si quelqu'un veut entrer, il le fera, d'une façon ou d'une autre. Il vaut mieux un collègue en civil et à l'intérieur de la chambre, au moins jusqu'à ce soir. On verra pour la suite.

— Bien, je m'en occupe. Pour le reste, mon frère saura quoi faire. Où est votre moto ?

— À l'accueil. On se retrouve au commissariat.

Avec un sourire, Maïwenn prend une couverture dans son coffre, la donne à l'homme qui tremble malgré le soleil et lui fait signe de monter dans sa voiture.

Hadrien préfère ne pas savoir comment le frère de son lieutenant va gérer la situation. Cela lui évitera de mentir. La seule personne à laquelle il dira la vérité, c'est la procureure.

Il retrouve Marianne Camara pour la deuxième fois de la journée, mais pas dans son bureau. Il est midi passé, tous deux travaillent depuis l'aube, ils ont besoin de reprendre des forces. À cette heure, il y aura du monde partout mais Hadrien sait où trouver un endroit tranquille : le bar d'un petit restaurant du centre, en face du magasin d'une amie antiquaire. Il ne reste aucune table disponible dans la salle ni dans le petit jardin, mais le patron accepte, comme toujours, de l'installer à l'une des étroites tables en bois brut du bar, celle du fond, dans le coin. On ne les verra pas et on ne les écoutera pas. Quoique... Pour la discrétion, c'est raté ! Marianne Camara ne passe pas, ne passe jamais inaperçue ! En dépit d'une longue matinée de travail, en dépit de la chaleur qui monte, son ensemble blanc reste impeccable. *Comment fait-elle ?* se demande Hadrien. Il se lève en l'apercevant, lui fait signe, mais elle l'a déjà repéré.

— Je dispose d'une petite heure, annonce-t-elle.

— Vous avez quand même faim ?

— Je suis affamée...

— *Felix culpa*, murmure-t-il machinalement.

C'est une des plaisanteries préférées de son parrain, le conseil en Destin et cuisinier émérite.

— Oui, une heureuse faute mais sans péché originel, rétorque-t-elle en femme qui connaît ses classiques.

Avec un sourire appréciateur, Hadrien fait signe au patron qui s'approchait déjà, une assiette de cochonnailles à la main.

— Un verre de bourgueil juste frais pour aller avec, ça vous dit ?

— Parfait, répond Marianne.

Hadrien se sent un peu dépouillé mais, venant d'elle, accepte tout. Pourtant, il aimerait bien jouer un peu les machos, de temps en temps. Être l'homme qui choisit le vin, qui aide son invitée à décider de son menu, ce genre de petites attentions totalement dépassées… *O tempora*, soupire-t-il en lui-même. Oui, les temps changent. Les femmes savent choisir le vin qu'elles aiment.

Ils passent rapidement commande puis, ayant goûté saucisson et bourgueil, reviennent à leur affaire.

— Savez-vous pourquoi il s'est enfui ? demande la procureure.

— Oui, et c'est la raison pour laquelle je vous ai appelée. Le pauvre diable a d'abord refusé de parler puis il s'est mis à répéter : *They killed him, they killed him.*

— Ils l'ont tué ?

— Oui, il ne s'arrêtait plus et il semblait terrifié.

— A-t-il dit qui a été tué et par qui ?

— Son frère serait la victime. Il travaille aussi sur le bateau, si j'ai bien compris. Pour le reste, je n'ai rien pu en tirer.

— Le corps ?

— Je cite : « au travail ».

Elle pose sa fourchette avec un sourire ravi.

— Cette fois, on ne pourra plus me reprocher de retenir ce maudit *Paradise* ! Je vais l'immobiliser et ordonner une perquisition en grand. Ah, on lance le préfet contre moi ! Ils vont voir !

Hadrien la regarde et sourit à son tour.

— Vous trouvez ça drôle, capitaine ?

Il la regarde, droit dans les yeux.

— Non, madame la procureure…

— Mais arrêtez avec votre madame la procureure ! Marianne ! Gardons les titres pour le public, voulez-vous ? À moins que vous ne soyez choqué si je vous appelle Hadrien ?

Elle semble doublement fâchée.

— Alors, je reprends : non, Marianne, je ne trouve pas ça drôle mais je m'appelle Hadrien, en effet, et j'ai une bonne surprise pour vous.

Il en a le cœur qui bat plus fort. Marianne… des syllabes si douces à prononcer… Encore plus douces s'il les chuchotait sur ses lèvres… Il se reproche instantanément cette pensée. Jamais avec une collègue de travail, et jamais quand il a déjà quelqu'un !

— Excusez-moi, reprend-il d'un ton plus sérieux, je ne voulais pas vous demander d'intervenir tout de suite pour plusieurs raisons. Ce matin, après avoir appris l'existence de ce fugitif, j'ai appelé la capitainerie. On me doit quelques services. Le *Sea Paradise* s'apprêtait à larguer les amarres mais la capitainerie a ordonné au commandant Moreau de patienter jusqu'au début de l'après-midi pour des raisons de sécurité…

Marianne manque s'étouffer avec sa terrine de viandes blanches aux herbes. Hadrien est content de lui. Il aime la voir rire.

— Quel culot ! dit-elle enfin.

— On s'arrange, vous voyez. Si j'étais venu vous trouver avec mon histoire, vous auriez dû en faire état. Or je pense sérieusement que cet homme est en danger. Je voulais d'abord le mettre à l'abri. Des collègues sont en train de chercher si son passeport figure dans ceux des employés que nous avons scannés. Je l'ai photographié, ce matin.

Elle hoche la tête.

— Je vais quand même devoir trouver une bonne raison de remonter à bord.

Comme ni l'un ni l'autre n'envisage un seul instant d'inventer un motif d'intervention, Hadrien se résigne.

— Nous sommes obligés de mentionner l'existence du fuyard et de reconnaître que nous l'avons retrouvé.

Le téléphone d'Hadrien interrompt Marianne. Il écoute quelques instants sans rien dire et raccroche d'un air satisfait.

— Identification réussie. C'est bel et bien l'un de leurs employés.

— Bravo, beau travail, capitaine ! Je préfère quand même que vous jouiez à le reconnaître seulement sur son passeport, donc à bord. Ensuite, nous perquisitionnerons sa cabine et son lieu de travail. Qu'en pensez-vous ?

— Avant cela, je vous demande seulement de laisser mon équipe interroger ses collègues. Nous aurons ainsi la primeur de leurs réactions. Nous ferons traîner les choses en haut.

— Bonne idée ! Reste le principal : où serait le corps de son frère ?

— À nous de le trouver, Marianne. La seule chose dont on soit sûre, c'est qu'il ne s'agit pas d'un des deux corps retrouvés sur la plage. La couleur de peau est différente.

— Je compte sur vous, Hadrien !

Leur retour à bord du *Sea Paradise* déclenche une tempête de protestations. « Force 10 ! », glisse la procureure à l'oreille d'Hadrien. Les derniers passagers sont en train de faire leurs valises, le directeur de la compagnie a saisi le préfet qui s'est retourné vers le commissaire qui a répercuté au commandant Gambais. Lui qui ne veut pas de vagues, le voilà confronté à un tsunami ! Il n'en mène pas large mais, d'un ton superbe, déclare au commissaire, qui répétera au préfet : « J'ai toute confiance en mes hommes ! » Il se la joue amiral qui sombrera héroïquement avec son navire. Il a insisté pour être informé minute par minute des résultats de la perquisition. Plus tard, grâce aux photos jointes au dossier, l'élégant commandant Gambais découvrira non sans effarement la débauche de mauvais goût dont a bénéficié le *Sea Paradise.* « Ce décorateur est fou. Comment est-ce permis… » Mais l'heure n'est pas aux considérations esthétiques.

Cette fois, les enquêteurs débarquent en nombre dans les coursives. Hadrien brandit sous le nez de Cassandra Johnson la photo de son « petit bonhomme ».

— Je veux le passeport de cet homme, vite !

La malheureuse tremble comme une feuille. Elle se voit déjà victime d'une erreur judiciaire, embastillée pour le restant de ses jours !

— Je n'ai rien fait, je vous le jure, bredouille-t-elle.

Sous le coup de l'émotion, son accent ressort de plus en plus fort. Même le sourire rassurant de Kevin n'y change rien. Elle n'a jamais connu un pareil bouleversement. Son monde s'écroule, elle découvre brutalement la force de l'ordre.

— J'espère pour vous que vous n'avez rien à vous reprocher, mademoiselle, rétorque Hadrien.

Son ton courtois panique un peu plus Cassandra qui laisse tomber les passeports, veut les ramasser, s'affole…

— Capitaine, je peux m'en occuper, chuchote Kevin.

— Bonne idée, Ledut ! Vous avez la photo, retrouvez-moi le passeport qui va avec et, accessoirement, demandez à mademoiselle celui du frère de cet homme.

Un peu à l'écart, la procureure observe la scène.

— Je l'ai, capitaine !

Kevin brandit triomphalement le passeport correspondant à la photo, celui d'un certain Enrique Santos, ressortissant philippin.

— Son frère, Felipe, glisse timidement Cassandra qui donne un deuxième passeport au lieutenant.

Hadrien s'empare des deux documents, y jette un coup d'œil.

— Parfait ! Merci, mademoiselle, et à tout à l'heure. Le brigadier Denain va rester avec vous.

Hadrien désigne un des hommes envoyés en renfort par le commandant, un brigadier qu'il n'apprécie guère, un crétin patenté, raciste, macho, qui n'aime que son tiercé du dimanche. Autant ne pas l'avoir dans les pattes. Tant pis pour Cassandra !

— Vous veillerez à ce que Mlle Johnson n'entre en contact avec personne tant que nous ne serons pas revenus. Compris ?

— Compris, capitaine !

Dès qu'Hadrien a le dos tourné, Kevin se penche sur le brigadier.

— Si tu l'embêtes, tu auras affaire à moi, compris ?

— Compris, lieutenant !

Hadrien rirait si l'heure s'y prêtait. Ah, Joli cœur ! Il a trouvé le surnom de Kevin, un surnom qu'il ne partagera avec personne d'autre que lui-même et son parrain.

Suivant le mouvement, la procureure s'entasse avec une demi-douzaine de policiers dans l'un des ascenseurs de service. Comme précédemment, Hadrien a requis la présence de l'officier Meunier, le responsable de la sécurité passagers et personnel. Au niveau des cabines du personnel, Meunier indique celle du fugitif. Hadrien y laisse Maïwenn mener la fouille sous le regard attentif de Kevin, qui a quitté une Cassandra un peu rassérénée. Dans les quelques mètres carrés de la cabine, six couchettes superposées, trois d'un bord, trois de l'autre. Entre ces deux rangées, on peut à peine se glisser, encore moins s'asseoir. Ici, il n'y a même plus de placards individuels mais des casiers exigus. Pas de salle de douche, non plus, mais un lavabo et des toilettes. La douche ? Salle de bains commune, une pour cinq cabines, une pour trente personnes.

Atterré, Hadrien ne peut se retenir.

— Comment osent-ils faire vivre leurs employés dans de pareilles conditions ?

Marianne se penche discrètement à l'oreille d'Hadrien.

— Capitaine, je compte sur vous.

Hadrien traduit : trouvez tout ce que vous pouvez pour retenir ce sale rafiot aussi longtemps que possible.

— Ils se plaignent de perdre de l'argent ? reprend la procureure. Ils n'ont encore rien vu.

Hadrien hoche la tête, il a compris.

Le moment est venu de descendre au dernier niveau, quelques mètres de plus sous la ligne de flottaison, là où se trouve la blanchisserie.

Le lieutenant Torpenn, qui les accompagne, respire mal.

— Claustrophobe, lieutenant ? demande Hadrien à mi-voix.

— Un peu… Je me demande comment tous ces gens réussissent à travailler ici, sachant ce qu'il y a au-dessus de leur tête. En cas d'accident, ils seraient pris au piège.

— Et tout cela pour moins de la moitié du salaire minimum…, précise Hadrien.

Stéphane Meunier les précède dans la coursive. S'il faisait déjà chaud, la blanchisserie leur donne l'impression d'entrer dans une étuve. Une étuve horriblement bruyante, qui plus est. Dante n'aurait pas imaginé mieux pour son enfer. La plupart des employés présents portent un casque antibruit.

Brandissant la photo d'Enrique Santos, Hadrien prétend qu'il le cherche, ainsi qu'il a été convenu avec la procureure. Le responsable des lieux s'approche, un grand type dont la blondeur tranche dans cet univers où s'agitent surtout des « petits bonshommes » à la peau cuivrée. Hadrien lance un regard interrogateur à Stéphane Meunier qui répond à sa question muette :

— Taras Kozel, un des deux responsables avec son compatriote Nick Zelenko.

— Équipe de nuit, équipe de jour, c'est ça ?

— Oui, capitaine.

— Russes ?

— Ukrainiens.

— Ils parlent français ?

— Un peu.

Hadrien montre la photo à Taras Kozel.

— Qui est cet homme ?

Haussement d'épaules.

— Vous préférez venir vous expliquer à terre ?

Le ton d'Hadrien convainc l'homme de faire profil bas.

— Pas savoir.

— Et lui ?

C'est le passeport de Felipe.

— Pas savoir.

Hadrien se tourne vers l'officier de sécurité.

— Monsieur Meunier, voulez-vous expliquer à cet homme ce que signifie chez nous un délit d'entrave à la justice ?

Laissant l'officier se débrouiller avec le récalcitrant, Hadrien lance la fouille de la blanchisserie qui s'étend sur au moins deux cents mètres carrés. D'énormes machines à laver côtoient d'aussi impressionnants sèche-linge et des machines à repasser dont l'une repasse et plie en quelques secondes les draps et autres grosses pièces. Sur des portants, s'alignent des dizaines d'uniformes. Le personnel au contact de la clientèle doit rester impeccable, comme le linge des chambres ou des restaurants. Mais les portants ne mélangent pas les grades. Chacun porte une étiquette : « officiers », « service restaurant », « officiers navigants », « costumes danseuses »…

Dans cette chaleur humide, bientôt les policiers transpirent autant que les pauvres diables qui s'échinent ainsi à fond de cale. Un long quart d'heure s'écoule jusqu'au moment où l'un des brigadiers du commissariat central fronce le nez.

— Il y a une drôle d'odeur, par ici…

Il s'avance pour éclairer un étroit espace entre la cloison et l'arrière des lave-linge. Il fait très sombre et il est obligé de se pencher. À sa grande surprise, il aperçoit une petite silhouette recroquevillée.

— Capitaine !

La procureure et Hadrien suivent le rayon lumineux de la torche brandie par le brigadier.

Marianne Camara réagit la première.

— Capitaine Fox, je crois que nous avons trouvé ce que nous cherchions.

Elle n'a pas bronché et Hadrien s'en étonne car le mort n'est pas beau à voir. Il semble figé dans une dernière convulsion.

— Qu'en pensez-vous ? poursuit-elle. Cela ressemble à une mort naturelle ou pas ?

Hadrien secoue la tête.

— Il vaudrait mieux attendre l'avis d'un médecin. Il y en a un à bord…

L'officier de sécurité tapote déjà l'écran de son téléphone.

— Le docteur Laban nous rejoint tout de suite, annonce-t-il.

Quelques minutes plus tard, équipé de gants et sous la surveillance d'Hadrien, le médecin examine le corps horriblement convulsé d'un homme d'une trentaine d'années. Hadrien n'a pas eu besoin de vérifier son identité avec les passeports remis par Cassandra Johnson : la ressemblance du cadavre avec le « petit bonhomme » saute aux yeux. Il ne faut pas longtemps au médecin pour délivrer son verdict.

— Je n'ai pas l'équipement nécessaire pour déterminer l'origine de la mort mais le rictus anormal qu'il présente est bien le signe d'un empoisonnement. Vu les lividités cadavériques, j'estime que la mort remonte entre douze à vingt-quatre heures maximum.

Hadrien se penche à son tour et, délicatement, comme rien n'est visible du côté gauche, fait tourner la tête qui repose sur la main droite.

— Et ici ? Qu'en pensez-vous ?

La torche qu'il a empruntée au brigadier révèle une boursouflure noirâtre à l'intérieur du poignet.

Le médecin du bord blêmit.

— Une morsure de serpent ? Impossible !

La procureure a suivi l'échange à distance mais s'approche en entendant le mot « serpent ».

— Vous permettez ? Les serpents, je connais. Trois ans en Guyane.

Un coup d'œil lui suffit pour confirmer les conclusions du médecin.

— Merci, docteur, dit-elle, vous pouvez disposer. Cela m'étonnerait que cet homme soit mort tout seul. Capitaine Fox…

Il n'a pas besoin d'explications et elle ne lui en donne pas : bouclage de la salle, sécurisation de la scène de crime, arrêt des machines, évacuation des employés…

— Je veux que ce bateau soit fouillé de fond en comble, poursuit Marianne Camara. Je vous envoie le légiste, les pompiers et des renforts supplémentaires pour éviter une pagaille monstre. Il faut trouver ce serpent. Capitaine, je compte sur votre rapport avant la fin de la journée. Je vais expliquer la situation au commandant Moreau. Monsieur Meunier ? Vous m'accompagnez, je n'ai pas envie de perdre mon temps à chercher votre commandant.

Elle s'éloigne déjà, son téléphone à la main. Et Hadrien, perplexe, se demande pourquoi son « petit bonhomme » parlait de « ils ». *They killed him.* « Ils l'ont tué. » Des hommes auraient fait mordre son frère par un serpent ? Il n'ose envisager l'autre hypothèse : plusieurs serpents…

8

Jeudi 17 juin, 19 heures, à bord du Sea Paradise.

— Lieutenant Le Gad, vous vous occupez de l'évacuation des lieux, vous me bouclez tous ces gens dans leurs cabines et vous trouvez des interprètes. Faites-vous aider par le lieutenant Torpenn. Et demandez au commissariat que quelqu'un de l'équipe de nuit nous apporte des ordinateurs portables et des tablettes.

Sidéré, Kevin assiste à un déchaînement d'énergie dont il ne croyait pas capable le capitaine Fox, tellement il se montre décontracté le reste du temps.

— Ledut, avec moi. Ne restez pas à bayer aux corneilles !

Maïwenn a besoin d'avoir les mains libres et, lui, il lui faut quelqu'un pour l'aider.

— Le Gad, vous mettez du monde à vérifier encore une fois les passeports, ainsi que ceux des passagers, surtout de ceux qui sont déjà partis. Leurs papiers ont été scannés à leur arrivée à bord. Je sais que cela a déjà été fait mais je veux qu'on recommence et, tant que vous y serez, vous interrogerez Interpol sur les Ukrainiens. À ce propos, où est passé…

Kevin vérifie ses notes.

— Taras Kozel…

— Et l'autre ?

— Nick Zelenko…

— J'avais demandé qu'on aille les chercher. Où sont-ils ?

— Le premier a réussi à sortir en douce et le deuxième reste introuvable.

— Torpenn ? appelle Hadrien.

L'intéressé, occupé avec Maïwenn à faire évacuer la blanchisserie dans l'ordre, arrive dare-dare. Le ton de son supérieur ne laisse pas de place à la fantaisie.

— Oui, capitaine !

— Vous prenez deux gardiens avec vous et vous me retournez les cabines des deux Ukrainiens. Le lieutenant Meunier se fera un plaisir de vous les indiquer dès son retour. S'il tarde, vous trouverez des informations auprès de Mlle Johnson à l'accueil.

— Meunier a proposé de mettre une équipe de la sécurité du bord à notre disposition mais j'ai pris sur moi de refuser.

— Vous avez bien fait, lieutenant. Avec ce qui se passe ici, je ne fais plus confiance à cet homme. Au mieux, il est incompétent. Au pire, il est complice. De plus, ses équipes auront assez à faire quand l'ordre d'évacuation du navire arrivera. Et que tout le monde fasse attention ! Il y a peut-être un serpent venimeux en liberté.

À la porte principale de la blanchisserie, dont les autres accès ont été bouclés, Maïwenn surveille la sortie des employés. Dans l'étrange silence qui règne depuis l'arrêt des machines, leurs noms et leurs numéros de cabine résonnent. Elle les vérifie à l'aide des listes du personnel et de la répartition des logements qu'elle a photographiées avec son téléphone lors de leur premier passage sur le bateau. *C'était hier*, songe-t-elle tout en dictant les noms des présents à un gardien armé d'un carnet et d'un stylo. La comparaison des deux listes lui permettra de savoir où se trouvaient les uns et les autres.

Hadrien s'inquiète des réactions des deux Ukrainiens. Il n'a pas aimé le regard de Taras

Kozel. La confirmation de sa dangerosité ne tarde pas.

— Capitaine ?

Le lieutenant Torpenn surgit devant lui.

— Capitaine, nous avons un problème. Taras Kozel s'est enfermé dans sa cabine et il est armé.

— Et l'autre ?

— Il n'est pas là. Il n'y a que ce Taras. Il veut s'en aller et menace de tuer quiconque l'en empêchera. Que diriez-vous de l'isoler en établissant un périmètre de sécurité ?

Hadrien ne répond pas tout de suite, puis :

— Comment voyez-vous la chose ?

— L'officier Meunier, qui est redescendu, suggère de verrouiller les portes étanches à chaque extrémité de la coursive. Il n'y a pas d'autre issue. Et s'il s'amuse à mettre le feu, il en sera la première et sans doute seule victime. Nous avons juste à faire évacuer les cabines voisines.

— D'accord. S'il ne se rend pas, il sera toujours temps d'appeler la BRI.

Si l'antigang doit s'en mêler, le sieur Kozel va apprendre ce qu'il en coûte de jouer les gros malins.

Tandis que l'on exécute les ordres d'Hadrien, son téléphone sonne.

— Capitaine ?

C'est Erwan Berrou, l'instituteur de la petite Paméla.

— Je suis inquiet. La mère de Paméla n'a jamais manqué de venir la chercher à la sortie de l'école et, aujourd'hui, elle n'est pas là. Son téléphone ne répond pas.

Et zut ! Cela tourne à l'épidémie de disparitions. Hadrien prend le temps de saluer de la main Armelle Martin, qui vient d'arriver avec toute l'équipe de la PTS.

— Vous n'avez pas le numéro d'une voisine qui pourrait aller voir ? demande-t-il.

— Non, malheureusement, sa voisine ne répond pas.

— Pouvez-vous vous occuper de la petite pour ce soir ?

— Je n'ai pas le droit, je dois la confier aux services sociaux.

Hadrien n'aime pas la petite alarme qui retentit au fond de son esprit.

— Je vous ai appelé parce que c'est la première fois que Mme Prigent rate la sortie de l'école. Dans le contexte…

— Vous avez raison. J'envoie quelqu'un sur place et je vous tiendrai au courant dès que j'aurai du nouveau.

Qui envoyer ? Il n'a plus personne. La plus grande partie de son équipe de nuit est déjà en train de travailler sous les ordres de Maïwenn. Une seule solution…

— Commandant ?

Il rapporte brièvement les événements à Édouard Gambais et termine en lui demandant d'envoyer une équipe chez Paméla.

— Je suppose que vous avez un nom en tête, capitaine ?

— Si vous permettez, j'appellerais volontiers le brigadier Le Floc'h…

— Faites donc, capitaine ! soupire le commandant.

Lui qui ne voulait pas de vagues, il est servi.

Hadrien appelle rapidement Le Floc'h, qui s'empresse d'accepter sa mission.

— J'emmènerai le gardien Nicolas, il est solide et diplomate.

— Parfait ! Tenez-moi informé, merci.

Si le gardien Nicolas est diplomate, tout va bien !

Pendant cet échange, le médecin légiste a fait son apparition et, ses lunettes rouges sur le nez, procède au premier examen du corps. Depuis l'hôpital de la Cavale-Blanche où se trouvent ses locaux, il n'a pas mis plus de vingt minutes pour venir après l'appel de la procureure.

Hadrien s'approche et le médecin le salue d'un haussement de sourcils qui fait bondir ses lunettes rouges.

— Capitaine, vous me gâtez, le cas m'intrigue.

— Bonjour, ou plutôt bonsoir, docteur Laforêt ! D'après la procureure, ce serait une morsure de serpent…

— Pas au conditionnel, capitaine. C'est un serpent, et même deux.

Hadrien commence à se sentir très mal à l'aise. Un serpent dangereux, c'est déjà trop, mais deux !

— Regardez, poursuit le légiste. Une morsure au poignet et une autre sur le dessus de la main. Vous ne pouviez pas la voir sans retourner ce pauvre homme. Pour savoir si c'est la cause de la mort, comme on dit dans les séries, vous devrez attendre le résultat de l'autopsie.

— La procureure a été formelle, dit Hadrien. Elle a été en poste en Guyane.

— Peut-être, mais c'est moi le légiste ! On connaît l'identité du mort ?

— Oui, on a son passeport : Felipe Santos.

Le légiste fait signe à ses aides.

— C'est noté, mes lapins ? Parfait ! Vous pouvez l'enlever. Je vous laisse la place, Armelle !

Le corps du malheureux Philippin disparaît dans une housse et la PTS se met au travail.

— Vous devriez attendre les pompiers, dit Hadrien.

— Ne vous inquiétez pas, répond Armelle, nous regardons où nous mettons les pieds.

Ils ont à peine eu le temps de photographier l'endroit où gisait Felipe Santos que les pompiers animaliers entrent en scène. Il ne reste dans la blanchisserie que Maïwenn, les deux gardiens qui l'ont secondée dans l'évacuation de la blanchisserie, Hadrien, Kevin et la PTS.

— Personne ne reste ! ordonne le capitaine des pompiers. Non, Hadrien, même pas toi. Tu n'es pas équipé.

Le pompier fait partie de ses copains d'école et se montre rarement aussi autoritaire à l'égard d'Hadrien.

— D'accord, Sébastien, mais soyez tous prudents. Quand on voit le résultat…

— Ne t'inquiète pas, on a déjà eu affaire à un cobra…

Les cinq hommes portent un lourd équipement, une sorte de cuirasse avec de hautes bottes visiblement épaisses et des gants tout aussi protecteurs. Ils se sont munis de lassos à serpents.

Hadrien quitte sans regret l'atmosphère étouffante de la blanchisserie et retrouve l'équipe de Maïwenn dans la coursive. La relative fraîcheur qui y règne lui fait prendre conscience de l'état dans lequel il se trouve. Son tee-shirt est trempé. Quant au lieutenant Le Gad, on a l'impression qu'elle sort de la douche avec ses cheveux plaqués sur le front.

— Le Gad, j'ai remarqué qu'il y a des caméras un peu partout. Savez-vous où je pourrais suivre ce qui se passe là-dedans ?

— Oui, capitaine, au commissariat de bord.

— Parfait, allons voir notre amie Cassandra ! Comment se débrouille-t-elle avec les passagers ?

— Je les ai consignés dans leurs cabines en les menaçant d'une citation à comparaître pour entrave à l'exercice de la justice…

Confortablement installé dans le fauteuil de la défunte commissaire de bord – car il ne doute pas de l'identité de la femme dont on a retrouvé le bras à Moulin-Blanc –, Hadrien suit avec attention sur un grand écran les recherches des pompiers dans la blanchisserie quand le lieutenant Torpenn frappe à sa porte, restée ouverte. Le sourire satisfait du lieutenant crispe Hadrien. Comme s'il y avait de quoi se réjouir dans cette pétaudière !

— Capitaine, j'ai quelqu'un qui voudrait vous parler.

Il s'écarte et pousse dans la pièce un Taras Kozel étroitement menotté.

— Et sans casse ! ajoute le lieutenant. Quand je lui ai expliqué ce que nous allions faire, il a compris et il s'est rendu. Pas sans palabres, bien sûr, mais le lieutenant Le Gad nous avait rejoints et elle a eu des arguments irrésistibles. La soif, la faim, notre envie de nous défouler quand il se déciderait à sortir…

Hadrien se retient de rire : jamais, sous son commandement, jamais un policier n'a brutalisé qui que ce soit.

— Bravo, lieutenant ! Mais, dans l'immédiat, la seule chose qui m'intéresse, c'est la capture des serpents. Donc, à moins qu'il connaisse leur cachette…

L'Ukrainien, maintenu fermement par deux hommes, secoue la tête. Sans se lever, Hadrien le toise.

— Je constate que vous comprenez le français, à présent. Répondez-moi ! Comprenez-vous ce que je dis ?

Le prisonnier hausse les épaules.

— Oui.

— Pourquoi avez-vous pris la fuite ?

— Serpents.

Hadrien aimerait beaucoup lui coller son poing dans la figure pour le rendre plus loquace mais d'une part, cela n'entre pas dans sa conception de sa mission, d'autre part il se doute de l'inutilité de frapper cette armoire à glace. Il le détaille quelques instants. Presque aussi grand que lui, plus large d'épaules, des mains puissantes, un regard clair et froid, des cheveux blonds coupés très court. La manche du tee-shirt laisse apercevoir un biceps tatoué d'un scorpion. Banal. Si c'est avec ça qu'il espère faire peur à la police, il rêve !

— Que savez-vous au sujet des serpents ?

— Rien.

Air buté, regard trouble : il ment.

— Rien ? répète Hadrien d'un ton goguenard. Comment se fait-il que je ne vous croie pas ? Je reprends : que savez-vous au sujet des serpents ?

— Rien.

— Lieutenant Torpenn, ramenez-le dans sa cabine qui servira de cellule provisoire et, surtout, laissez-lui les menottes. Tant que vous y êtes, expliquez-lui où se trouve son intérêt. Ah ! Et si le lieutenant Le Gad a terminé ses vérifications, envoyez-la-moi. Merci.

Se renfonçant dans son fauteuil, il reprend son poste devant l'écran. En bas, au niveau zéro, les pompiers ratissent les lieux, le sol, les murs, le plafond.

Nouvelle interruption.

— Ah, Le Gad…

Puisque le sieur Taras refuse de coopérer, il faut tenter d'en savoir plus auprès du « petit bonhomme ». Il connaît déjà Maïwenn et sera rassuré si c'est elle qui l'interroge.

— Bien, capitaine, je file à l'hôpital mais je commencerais volontiers par appeler mon frère.

— Bonne idée. Quant à moi, je garde Ledut.

Cooool ! semble penser Kevin qui, pour une première affaire, pour parler comme le légiste, se sent gâté.

Sur l'écran, les pompiers poursuivent leur prudente progression. L'un d'entre eux désigne un point derrière une rangée de presses à vapeur et s'en approche doucement avant de reculer en secouant la tête. On a l'impression qu'il a cru entendre un bruit mais s'est trompé.

— Attends !

Maïwenn fait signe à Hadrien.

— Capitaine, vous devez entendre ça. Vas-y, Benoît, dit-elle à son frère, tu es sur haut-parleur.

— Bonjour, capitaine. Je sors de la chambre de votre homme. Votre gardien m'a envoyé chercher parce qu'il ne parle pas anglais. Notre ami Enrique va mieux mais il n'arrête pas de répéter : « *The snakes, the snakes !* »

— Oui, on sait qu'il y a deux serpents, intervient Maïwenn.

— Non ! s'écrie Benoît, il y en a bien plus que ça.

— Quoi ?

Hadrien a jailli de son fauteuil et tend la main pour avoir le téléphone de Maïwenn.

— Benoît, tu es certain d'avoir bien compris ? demande-t-il.

— Certain ! Jusqu'à présent, « *many many snakes* » veut dire « beaucoup beaucoup de serpents ».

— Attends un instant, j'avertis les pompiers.

Heureusement que les portables passent bien à l'intérieur du bateau ! Sur l'écran, Hadrien voit les pompiers se figer.

— Ne bougez plus, leur dit-il, j'essaye d'en savoir plus.

Sans raccrocher, il interroge Benoît.

— Peut-il préciser le nombre ?

Il entend Benoît interroger Enrique dont la voix monte dans les aigus. Il a peur, c'est clair !

— Hadrien ? Non, il ne sait pas mais, d'après lui, plusieurs dizaines…

Maïwenn et Kevin ont également entendu et, comme Hadrien, sentent un affreux frisson leur glacer le dos.

— Lui as-tu demandé où ils sont ?

— Dans une cache derrière les lave-linge. Si j'ai bien compris, ce serait près d'une gaine d'aération ou d'évacuation de la vapeur, je ne sais pas. C'est tout ce qu'il a dit mais il semble avoir très peur.

— Tu m'étonnes ! Merci, Benoît, tiens-moi au courant si tu as du nouveau.

Il rend son téléphone à Maïwenn et reprend sa conversation avec le capitaine des pompiers.

— Sébastien, j'ai des infos sur l'endroit où se trouve la cache mais tu dois laisser entrer la PTS. Il faut qu'ils puissent au moins tout photographier.

— OK.

Hadrien fait signe à Maïwenn.

— Lieutenant, dites au capitaine Martin qu'elle va pouvoir entrer.

En effet, il voit sur l'écran l'un des pompiers se diriger vers la porte derrière laquelle les techniciens patientent.

— Sébastien, écoute-moi : d'après mon informateur, il faut chercher derrière l'un des lave-linge. Un compartiment a été aménagé dans la cloison, à proximité d'une gaine d'aération ou d'évacuation de la vapeur. Le gars n'était pas très clair. Il y aurait au moins cinq caisses conçues chacune pour loger plusieurs dizaines d'animaux.

— Bien, on va viser les gaines d'aération. La température de la vapeur les cuirait vite.

Armelle Martin et son équipe suivent les pompiers dans leurs recherches mais c'est elle qui les met sur la piste.

— Je connais cette odeur ! C'est la même que celle du vivarium de mon fils.

L'effluve est très subtil et, à part elle, personne ne le sent. Surveillée de près par les pompiers, elle avance lentement, flaire, suit la trace… S'arrête devant un lave-linge, revient sur ses pas, repart en avant…

— Par ici.

Sébastien l'écarte d'un geste ferme et se glisse derrière les machines. Les tuyaux d'arrivée et d'évacuation d'eau et de vapeur compliquent leur progression.

— C'est vrai, ça sent. Juste ici…

À peine un quart d'heure après l'entrée d'Armelle, le capitaine des pompiers fait signe à la caméra la plus proche. Ils ont trouvé mais cela ne fait que commencer.

— Allô, Hadrien ? Un panneau a été découpé dans la cloison et remis en place mais je ne vois pas comment l'ouvrir. Faut regarder de près pour le voir. Ton type n'a pas dit comment on ouvre ?

— Il a juste parlé d'une grille de ventilation mal fermée.

— Les gars, on cherche une grille de ventilation mal fermée ! Au boulot ! Non, intime-t-il aux techniciens de la PTS. Vous, vous restez à l'écart. On vous appelle dès qu'on y est.

Sur son écran, Hadrien voit l'un des pompiers désigner un endroit invisible pour les caméras.

— On y est, chef. C'est exact, la grille ne tient pas, il suffit de la faire jouer sur son support et elle bascule. La vache ! Ça schlingue là-dedans ! Mais ça manque de place.

— Sors-toi de là ! crie un de ses collègues. T'es trop gros ! Je te remplace.

Celui qui a parlé, aussi grand que le premier, fait la moitié de son volume.

— Nico, ta visière ! crie Sébastien. N'oublie pas que certaines espèces peuvent projeter leur venin et te rendre aveugle.

— Compris, capitaine !

Visière rabattue, lampe à la main, Nico se plie plus facilement que son collègue dans l'exigu passage.

— Capitaine, je vois une espèce de levier. J'essaie de le faire bouger… Oups !

— Tout va bien ? crie le capitaine des pompiers.

— Nickel ! C'est juste que je pensais devoir appuyer très fort mais tout est bien graissé et il y a un gros morceau de la cloison qui a coulissé. Je vous dis pas l'odeur !

— Tu vois ce qu'il y a derrière le panneau coulissant ?

— Des caisses avec des trous d'aération et un drôle de bruit à l'intérieur. Ça grouille !

— Combien ?

Un temps…

— Difficile à dire, je ne peux pas les compter parce que je ne vois pas jusqu'où ça va. Je peux en sortir une si vous voulez, il y a des poignées de transport. Les p'tites bêtes doivent être dedans. Vous inquiétez pas, je fais super gaffe.

Dernier arrivé dans la brigade, Nicolas Langlois n'a peur de rien et aborde les situations avec une bonne humeur inébranlable. Sébastien lui fait confiance mais n'aimerait pas qu'il lui arrive quoi que ce soit.

Hadrien, qui piaffe derrière son écran, voit enfin surgir, entre deux lave-linge, le jeune pompier qui pousse devant lui une grosse caisse de transport. Il s'arrête dans l'allée qui dessert cette partie de la blanchisserie.

— Je sors les autres ? demande Nico.

— J'appelle d'abord Hadrien. Oui ? Ah, tu as suivi sur écran. Donc, tu es au courant. Que veux-tu qu'on fasse ? On vérifie ce qu'il y a dans la caisse…

— As-tu des doutes ?

— Non.

Armelle Martin, qui s'est portée aux côtés du capitaine des pompiers, intervient.

— Ils doivent avoir faim, je trouve qu'ils s'agitent beaucoup.

— Qu'est-ce que ça mange ? demande Hadrien.

— Souris congelées ! répondent d'une seule voix Armelle et le pompier.

— Oh, *merdum* !

— Comme vous dites, capitaine Fox, sourit Armelle. Et comme je suppose que notre mort était leur soigneur, sachant qu'il est décédé depuis au moins vingt-quatre heures, nos bestioles doivent commencer à avoir une petite faim, au moins pour certaines. Il faut faire un tour dans les réserves, maintenant.

— Bon, j'en fais quoi de tes indices reptiliens ? demande Sébastien. Tu veux les mettre dans des sachets à scellés ?

Sa blague fait rire toute l'équipe de pompiers mais ni les techniciens ni Hadrien.

— Non, mais il faut faire l'inventaire…

— Le hic, c'est que nous ne sommes pas équipés pour une telle quantité.

— Tu as une idée ?

— À part Pont-Scorff…

— Tu vois avec eux ?

— OK. Mais on va commencer par dégager toutes les caisses de ce foutu cagibi.

— Merci, rappelle-moi quand tu auras fini.

Hadrien raccroche un peu énervé car Kevin lui fait des signes depuis quelques instants.

— Oui, lieutenant ? Qu'y a-t-il de si urgent ?

— Le carnet ! Oui, souvenez-vous : Lio…

— Le lieutenant Hoang.

— Excusez-moi, capitaine. Le lieutenant Hoang a trouvé un carnet sous le bureau de la commissaire. Il y a des colonnes de chiffres et d'initiales.

— En effet, et ?

— Si cela correspondait aux livraisons de serpents, le nombre, la variété et l'endroit d'où ils viennent ? On n'a pas encore eu le temps de l'exploiter mais j'avais rapidement photographié quelques pages.

— Vous avez les photos ?

— Sur la tablette du lieutenant Le Gad.

Maïwenn, qui a suivi depuis le début leur échange avec inquiétude pour la carrière de Kevin, a déjà ouvert sa tablette.

— Où les as-tu rangées ?

Oups ! Elle glisse sur ce tutoiement et Kevin enchaîne prestement.

— Dans le dossier que vous avez ouvert pour l'affaire, lieutenant.

— Ah, oui ! Je vois. Il n'y en a que cinq ?

— Oui, celles qui n'étaient pas barrées.

Maïwenn a agrandi les clichés à l'écran et pose la tablette devant Hadrien qui se retrouve avec ses deux lieutenants penchés chacun par-dessus une épaule, Kevin à gauche, Maïwenn à droite.

C'est Kevin qui mène, en cet instant.

— J'y ai beaucoup réfléchi, capitaine, j'ai toujours adoré les énigmes à décrypter dans *Spirou*… Euh, quand j'étais petit, hein !

Les deux autres se retiennent de rire.

— Il y a un numéro en haut de chaque page. En dessous, à gauche, deux colonnes avec des initiales. Au milieu, une autre avec un chiffre qui ne dépasse pas vingt et, à droite, une plus large avec des nombres plus importants.

— Vous voulez dire que ce serait la comptabilité associée à chaque caisse ?

— Exactement, capitaine !

Hadrien rappelle aussitôt Sébastien.

— Les caisses sont-elles numérotées ?

— Attends, je vérifie… Oui, ici, j'ai la caisse 5, la 1 est déjà sortie aussi… Tu veux que je te dise pour chacune ?

— Non, merci, c'est bon. Tu as bientôt fini ?

— Encore trois. En tout, on en a quinze. Euh… Hadrien, ne te fâche pas mais j'ai ouvert la première caisse… Ta collègue a fait des photos.

— Je vous les montrerai quand j'aurai fini ici, capitaine ! crie Armelle.

— Vingt, Hadrien ! reprend le pompier. Vingt serpents entassés là-dedans, tous plus venimeux et exotiques les uns que les autres !

Vingt multiplié par quinze… Hadrien frémit rétrospectivement à l'idée que les bestioles aient pu s'évader. Trois cents risques de morsure mortelle… Kevin l'arrache à cette sinistre vision.

— Capitaine, demandez-lui le numéro de la caisse qu'il a ouverte, s'il vous plaît.

Caisse n° 3 ? La page du carnet qui correspond au numéro 3 indique dans la colonne des chiffres de gauche un total de vingt.

— OK, Sébastien, on se tient au courant, conclut Hadrien qui appelle aussitôt le lieutenant Torpenn.

— Lieutenant, comment ça se passe avec votre pensionnaire ?

— Je ne parle pas ukrainien, capitaine, mais s'il n'est pas en train de jurer horriblement…

— C'est bon signe, réplique Hadrien. Cela signifie que nous tenons le bon bout. Essayez de lui demander comment sont nourris les serpents et rappelez-moi.

Le temps de laisser un message sur le répondeur de Marianne Camara, et Hadrien a confirmation des dires d'Armelle Martin.

— Souris congelées, capitaine…

— Autrement dit, un de leurs complices a accès à la chambre froide… Demandez-lui qui.

La voix de l'Ukrainien résonne violemment dans le téléphone mais il finit par cracher :

— Nick !

Nick Zelenko, son compatriote.

Maïwenn et Kevin, qui ont suivi l'échange, lancent à Hadrien un regard incrédule.

— Je me demande, dit Maïwenn, combien de membres du personnel sont impliqués dans cette histoire. Nous en sommes déjà au moins à quatre : les deux frères philippins, les deux Ukrainiens…

— Et, poursuit Hadrien, comme cela n'a pas pu s'organiser sans des complices bien placés, j'ajouterais volontiers nos deux disparus, ce qui fait six. Plus des complicités dans un chantier naval pour l'installation de la cache, plus celle de ceux qui fournissent les animaux, ceux qui les font monter à bord, ceux qui les font sortir…

— Mais pourquoi prendre tant de risques pour des serpents ?

Hadrien soupire.

— Des amateurs prêts à payer très cher pour un spécimen rare ?

Elle secoue sa tignasse rousse d'un air dubitatif.

— Non, j'imagine mal quelqu'un mettre en place cette énorme organisation pour vendre quelques animaux. Et cela supposerait un marché assez important. Non, capitaine, il y a autre chose. Souvenez-vous de ce qu'a dit la procureure : seuls les serpents les plus venimeux peuvent provoquer une mort comme celle de ce malheureux Felipe.

Hadrien sourit, il admire la capacité de Maïwenn à retenir les noms de tout le monde. Mais sa réflexion éveille un souvenir de lecture.

— Vous avez raison. Il ne s'agit pas de les vendre à des amateurs mais à des laboratoires plus ou moins officiels pour la recherche sur les armes biologiques ou sur les vaccins antivenimeux. Je ne vois pas d'autre raison susceptible d'expliquer un réseau d'une telle ampleur.

Sidérée, Maïwenn s'est assise en face d'Hadrien.

— Mais quelle arme peut-on en tirer ?

— Un neurotoxique. On ne sait pas encore grand-chose sur les venins, en réalité, mais le labo qui réussira à fabriquer en quantité un neurotoxique aussi puissant que celui dont nous avons vu l'œuvre…

Songeuse, Maïwenn croise les bras.

— Un labo avec pignon sur rue ou, au moins, reconnu par l'État ne prendrait pas le risque d'acheter des animaux de contrebande. Donc nous avons affaire à des recherches non officielles.

Hadrien hoche lentement la tête.

— Il peut aussi s'agir de recherches officielles, par exemple sur les vaccins, mais qui nécessitent plus d'animaux que les quotas autorisés. J'imagine également qu'un grand laboratoire peut travailler officiellement sur la mise au point d'un vaccin et, officieusement, sur les propriétés neurotoxiques des venins à des fins militaires. Je pourrais chercher à me renseigner mais je doute d'obtenir les vraies réponses.

Il sourit à Maïwenn en haussant les épaules puis consulte sa montre. Vingt heures trente.

— Je dois rendre compte au commandant. Merci d'organiser avec le lieutenant Torpenn l'installation de cet Ukrainien si mal embouché dans notre meilleure chambre. Je veux qu'il y ait deux gardes devant sa cellule en permanence. Et qu'ils ne le quittent pas de l'œil ! Cet homme est dangereux, il faut que tout le monde en soit conscient. À propos, je ne vois plus notre stagiaire ?

— Il m'a demandé s'il pouvait visionner les enregistrements des caméras de l'espace d'accueil d'hier et d'aujourd'hui.

Maïwenn ajoute avec un sourire en coin :

— Mlle Cassandra lui apporte son concours !

Ils rient et, d'un même geste, secouent la tête avec attendrissement. Décidément, ils l'aiment bien, leur stagiaire.

— Après le coup du carnet, s'il retrouvait la trace de l'autre Ukrainien…

— Nick Zelenko.

— Il prouverait définitivement qu'il a de quoi devenir un excellent policier.

— D'autant plus que sa Cassandra a demandé aux cuisines de préparer un assortiment de sandwiches pour toute l'équipe…

— À ce propos, je veux faire un tour à la chambre froide pendant que nos amis s'assurent qu'il ne reste pas de bestioles en liberté.

Ils reprennent l'ascenseur de service qu'ils commencent à connaître, consultent le plan affiché à l'intérieur, et appuient sur le bouton du niveau 3, celui des cuisines. En dépit des épaisses portes de sécurité marquées « accès réservé au personnel », les effluves qui règnent dans la coursive ne trompent pas : rien n'arrête le service ! Quand Hadrien ouvre la porte marquée « cuisine », il prend le temps d'admirer le spectacle : tout est en acier, du sol au plafond en passant par les équipements, et cet acier brille. Si l'on oublie la différence d'odeur et de température, on se croirait encore dans la blanchisserie.

Une brigade réduite s'y active pour servir le dîner des derniers passagers et celui du personnel. Les plats de sandwiches destinés aux policiers et aux pompiers sont presque prêts, aussi joliment présentés que pour des clients.

— Qui est responsable, ici ? demande Hadrien.

Un homme au sourire un peu crispé s'avance.

— Tanguy Couderc, je suis le chef. Bonsoir, que puis-je pour vous ?

— Vous vous occupez vous-même de la chambre froide ?

— *Des* chambres froides, corrige Tanguy Couderc. Nous avons une quarantaine de caves.

Je les supervise mais c'est Michel Taillandier qui en a la charge. Je vous l'appelle.

Autant le chef affiche une allure de bon vivant, autant le responsable du froid semble fait pour sa fonction : sec, renfrogné, le teint bilieux.

— Messieurs ?

— Je veux voir vos chambres froides, annonce Hadrien d'un ton aussi sec.

— Je n'ai pas le droit…

— J'ai tous les droits, rétorque Hadrien.

— L'hygiène…

— Vous n'aurez qu'à nous prêter les équipements obligatoires s'il y en a.

— Bien. Laquelle ?

Hadrien sent la moutarde lui monter au nez.

— Comment cela ?

— Laquelle voulez-vous voir ?

La journée a été longue, le capitaine ne se sent pas d'humeur à subir les mauvaises manières de qui que ce soit.

— Monsieur Taillandier, je vous suggère de vous montrer un peu plus coopératif ou je vous colle une obstruction à la justice avec une belle amende à la clef. Je dois répéter ?

— Il y a plusieurs caves, grogne-t-il, confirmant les dires de son chef. Pour les viandes, les légumes, etc.

— Les viandes.

Grommelant, Taillandier les guide vers une lourde porte et leur tend des bonnets et des chaussons blancs. Toujours réticent, il ouvre la caverne d'Ali Baba : des quantités impressionnantes de viande en cagettes ou suspendue à des crocs sur des rails qui traversent la pièce. Mais il n'y fait pas assez froid.

— Et les surgelés ? demande Hadrien.

— Pourquoi ?

— Parce que je dirige une enquête criminelle et je veux voir où vous les stockez, répond-il en haussant le ton.

Traînant les pieds, le triste sire traverse le couloir qui sépare la chambre froide d'un autre local où il fait carrément glacial.

Un seul regard suffit à Hadrien pour comprendre que, si l'autre n'y met pas du sien, il risque de passer une partie de la nuit à trier des produits surgelés. Et zut ! Un peu d'intimidation ne nuira pas à ses relations avec Taillandier. Profitant de ce qu'il le domine d'une bonne tête, il le fixe. Quelque chose papillote dans les yeux du responsable du froid, quelque chose qui signe un aveu.

— Monsieur Taillandier, soupire Hadrien, nous allons gagner du temps et le tribunal en tiendra compte.

Taillandier change de couleur. Et voilà, un désagréable et un peureux, en plus, pense Hadrien. Plus aucune raison de retenir ses coups. Il utilise son ton le plus menaçant.

— Où sont les souris ? Ne me faites pas languir ! C'est fini pour vous.

Comme l'autre hésite, Hadrien fait signe à Maïwenn.

— Lieutenant…

Elle a l'habitude et sait quoi faire : elle brandit une paire de menottes et fait un pas en direction de Taillandier.

— Non, non ! Je vais tout vous dire. C'est par là…

Hadrien et Maïwenn, qui commencent à claquer des dents, découvrent, derrière des blocs de glace, des cartons pleins de souris surgelées. La quantité donne une indication du nombre de serpents à nourrir.

— Qui est au courant ? À part vous et les gens chargés de nourrir les serpents ?

— Personne, répond Taillandier d'un ton lamentable.

Il a enfin compris que ses ennuis commencent.

— Vous mentez, monsieur Taillandier. Qui descendait les souris ? Vous ?

L'autre fait non avec la tête.

— Qui ?

— Comprenez-moi, ils me tueront…

— Ils le feront certainement si je ne vous mets pas à l'abri. On saura très vite que vous avez parlé. Vous êtes obligé de vous fier à moi, même si, personnellement…

Très vite, tête baissée, Michel Taillandier chuchote :

— Taras et Nick.

— Embarquez-le, lieutenant…

Maïwenn a pris rapidement quelques photos avec sa tablette qu'elle tend à Kevin. Quand elle veut menotter Taillandier, ce dernier recule d'un pas.

— S'il vous plaît, non, pas devant les autres…

— Fallait y penser avant, répond Hadrien.

— Mais que vouliez-vous que je fasse ? Ils m'ont menacé de s'en prendre à ma famille ! C'est pareil pour ce pauvre diable qui est mort. Lui et son frère, ils étaient terrorisés. Je vous dirai tout mais, par pitié, ils ne doivent pas savoir que j'ai parlé.

Un échange de regards entre le capitaine et le lieutenant…

— Ils ont encore un complice à bord ? demande Hadrien.

— Je ne sais pas mais tout le monde parlera.

Hadrien hésite. Et si l'autre mentait ? Il échange un regard avec Maïwenn, qui balance ses menottes du bout des doigts. Elle hausse les épaules.

— Il n'irait pas bien loin, dit-elle.

— Bien, monsieur Taillandier, vous avez de la chance mais, attention, au premier faux pas je vous arrête. Je vais faire interdire l'accès à cette pièce sous prétexte qu'elle doit être fouillée à fond. Vous direz que j'ai refusé de vous fournir la moindre explication. Reprenez votre travail comme si de rien n'était mais n'oubliez pas : pas d'erreur !

— Oui, oui, merci !

Le pauvre homme en pleure à moitié.

— Je ne voulais pas, vous savez, au début j'ai refusé, mais…

Hadrien lève la main.

— On y va, reprenez-vous. Nous continuerons cette conversation plus tard.

Quand ils regagnent tous les trois la cuisine principale, ils y trouvent Kevin qui les attend, l'air satisfait.

— Ah, lieutenant, vous tombez à pic ! Il faut interdire l'accès à la salle des surgelés.

— Bien, capitaine, je m'en occupe tout de suite mais j'ai autre chose pour vous…

— Pas ici, remontons.

Hadrien attend d'être dans l'ascenseur.

— Alors ?

— Capitaine, le suspect a quitté le bateau ce matin à dix heures dix-huit et n'est pas rentré.

Ce matin ? Hadrien a vraiment froid, soudain.

— Comment a-t-il fait ?

— Il a déclaré qu'il voulait se dégourdir les jambes sur le dock mais, comme personne ne le soupçonnait, il a réussi à se glisser à l'extérieur sans se faire remarquer.

— Son passeport ?

— Il est avec les autres mais, s'il est aussi futé qu'il en a l'air, il en a certainement un autre, de préférence à un autre nom.

— Bien vu, lieutenant. Refaites une fouille complète de la cabine de notre Taras en cherchant un deuxième passeport. Demandez l'aide de Mlle Hoang, elle m'a paru douée pour ça.

Cooool ! pense Kevin. Cassandra d'un côté, Lio de l'autre… *Wesh ma poule ! Ça valait la peine d'entrer chez les poulets !*

— Madame la procureure ? Capitaine Fox. La Scientifique vient d'avoir les résultats des analyses ADN. Le bras correspond aux cheveux trouvés dans la cabine de Caroline Dalleray et le torse à ceux du steward, Mathieu Lombard.

Nous n'enquêtons donc plus sur deux disparitions mais sur deux meurtres.

Hadrien a installé son poste de commandement dans le bureau de la commissaire de bord. Il a commencé par s'asseoir dans le confortable fauteuil de la défunte Caroline Dalleray mais il se relève bien vite. Trop de confort ! Il risque de s'endormir.

— Et le doigt ? demande la procureure.

— Ils travaillent encore dessus.

— J'arrive. Je vais me faire un plaisir d'informer moi-même le commandant de cette usine à disparitions qu'il n'est pas près de repartir. Perquisition de tout le bâtiment, même s'il faut plusieurs jours pour cela. Je veux qu'on passe chaque pont au peigne fin. Je veux avoir la certitude qu'on ne nous cache plus rien. Surtout, je veux les complices à terre. Pour votre Ukrainien et votre Philippin, je vous ai trouvé des interprètes à Paris ; ils arrivent ce soir par le train de dix heures. J'ai déjà travaillé avec l'interprète ukrainien. C'est un homme formidable, très impliqué dans les associations qui traquent les criminels de guerre afin qu'ils soient jugés.

— J'ai besoin aussi d'un mandat d'arrêt…

— Je vous entends mal. Pouvez-vous répéter ?

Hadrien, qui faisait les cent pas entre les cloisons de bois exotique du bureau, s'immobilise.

— Vous m'entendez mieux ?

— Oui, vous me parliez d'un mandat ?

— Un mandat d'arrêt contre le dénommé Nick Zelenko, né à Kiev le 30 mars 1990. Il est possible qu'il se déplace sous un autre nom. Je vous envoie rapidement sa photo.

Maïwenn, qui attend la fin de la conversation, entreprend aussitôt de rédiger un e-mail auquel elle joint la photo de Zelenko avant de faire un signe de tête à Hadrien.

— Et les serpents ?

— Les pompiers n'en ont pas trouvé ailleurs que dans la cache indiquée par Enrique Santos. D'après lui, le compartiment a été aménagé, il y a quatre ans, à l'occasion d'une réparation dans un chantier naval. Vous devriez recevoir la photo maintenant.

— Je regarde… Oui, je l'ai. Il vous a dit de quel chantier naval il s'agit ?

— Il affirme l'ignorer et j'ai tendance à le croire.

— Je vous fais confiance. C'est un pauvre diable utilisé par des gens plus puissants que lui.

— Les Ukrainiens, eux, doivent le savoir. Votre interprète saura peut-être convaincre celui que nous tenons de son intérêt à coopérer.

— Je l'espère. Par ailleurs, capitaine, je tiens tout particulièrement à ce que vous trouviez leur… disons, leur « correspondant » à Brest. Nous ne pouvons tolérer la trahison de l'un des vôtres.

— Pas chez nous, madame la procureure, mais dans un autre service, en lien direct avec le domaine maritime.

— Vous avez une piste ?

— Je dois d'abord vérifier deux ou trois points.

— Tenez-moi au courant, capitaine.

— Je n'y manquerai pas, à demain, madame la procureure.

Il est minuit passé.

— Lieutenants Le Gad et Ledut, rentrez chez vous et dormez quelques heures. Je reste ici avec le lieutenant Torpenn. Je ne partirai pas tant que les serpents n'auront pas été évacués. Soyez au commissariat demain à huit heures. En cas de contrordre, je vous appellerai. Reposez-vous, je crains que nous ne soyons pas au bout de nos peines.

9

Vendredi 18 juin, 7 h 45.

Le brigadier Le Floc'h connaît les habitudes d'Hadrien. Il sait que, même en arrivant au commissariat avant huit heures, il a des chances de le trouver. Il se présente donc dès sept heures quarante-cinq et découvre une équipe sur le pied de guerre. Tous ont le teint livide et les yeux cernés. Mais il y a de l'électricité dans l'air. Sur la table de la salle de réunion, les pots de café se vident à toute vitesse et la pile de croissants se réduit comme peau de chagrin.

— Brigadier ? s'étonne Hadrien. Bonjour, servez-vous, mais vous pouviez me faire votre rapport par téléphone.

— Bonjour, capitaine, c'est le commandant. Il m'a dit que je ferais partie de vos troupes – c'est le mot qu'il a employé – tant que l'histoire Prigent ne serait pas éclaircie.

Il n'aime pas qu'on abandonne son enfant et il espère un châtiment exemplaire pour la mère.

Ayant délivré son message, Romain Le Floc'h tire une chaise, se sert un café et engloutit la moitié d'un croissant sans attendre la réponse. Il est heureux d'être affecté sur le port, au moins pour un jour ou deux. Car il n'a aucun doute : la mère indigne a fugué avec un amoureux et on la retrouvera vite.

— Je me réjouis de vous compter parmi nous, brigadier, mais dois-je comprendre que vous avez fait chou blanc ?

Le Floc'h déglutit.

— Malheureusement, capitaine ! J'ai interrogé tout le voisinage. Tout le monde la connaît. On la critique beaucoup. Elle habille sa fille de façon ridicule, elle se croit au-dessus des autres, ce style de gentillesses. Une seule micro-information…

La blague ne fait rire que lui, la Bécane. *Ben oui*, pense-t-il, *micro-information pour celui qui s'occupe de micro-informatique…* Navré d'être incompris, il poursuit avant qu'Hadrien et les autres s'énervent.

— Elle aurait une grande copine qui travaille au Leclerc de Kergaradec.

À la sortie nord-est de Brest, les champs et les fermes ont été transformés en zones industrielle ou commerciale.

— Un nom ?

— Juste son prénom, Cheyenne. Il était trop tard pour appeler les bureaux du magasin mais j'ai un collègue à Brest Sécurité. Je lui ai demandé s'il connaissait un agent de sécurité qui travaillerait là-bas. Bingo !

Hadrien ronge son frein, Maïwenn prend des notes, Kevin observe, le lieutenant Torpenn écoute.

— Je vous la fait brève, poursuit Romain Le Floc'h.

Quelle bonne idée ! pensent les autres.

— De fil en aiguille, j'appelle le type. Il est agent de sécurité dans le magasin. Je lui demande s'il connaît une Cheyenne. J'ai tenté ma chance parce que le prénom n'est pas courant. Bingo de nouveau ! Elle est caissière chez eux. Il ne voulait pas me donner ses coordonnées mais j'ai insisté, je lui ai rappelé qu'il ne se gare pas toujours au bon endroit, ce genre de choses, quoi !

— Nous ne voulons rien savoir de vos turpitudes, brigadier, lance Hadrien. Avez-vous son nom ?

Légèrement vexé, le brigadier sort son carnet de sa poche.

— Cheyenne Direol, 50, rue de Lanvian.

— C'est à Brest ? interroge Maïwenn.

— Lambé.

Lambézellec, un quartier qui a beaucoup changé, plutôt calme, de plus en plus recherché.

— Comme il était tard, j'ai préféré ne pas déranger le gibier, explique élégamment le brigadier. Mais j'ai regardé sur Google. C'est une petite maison, assez vieille, avec un bout de jardin, dans les deux cents mètres carrés. Dans l'annuaire, elle est au nom de Jean Direol.

— Bravo, brigadier ! Vous filez là-bas, enquête de voisinage, la procédure habituelle. Emmenez Déniel avec vous. Elle est douée pour faire parler les gens. Vous avez un véhicule de service ?

— Non, je suis venu à vélo.

— Alors, prenez l'un des nôtres.

Le brigadier, ravi de partir en balade, rafle un dernier croissant et se dirige vers l'accueil.

— Sylvie ?

Il a prononcé à mi-voix le prénom de la gardienne Déniel. Il est gêné d'appeler « gardienne » une vieille copine. Ils se connaissent presque tous depuis des années, parfois depuis l'enfance ! Passer au vouvoiement n'est pas toujours confortable.

Sylvie Déniel, qui vient de prendre la permanence, lui sourit tout en lui faisant les gros yeux. Si le capitaine l'entendait !

— Brigadier Le Floc'h, que faites-vous ici ?

— Je vous embarque pour cause d'enquête chez un particulier.

Sylvie Déniel ne discute pas, trop contente, elle aussi, de sortir par cette belle matinée de juin. Le soleil persiste et signe, faisant mentir toutes les légendes sur la pluie brestoise. Le temps de se faire remplacer par un autre gardien, de récupérer ses affaires et elle rejoint la Bécane sur le parking du commissariat. Elle a belle allure dans son uniforme : polo bleu largement marqué du mot « police » au dos, pantalon bleu marine, rangers. Son côté mère de famille bien tranquille est démenti par l'arme de service à son côté, ainsi que par les menottes dans leur étui.

— Où allons-nous ? demande-t-elle en sortant du commissariat.

— Lambé.

— Tu as ton gilet ?

— Non.

— C'est obligatoire, je vais t'en chercher un. Ne discute pas ! Le capitaine en ferait une maladie, s'il nous arrivait quelque chose.

À son retour, elle le trouve perplexe, planté sur le parking devant une Kangoo plus très jeune, d'un délicat bleu légèrement turquoise.

— C'est quoi, ça ?

Elle éclate de rire.

— Le véhicule personnel du capitaine. Il l'utilise pour le transport du Che. Il a aménagé un compartiment pour sa cage, à l'arrière. En plus, s'il doit s'en servir pour le travail, il ne s'inquiète pas pour sa carrosserie. Mais il a un gyrophare amovible, conclut-elle.

— Remarque, les voitures de service ne valent pas beaucoup mieux.

— Je peux conduire, si tu préfères.

— Non, non…

Elle rit sous cape, elle le connaît bien, ce macho de brigadier ! Mais comme il se montre toujours très serviable, elle lui pardonne bien volontiers.

À peine ont-ils quitté le parking que la réalité de la circulation brestoise de huit heures du matin les rattrape.

— Zut ! soupire Le Floc'h. On tombe dans la mauvaise heure.

— Essaie de passer par le bas de la rue de Siam pour remonter vers Kerinou et ensuite Lambé. Ce sera moins pénible que par Morvan et Kérichen.

— Oui, pas faux. On va tenter ça.

Parce que deux crétins se sont accrochés et bloquent la circulation à hauteur de la clinique Pasteur, il leur faut une demi-heure pour gagner le quartier de Lambézellec. Le gyrophare magnétique que Déniel a collé d'un geste énergique sur le toit de la Renault les a aidés à se tirer de la pagaille plus vite que les autres conducteurs et le GPS les amène sans erreur à l'entrée de la rue de Lanvian. Le quartier, un ancien village rattaché à Brest sur le tard, est un des rares de la ville à ne pas avoir été totalement détruit par les bombardements lors de la Deuxième Guerre mondiale. Il a gardé des maisons avec des jardins, de petits immeubles datant du XIXe ou du début du XXe siècle.

— Je me sens toujours un peu dépaysée quand je viens ici, dit Sylvie Déniel.

— Moi, c'est plutôt quand j'entre dans l'hôtel de police, soupire Romain Le Floc'h. Qu'est-ce que c'est moche !

— Mon pauvre mignon, quand on a grandi à Plougastel, tout le reste est moche !

Ils sont descendus de voiture et, tout en examinant les parages, arrivent à l'adresse des Direol. Le numéro 50 correspond, en effet, à une petite maison assez défraîchie mais avec un tout petit jardin très soigné. Pas de sonnette.

Le Floc'h frappe, appelle. Sylvie Déniel essaie de faire le tour mais le portillon du jardin est fermé à clef.

Restent les voisins.

Au commissariat, on est sous le choc : peu après le départ du brigadier, Armelle Martin a téléphoné. Elle a eu les résultats de l'analyse du doigt.

— Non, capitaine, rien à voir avec Caroline Dalleray. L'ADN est incomplet mais ce que le labo a obtenu ne correspond pas à l'ADN de la commissaire. C'est une autre femme.

Quand Hadrien raccroche, un fantôme traverse soudain son esprit, celui de Francis Heaulme. Y aurait-il un nouveau tueur en série… Non, impossible. L'histoire des serpents n'a rien à voir. Là, on a tué pour éliminer des personnes précises. Des complices. Hadrien a confiance en son instinct.

Il reprend la réunion.

— Une idée ?

— Pour ça, non, capitaine, mais…

C'est Kevin, très à l'aise, qui vient de parler. Il a posé un ordinateur portable devant lui et le pousse vers Hadrien, manquant renverser une tasse de café.

— Nous vous écoutons, lieutenant.

Hadrien a parlé plus sèchement qu'il ne l'aurait voulu mais il est fatigué, il s'inquiète pour son parrain qui, ce matin, ne semblait pas aller très bien, et il trouve son stagiaire très remuant.

— Un détail m'embêtait depuis le début, explique Kevin. Comment tous ces gens pouvaient-ils descendre à terre et regagner le bord alors que, d'après tout ce qu'on nous a expliqué, les allées et venues sont très surveillées ?

Hadrien hoche la tête, c'était en effet une question qu'il se posait.

— J'ai donc récupéré les bandes-vidéo de surveillance depuis l'arrivée du *Sea Paradise.*

— J'ai donné mon aval, capitaine, rappelle Maïwenn.

— Bien, poursuivez, Ledut.

— Regardez le premier extrait – je vous ai fait un montage des moments importants.

Kevin prend son bloc-notes.

— Premier extrait : lundi matin, la commissaire et le steward quittent le bateau sans aucun contrôle. Deuxième extrait : deux heures plus tard, c'est le tour de l'Ukrainien qu'on n'a pas encore retrouvé, Nick Zelenko. Les deux premiers ne sont jamais revenus mais Zelenko est rentré le lendemain matin. C'est le troisième extrait. J'ai réussi à zoomer sur son visage : il a l'air furieux. Ensuite, mercredi en début de soirée : le Philippin disparu... Mais regardez bien : il glisse quelque chose dans la main du garde.

— De l'argent ?

— Ce n'est pas très net à l'image mais quoi d'autre ? J'y reviendrai. Je voudrais d'abord que vous regardiez les deux derniers extraits : sur le premier, on voit Zelenko ressortir. Le deuxième ne provient pas de la surveillance du bateau mais de la caméra d'un immeuble de bureaux non loin du dock. Un taxi s'arrête près de l'entrée du dock et qui en descend ?

— Zelenko, souffle Hadrien entre ses dents. Mais qui est ce type ?

— Regardez l'heure et la date, capitaine... Nous venions de monter à bord. Au moment où il se présente à la grille, son téléphone sonne. Il écoute, il lève la tête, il aperçoit nos voitures sur le terre-plein et il fait demi-tour. Quelqu'un l'a averti.

Tout le monde l'écoute attentivement et Maïwenn scrute l'écran par-dessus l'épaule d'Hadrien.

— Vous avez une idée ? demande ce dernier.

— Oui. Sur chacun des extraits, c'est toujours le même homme de garde en haut de la coupée.

Hadrien, qui n'a pas quitté l'écran des yeux, relève enfin la tête.

— Quand avez-vous fait ça, lieutenant ?

— J'y ai passé la nuit, capitaine, ça m'énervait, et quand quelque chose m'énerve…

Un grand silence règne dans la salle de réunion, soudain rompu par un « bravo ».

— Bravo, Ledut ! C'est de l'excellent travail.

— Merci, capitaine.

— Et, puisque c'est vous qui l'avez débusqué, vous allez arrêter ce petit malin avec le lieutenant Le Gad. Vous devriez trouver pas mal d'argent dans ses affaires. Parce que, si le seul à avoir payé est Enrique Santos, cela veut dire que les autres avaient un arrangement permanent avec ce garde. Attrapez-le avant qu'il ne prenne la fuite, lui aussi !

Maïwenn et Kevin sont déjà debout.

— Lieutenant Le Gad, appelle Kevin, donnez-moi dix minutes pour passer en revue les passeports des employés. J'ai imprimé une image vidéo où l'on voit assez bien le visage de notre homme. Avec un peu de chance, la photo de son passeport sera ressemblante.

— Bonne idée, mais on fera ça à bord. On fonce ! N'oubliez pas votre gilet pare-balles, le capitaine y tient. Ça impressionne en plus de nous protéger…

Gyrophare, sirène, les voitures s'écartent pour laisser passer la voiture banalisée du commissariat. Au moment où Maïwenn freine devant l'entrée du dock, un homme qui avait visiblement ralenti accélère le pas et s'éloigne dans l'avenue. Sans hésiter, elle se remet dans la circulation et le suit au ralenti.

Kevin compare la silhouette avec l'image vidéo qu'il a imprimée.

— Regarde !

— Je conduis, Kevin, et je ne veux pas le lâcher des yeux. Alors, décide toi-même.

— Ça lui ressemble beaucoup.

— Appelle des renforts !

Kevin se saisit du micro.

— Appel à toutes les voitures…

La réponse ne tarde pas.

— Voiture 12, nous sommes à la gare, nous arrivons dans deux minutes.

Devant eux, l'homme presse encore le pas, traverse à toute vitesse, se jette dans une rue perpendiculaire, se retourne brièvement et se met à courir.

— C'est lui ! crie Kevin.

Maïwenn connaît par cœur le moindre passage du port ; elle contourne le pâté de maisons, ralentit… Il est là. Elle se gare.

— J'y vais ! lance Kevin qui défait sa ceinture de sécurité et ouvre sa porte.

— Non, ordonne Maïwenn. On attend les renforts. Ils sont à cent mètres, regarde. Lieutenant, c'est un ordre !

Impuissante à le retenir, elle s'arrête et crie encore :

— Ton gilet !

Mais il est déjà lancé dans sa poursuite.

Le fuyard s'est rendu compte de la manœuvre et traverse en slalomant dans la circulation pour atteindre l'avenue principale de façon à ce que la voiture soit à contresens. Kevin ne s'inquiète pas : il court depuis l'enfance, il a couru en compétition, il est en pleine forme et l'autre se fatigue déjà. Il le voit à sa foulée irrégulière, aux mouvements de son torse qui se redresse pour chercher l'air. Maïwenn, derrière lui, a redémarré et se rapproche. L'homme bifurque à nouveau, mais vers la Carène cette fois, peut-être induit en erreur par l'aspect de la salle de spectacles. Mais, non, ce n'est pas une ruine susceptible de lui offrir une cachette. Kevin le rattrape sans effort et le plaque contre un mur terne décoré de motifs géométriques. Lui passer les menottes, dans l'état d'essoufflement où il est, prend deux secondes. Kevin le retourne vers lui : c'est bien l'homme qu'il cherchait. Un visage banal sous un crâne chauve.

— Je n'ai rien fait ! Vous n'avez pas le droit, je suis un honnête citoyen, sale flic, État policier…

— Inutile de brailler ! rétorque Kevin. D'abord, j'aime pas ta voix alors tu la boucles ; ensuite, tu auras tout le temps de t'expliquer une fois chez nous.

Maïwenn les rejoint au pas de course. Les deux hommes de la patrouille arrivent juste derrière elle. Autour d'eux, quelques regards curieux et d'autres, peu amènes. S'ils savaient !

Soudain conscient d'avoir désobéi à un ordre direct, Kevin hésite entre la fierté d'avoir arrêté l'homme et la crainte des conséquences de son impulsivité. Le regard noir que lui jette Maïwenn laisse présager autre chose que des félicitations.

— On l'embarque, dit Maïwenn aux hommes de la patrouille. Merci, collègues !

D'une main ferme, l'un des deux hommes empoigne le bras du prisonnier qui se débat de toutes ses forces, obligeant le second membre de la patrouille à le maintenir par l'autre bras.

— Je l'ai eu, non ? tente Kevin.

Elle ne répond pas. C'est dans un lourd silence, entrecoupé des injures de leur prisonnier, qu'ils installent celui-ci à l'arrière de leur voiture.

L'explication entre le lieutenant et son stagiaire attendra qu'ils se retrouvent en tête à tête.

De son côté, Hadrien a fait un saut jusqu'à l'hôtel du Quai.

— Tata Do, reconnais-tu l'agresseur de Jobic ?

— C'est lui ! Tu l'as retrouvé ?

Il tient devant elle la photo agrandie du passeport de Nick Zelenko.

— C'est lui, confirme Jobic qui pose la même question : Tu l'as chopé ?

— Non, pas encore, mais il est recherché par toutes les polices, à présent. Ça m'étonnerait qu'il traîne encore par ici.

— Alors, veut savoir tata Do, c'est un Russe ?

— Un Ukrainien.

— Ils sont pas en guerre ?

— Si, mais pas tous et surtout pas les voyous. Quand il s'agit de gagner de l'argent, il n'y a plus de nationalité qui tienne.

— Alors, nos gardes du corps peuvent partir ? Tu comprends, ce n'est pas bon pour le commerce.

Hadrien n'hésite pas.

— Ils restent et ils resteront tant que ce type, que je soupçonne d'être un tueur, n'aura pas été au moins localisé. Et toi, Jobic, tu ne bouges pas, c'est compris ?

— Pas de risque, 'pitaine ! Je suis pourri gâté par Mme Dominique.

— Une dernière chose, tata Do : je t'amènerai probablement un autre pensionnaire cette après-midi, dans les mêmes conditions. En attendant, voici une rallonge pour la pension de M. Kéravel.

Rassuré sur leur sort, Hadrien repart en direction du bureau des Affaires maritimes. Il doit voir Ludo.

Mais Ludo n'est pas venu travailler. Il s'est fait porter pâle et ne répond pas au téléphone. Pourvu qu'il ne soit rien arrivé à cet idiot ! pense Hadrien. Même si Ludo a dérapé, il ne mérite pas de connaître un sort aussi horrible que celui de la commissaire de bord et du steward. Pourquoi les a-t-on ainsi massacrés ? Est-ce une conséquence de leur trafic ? Car le capitaine n'a aucun doute : ces deux-là appartenaient à un réseau de contrebande d'animaux rares. Ont-ils essayé de tricher avec leurs commanditaires ? Il faut examiner de plus près le carnet de Caroline Dalleray.

Retour au commissariat.

Hadrien arrive au moment où Maïwenn et Kevin font entrer leur prisonnier.

— On le met en salle d'interrogatoire, capitaine ? On a déjà Taras Boulba en cellule…

— Oui, évitons de les laisser ensemble. À présent, je dois appeler la procureure.

Dès sa première affaire, Hadrien a toujours scrupuleusement informé les procureurs de l'avancée de ses enquêtes. Avec certains, c'était une corvée, mais avec Marianne Camara, cela devient un plaisir. Il résume les événements survenus depuis la veille mais passe sous silence l'absence de son copain des AffMar. Tant qu'il n'a pas de preuve irréfutable…

— Votre Ukrainien ?

— Chez nous, il a passé la nuit en cellule. Je n'attends plus que l'interprète.

— Ils sortent tous les deux de chez moi avec leur ordre de mission. Ils ont un plan avec l'itinéraire pour arriver chez vous. Je vous donne leur nom : Guillaume Lesage et Vadym Petrenko.

À pied, cela leur prendra entre dix et quinze minutes, réfléchit Hadrien.

— Que voulez-vous que je fasse du Philippin ? demande-t-il.

— De quoi est-il coupable ? renvoie-t-elle.

— Chez nous ? De rien, en définitive. Il s'est enfui d'un travail où on le maltraitait et ce n'est pas un délit. Pour moi, Enrique Santos est un témoin, rien d'autre.

Hadrien croit entendre Marianne sourire. Ils n'ont pas l'intention d'ajouter au malheur de cet homme.

— Je peux le loger au même endroit que mon autre témoin, si vous êtes d'accord.

— L'hôtel du Quai ? Je suis d'accord, capitaine. Mais n'hésitez pas à renforcer la sécurité même s'il est fort peu probable qu'il y ait une autre agression. Ils se doutent bien que l'hôtel est surveillé. Si vous avez le temps de déjeuner, aujourd'hui, faites-moi signe, Hadrien, nous reparlerons du dossier.

Elle a dit « Hadrien » et il s'en réjouit comme un gamin. Pourtant, c'est mille pour cent interdit. Et alors ? répond-il *in petto* à sa propre objection. Quel mal y a-t-il à se réjouir d'avoir de bonnes relations avec une procureure exceptionnelle ? Une procureure avec qui il aimerait beaucoup avoir le temps de déjeuner. À cette pensée, il se sent coupable et appelle Juliette.

— Je t'ai promis des infos. Tu notes ? Un criminel recherché par Interpol…

Il lui résume ce qu'il veut bien dire pour l'instant.

— Deux suspects actuellement interrogés, des témoins placés sous haute protection, répète-t-elle. Merci, Hadrien ! Ce sera dans l'édition numérique d'ici à une heure.

Pour lui, il reste à récupérer Enrique.

— Lieutenant Le Gad ? L'interrogatoire de votre prisonnier devra attendre un peu. Il faut aller chercher Enrique Santos, l'interprète sera bientôt là.

Il a un dernier coup de téléphone à passer.

— Docteur Laforêt ? Où en êtes-vous de notre mort par morsures de serpent ?

— J'ai appelé mon copain de Plouagat…

Un vivarium réputé…

— Pour lui, étant donné que la victime n'a pas appelé au secours, la paralysie a dû intervenir très rapidement. Il n'y aurait que le mamba noir ou le vert pour obtenir ce résultat. En plus, deux morsures ! Le pauvre gars n'avait aucune chance. Sans traitement, on estime à une heure le délai de survie. Avec deux doses… Cela dit, notre homme a été victime d'un arrêt cardiaque avant que la paralysie totale se soit installée. Je pense qu'il est mort de peur. Au sens strict du terme, une mort très rapide qui lui a évité beaucoup de souffrance. Mais qui l'a aussi empêché d'appeler à l'aide.

— Venin neurotoxique, donc ?

— Exact ! Encore quelques vérifications mineures et je vous envoie mon rapport.

— Du nouveau pour le bras et le pied ?

— Même ADN.

— Vous pouvez m'en dire autre chose ?

— Une femme soignée, environ quarante ans, dans les un mètre soixante-dix, la peau un peu abîmée, sans doute par le soleil. Elle a dû passer du temps sous les tropiques ou abuser du bronzage. Vu l'état de son pied, elle portait des chaussures d'excellente qualité. Pas d'*hallux valgus*, pas de cor ni d'ampoule. Aucune trace de mycose. Un pied choyé, en quelque sorte, comme le bras. Pas de callosités au talon ou au coude.

Le portrait correspond à ce qu'Hadrien sait de Caroline Dalleray, une femme qui avait les moyens de s'occuper d'elle et de s'offrir des chaussures de luxe.

— Et le torse ?

— Vous me diriez que votre homme appréciait les boissons fortes, je vous croirais. La bouche peut mentir, capitaine, mais pas le foie ! Or pour obtenir un foie dans cet état à quelque chose comme une trentaine d'années…

Hadrien revoit la bouteille presque vide de whisky hors de prix...

— À part ça, une belle musculature qui devait lui permettre de faire encore illusion mais ça n'aurait pas duré longtemps. Pilosité de brun et environ un mètre soixante-quinze. Mais...

— Oui ?

— J'ai gardé le meilleur pour la fin : j'ai relevé de nombreuses traces de coups très violents, sur l'avant du corps et dans le dos. On ne voyait pas grand-chose à cause du sable. Tenez-vous bien : je pense que cet homme a été roué de coups et, cela date d'un autre siècle, sévèrement fouetté.

— Fouetté ?

— Oui, capitaine ! Et son bourreau y est allé de bon cœur. Les chairs sont lacérées en profondeur, surtout dans le dos. C'est pour ça que je n'ai pas vu tout de suite le reste d'un petit tatouage au niveau de la nuque. Malheureusement, c'est inutilisable. Un trait vertical de six millimètres, que voulez-vous en conclure ?

Rien, évidemment ! Hadrien réfléchit à toute vitesse.

— Docteur Laforêt, vous diriez que la victime a été torturée gratuitement ou punie ?

— Hum… Aucune opinion, capitaine, mais si c'est une punition, le bourreau devait être très en colère. Ce qu'il a fait, c'est de la folie furieuse, et je pèse mes mots.

Quelqu'un d'autre a employé ce mot de « colère »… Ah, oui ! Marianne Camara. « Il faut être très en colère… »

— Une dernière question, docteur : avez-vous une idée de l'instrument utilisé pour découper les corps ?

— Je pense qu'on a utilisé une hache et une scie, mais avec rage. Et… Ils ont vécu l'horreur, capitaine.

Un silence avant qu'Hadrien comprenne ce qu'implique le « ils ont vécu » du légiste.

— Ils étaient vivants ?

— Oui.

Encore un silence.

— Merci, docteur, fit enfin Hadrien. J'ai un tueur fou à attraper. Tenez-moi au courant si vous avez d'autres informations.

Il raccroche, un peu sonné. Il a déjà vu des scènes violentes mais ça… Un visage s'impose à lui, un visage à peine entrevu sur le *Sea Paradise*, celui d'un homme qui porte le nom d'un héros de son enfance, Taras Boulba. Mais ce Taras-là n'a rien d'un héros.

Il se lève, se sentant brutalement très vieux et très las, s'étire, se tourne vers le Che qui n'a rien dit depuis le début de la matinée.

— Quelle sale affaire ! lui dit-il.

L'oiseau penche la tête et considère Hadrien de son œil globuleux. Hadrien aime le contraste entre son bec d'un bel orange vif, son plumage noir et le dessin blanc qui orne chaque côté de sa tête.

— Ça va, toi ? demande-t-il à l'oiseau.

Un grand soupir lui répond, si approprié à la situation qu'Hadrien sourit.

— On va raconter au lieutenant Le Gad tout ce que le bon docteur nous a dit, qu'en penses-tu ?

Nouveau soupir puis :

— Café !

Ça, c'est nouveau, se dit Hadrien.

— Café ? répète-t-il avec un vague sentiment de ridicule. Tu as raison.

Il va ouvrir la porte de son bureau, passe la tête.

— Lieutenant Le Gad ?

Il referme la porte sur elle.

— Avant de nous occuper de nos deux suspects, je vous résume les explications du docteur Laforêt mais, sur les bons conseils du Che, pas sans un café.

Depuis le début de la semaine, c'est la première fois qu'ils s'offrent le luxe de faire le point tranquillement en savourant une tasse de son arabica Tapachula Chiapas. Maïwenn manque toutefois de s'étrangler en entendant « ils ont vécu »... Elle préfère ne pas imaginer...

— Il faut absolument faire parler notre Ukrainien, conclut-elle. Je pense que le fuyard de ce matin, un certain Cédric Duchamp, ne sait rien.

— À ce propos, notre stagiaire s'est bien comporté ?

Maïwenn fait la moue.

— Il m'a désobéi. Il le sait et il s'attend à une sanction.

— *Merdum !* On en reparlera plus tard. Dans l'immédiat, s'il n'est pas capable d'obéir sur le terrain, confinez-le à la paperasse. Savez-vous si Torpenn est de retour ? Je lui avais demandé d'aller prendre la déposition de Mme Dumont et de M. Kéravel qui ont reconnu leur agresseur en la personne de Nick Zelenko.

— Oui, je l'ai croisé tout à l'heure.

— Il faut aller récupérer Enrique Santos.

— Mon frère refusera d'avoir affaire à quelqu'un d'autre que moi.

— Dans ce cas, allez-y mais ne prenez pas de risques. Je n'aimerais pas que vous croisiez la route de Zelenko. Je vais commencer sans vous l'interrogatoire de Kozel.

— Entrez ! crie le Che.

Il les a fait sursauter mais a parlé très à-propos. On frappe à la porte.

— Capitaine ?

— Mme Quéméneur ?

— Le brigadier Le Floc'h a appelé. Il pense qu'il se passe quelque chose de pas normal là où vous l'avez envoyé.

Il faut à Hadrien un bref moment pour reprendre pied. Bien sûr ! La mère de Paméla…

— Des détails ?

— Ils ont interrogé les voisins qui jurent n'avoir vu personne sortir ce matin. La voiture est là mais personne ne répond. Ils disent aussi…

Elle consulte le bloc-notes qu'elle tient à la main.

— Qu'ils ont vu une femme correspondant à Mme Prigent entrer dans la maison il y a un ou deux jours. Ils ne sont pas sûrs parce qu'elle venait de temps en temps et qu'elle était déjà venue en début de semaine chercher son amie, la femme de monsieur…

Elle descend dans la page avec le doigt…

— Jean Direol. Ah ! Le brigadier m'a dit d'insister : ce monsieur est employé dans une société de nettoyage et il travaille parfois à Océanopolis.

Maïwenn et Hadrien échangent un regard consterné : ils n'ont pas pensé aux intervenants extérieurs. Anne Quéméneur lève la main pour demander l'attention.

— Les interprètes sont arrivés, capitaine.

— Merci, madame Quéméneur. Faites-les patienter – j'ai du café chaud, proposez-leur une tasse – et envoyez-moi tout de suite le lieutenant Torpenn. Le Gad, vous le briefez. Qu'il prenne une patrouille avec lui. J'avertis la procureure.

Gaël Torpenn note l'adresse que lui donne Maïwenn, le numéro d'appel du brigadier et attend que le capitaine termine sa conversation avec Marianne Camara. Il l'entend affirmer que, oui, les voisins croient avoir entendu des cris comme des appels à l'aide… Il sait que la procureure a compris : rien de certain mais de gros doutes. En fait, il n'a pas besoin de son feu vert puisqu'il se trouve, là aussi, dans une procédure de flagrant délit. Il préfère quand même l'informer et obtenir sa bénédiction.

— Allez-y, dit-il en raccrochant. Des voisins ont entendu crier au secours, semble-t-il.

Vous êtes en flagrant délit, vous entrez. Il faut savoir où est passée cette femme !

Maïwenn est déjà partie, Gaël Torpenn la suit de près.

Gros soupir du Che.

— *Ut vales ?* demande Hadrien. Comment vas-tu ? Je sais ce que tu veux.

Dans son placard, il prend la boîte contenant la pâtée du Che, un mélange étudié pour les mainates, et regarnit la mangeoire avant de changer l'eau de l'abreuvoir.

— Tu ne me dis pas merci ?

Le Che penche la tête sur le côté, cligne de l'œil, redresse la tête.

— Merci, dit-il d'une voix profonde.

Victoire ! C'est la première fois qu'il répond aux sollicitations du capitaine.

— Bravo !

Le cœur un peu plus léger, Hadrien se dirige enfin vers la salle d'interrogatoire. Cela fait plus d'une demi-heure que le suspect arrêté par Maïwenn marine. Il doit commencer à s'impatienter. Hadrien prend le temps d'étudier l'individu par le hublot de la porte puis entre doucement. *À nous deux !* se dit-il.

10

Vendredi 18 juin, 13 heures.

Installés dans la salle de réunion, les interprètes sont plongés dans une grande discussion quand Hadrien les rejoint. Il explique à Guillaume Lesage, l'interprète en philippin, qu'il va devoir attendre encore un peu mais que le lieutenant Le Gad ne tardera pas.

— Désirez-vous un café ou un thé ? Avez-vous déjeuné ?

— Non, répondent en chœur les deux hommes.

— Je reviens…

Un petit tour à l'accueil.

— Mme Quéméneur ? Pouvez-vous appeler le bistrot du Port et demander qu'on nous apporte un assortiment de sandwiches pour trois ?

— Si vous voulez, capitaine, il reste de la salade au thon dans le frigo, de la baguette et du fromage. Je peux vous arranger trois assiettes.

— C'est votre salade ?

— Oui.

Ah ! L'irrésistible salade au thon de la gardienne de la paix Anne Quéméneur… Hadrien la remercie d'un grand sourire.

— Nous sommes dans la salle de réunion.

Ils ne parlent presque pas, trop occupés à savourer leur salade. Un peu de fromage et un café par-dessus, ils seront prêts ! Hadrien est en train de tartiner un morceau de baguette avec du chèvre quand il entend la voix de Maïwenn dans le couloir.

— Lieutenant Le Gad ?

La porte s'ouvre, Maïwenn salue de la tête les deux interprètes qui font mine de se lever mais elle sourit et les interrompt d'un geste de la main.

— Il est dans mon bureau, dit-elle à Hadrien. Il reste de la salade ?

— Non, avoue Hadrien.

— Dommage, mais ce n'est pas grave, j'ai de quoi sandwicher et mon frère avait déjà fait le nécessaire pour que notre homme soit nourri. Comment voulez-vous vous organiser, capitaine ?

— Vous prenez la déposition du témoin. J'ai eu la procureure qui est d'accord avec moi : nous n'avons rien à lui reprocher, c'est un témoin et il est libre. Bref, vous serez très bien dans votre bureau. Une dernière chose : des nouvelles du lieutenant Torpenn ?

— Non, pas encore. Par contre, j'ai le certificat médical pour les marques d'agression sur Jobic.

— Lisible ?

— Les griffonnages habituels… On va encore s'amuser pour le déchiffrer, ce certificat ! À quand des interprètes en écriture de médecin ?

— Votre frère écrit aussi mal ?

— Il progresse grâce à mes menaces de le priver de dessert, répond Maïwenn en riant. Pour revenir à Jobic, il a de belles marques sur le cou mais tout va bien. Aucune séquelle ! Il a seulement un peu soif mais Mme Dumont le surveille de près. En plus, avec les deux malabars envoyés par le commandant, il ne risque pas de s'esquiver en direction de son troquet préféré !

L'image de Jobic aux prises avec le champion de karaté et le champion de tir fait sourire Hadrien.

— Merci pour ces bonnes nouvelles ! On peut y aller.

Tandis que Guillaume Lesage suit Maïwenn, Vadym Petrenko est prié de se rendre avec le capitaine dans la salle d'interrogatoire. À peine entré, l'interprète fait demi-tour et ressort. Le gardien de faction devant la porte la referme. Dans le couloir, Hadrien dévisage l'interprète, livide.

— Capitaine, savez-vous qui est cet homme ?

— Taras Kozel, pourquoi ?

— Ce n'est pas son vrai nom. Il fait partie d'une milice prorusse et, pendant les événements de 2014, il a assassiné au moins dix personnes. Je n'ai aucun doute là-dessus. Je connais beaucoup d'Ukrainiens qui donneraient cher pour lui mettre la main dessus. Je ferai tout pour vous aider à le coincer. Et, pour commencer…

Il prend son téléphone. Quelques secondes suffisent.

— Regardez, dit-il. C'est un site qui répertorie les salauds dans son genre.

La photo est fidèle.

— Vous vous sentez quand même…

— Tout à fait, capitaine ! Je suis ravi de vous aider à coincer cette ordure.

— Quelque chose de personnel ?

— Non.

Hadrien fixe l'interprète quelques secondes. Il a compris que celui-ci ment mais ne peut le prouver. L'essentiel est que cela ne se sache pas. Ce serait trop facile de l'accuser de partialité pour le récuser dans un procès. Mais qui pourrait savoir le souvenir qu'évoque en cet instant même Vadym Petrenko ? Le souvenir d'une jeune femme souriante qu'il aimait plus que tout et qui est tombée entre les mains des salopards dont le prisonnier d'Hadrien faisait partie…

Taras Kozel les regarde avec un sourire narquois quand les deux hommes entrent à nouveau dans la salle. Hadrien prend place en face de lui et Vadym Petrenko à droite d'Hadrien. Le prisonnier commence par montrer ses poignets menottés en crachant quelques mots.

— Il veut qu'on le détache, traduit l'interprète.

Hadrien ne bronche pas et commence les questions rituelles.

— Comment vous appelez-vous ?

— Ah, ah ! Tu ne sais pas lire ?

— Comment vous appelez-vous ?

Hadrien doit encore répéter sa question deux fois pour que l'autre lui jette :

— Taras Kozel !

— Non.

Le prisonnier se tourne alors vers Vadym Petrenko et lui parle avec une grande violence.

— Que dit-il ?

— Que si je le trahis, ses amis se chargeront de faire la peau à tous mes proches et de s'occuper spécialement des femmes de ma famille, grands-mères ou bébés.

— Vous continuez ? demande Hadrien à mi-voix.

— Oui. Toute ma famille est morte. Ils ne peuvent plus rien me faire.

L'interprète a répondu à voix haute, en fixant le prisonnier qui ricane. Hadrien, qui a noté le nom indiqué par Petrenko, tape de la main sur la table.

— Bien, monsieur Stefan Pavlovych Suprun, on arrête ce petit jeu ?

À l'énoncé de son nom, un nuage noir est passé dans les yeux de Taras-Stefan. Mais il n'a pas feint de ne pas comprendre le français.

— Si vous nous disiez où se trouve votre compatriote Nick Zelenko ?

Haussement d'épaules.

— J'ai faim, vous devez me donner à manger.

— Tout à l'heure, quand vous aurez répondu.

— J'ai soif.

— Vous savez ce qu'il faut faire.

Dans un cri de rage, l'autre tente d'arracher les menottes fixées à la table par une chaîne.

Suit une bordée d'injures.

— Je préfère ne pas traduire, dit l'interprète, c'est très grossier et sans intérêt.

Hadrien fixe le furieux et lâche :

— *In cruce figaris.* Moi aussi je peux jurer en langue étrangère.

Oui, pense l'interprète qui possède de bonnes bases de latin, *oui, que cette ordure aille se faire crucifier !*

— Quel était votre rôle dans le trafic de serpents à bord du *Sea Paradise* ?

Ricanement.

— Avez-vous joué un rôle dans la disparition de Caroline Dalleray et de Mathieu Lombard ?

Vadym Petrenko traduit mais Stefan *alias* Taras a compris. Il se passe la langue sur les lèvres avec une sorte de gourmandise horrible et Hadrien voit s'allumer une lueur d'amusement dans son regard. Toutefois, comme il sent son téléphone vibrer dans sa poche pour la deuxième fois en quelques instants, il le sort. C'est le commandant Gambais.

— Fox ? Essayez de mettre la procédure à l'abri, nous sommes dessaisis.

— Je suis en train d'interroger notre Ukrainien…

— Ça vient de haut. Faites vite, ils seront sur vous dans deux minutes.

Hadrien fait signe à l'interprète de le suivre et se rue dans le couloir.

— Le Gad ! Ledut ! Grouillez-vous !

Les deux lieutenants se sont précipités hors du bureau de Maïwenn.

— Planquez toute la procédure, vite !

— J'ai déjà tout archivé sur une clef USB, capitaine, répond Kevin. Ordre du lieutenant Le Gad.

Bien joué, Maïwenn ! pense Hadrien.

— Le carnet de la commissaire ?

— Scanné, sauvegardé.

Il se rachète, pense Hadrien, alors que des éclats de voix lui parviennent de l'accueil. Il n'a pas le temps d'aller voir ce qui se passe : quatre hommes en costume noir, chemise blanche, cravate bleu marine et lunettes de soleil miroitées foncent dans le couloir.

— Que se passe-t-il ?

Hadrien a utilisé sa voix de commandement. L'un des hommes brandit une carte tricolore.

— Vous êtes dessaisis.

Sans un mot, les quatre font le tour des bureaux, ouvrant les portes à la volée. Sur celui de Maïwenn, ils repèrent le dossier *Sea Paradise* et s'en emparent avant de fouiller dans son ordinateur. Tous les fichiers de l'affaire sont effacés... Les rapports, les photos, le scan des passeports, tout !

— Les scellés ? demande l'un d'eux.

Blanc de rage, Hadrien fait signe à l'un des gardiens présents de les emmener au local des scellés. Le carton qui contient le carnet de Caroline Dalleray, ses deux passeports à deux noms différents et les quelques éléments récoltés dans les cabines est confisqué de la même façon. La rafle a duré deux minutes.

— Le prisonnier ?

— Salle d'interrogatoire, répond Hadrien.

Quand il les voit arriver, l'Ukrainien blêmit, tente de résister mais une décharge de Taser le calme aussitôt et il est embarqué, moitié porté, moitié traîné, par deux des hommes. Ils le jettent littéralement à l'arrière d'un gros SUV noir et, sans un mot, s'en vont. Le commissariat du port est en état de choc. Dans le bureau de Maïwenn, le Philippin et Guillaume Lesage se sont faits tout petits. La rafle a duré à peine cinq minutes.

Hadrien ne sait pas encore que, aussi brutalement, les serpents que l'équipe de Pont-Scorff commençait à dénombrer et à identifier ont été récupérés par le même genre d'hommes à la silhouette mince, l'air froid, sans expression. Là aussi, ils ont tous brandi une carte tricolore.

— C'était quoi, ces têtes de tueurs ? demande enfin Maïwenn.

— Services spéciaux, répond Hadrien. Une unité de la Sécurité intérieure dont j'ai entendu parler mais à laquelle je n'avais jamais eu affaire.

— Services très spéciaux, confirme dans un murmure l'interprète ukrainien. Je n'ai rien vu, je ne veux rien savoir. Vous n'avez plus besoin de moi, capitaine ? Je peux partir ?

Hadrien le regarde un instant sans bien comprendre puis il sursaute, comme s'il se réveillait.

— Bien sûr, mais il y a certainement un papier à signer pour que vous vous fassiez payer ?

— Oui, mais ce n'est pas grave…

Il reprend peu à peu ses esprits.

— Excusez-moi, capitaine, cela m'a rappelé de mauvais souvenirs.

— Pouvez-vous m'attendre dans mon bureau ?

Tandis que tout le commissariat commente le coup de force perpétré par les inconnus, Hadrien appelle Marianne Camara.

— Madame la procureure ? Il vient de se passer…

Elle l'écoute avant de lui répondre d'un ton consterné.

— J'ai moi-même reçu un ordre de ma hiérarchie. Cette histoire n'a jamais existé. Que vous reste-t-il ?

— Un Philippin terrorisé qui ne sait rien et que son interprète tente de calmer ; un autre témoin, le SDF dont je vous ai parlé ; un interprète ukrainien également choqué… Et une petite fille dont la mère a disparu.

Il préfère ne pas lui révéler au téléphone l'existence d'une sauvegarde sur clef USB ni que la tablette de Maïwenn n'a pas été vidée de son contenu. Elle l'avait laissée, pour une fois, dans sa voiture.

— Tenez-moi au courant, conclut-elle.

À peine a-t-il raccroché que c'est le légiste qui lui apprend l'enlèvement des restes découverts sur la plage de Moulin-Blanc ainsi que du corps de Felipe Santos… De son côté, Armelle Martin lui a laissé un message : le dossier papier de ses rapports a disparu, de même que les fichiers de son ordinateur. « C'est quoi cette histoire de fous ? » demande-t-elle.

Hadrien fait rapidement ses comptes. Que lui reste-t-il ? Une sauvegarde de la procédure sur clef USB, un Philippin qui ne sait presque rien, un « Chopic » qui s'engraisse grâce aux bons soins de « Mme Dominique », un fuyard qui attend qu'on s'occupe de lui, un Ludo introuvable… Quoi d'autre ? Une petite fille dont la mère a disparu. Mais, dans un premier temps, il lui faut accomplir une tâche urgente. C'est une question de sécurité pour tous. Il fait patiemment le tour de tous les bureaux et répète :

— Il ne s'est rien passé, m'entendez-vous ? Pas un mot à l'extérieur, vous vous mettriez en danger. Vous avez bien compris ? Vous oubliez toute cette histoire et vous n'en parlez jamais, JA-MAIS !

Un sifflement strident les fait tous sursauter. Ce n'est que le Che qui réclame un peu d'attention et fournit la diversion dont Hadrien avait besoin.

— Tout le monde se remet au travail ! Le Gad ? Vous vous renseignez pour savoir ce qui se passe du côté de Torpenn.

— Oui, capitaine, mais je voudrais d'abord savoir ce que je fais d'Enrique Santos et du fuyard de ce matin.

— Ils n'ont pas compris ce qui vient de se passer. Tirez-en le maximum. Pour Santos, mettez-le au chaud à l'hôtel du Quai – cette affaire qui n'existe pas va me coûter cher ! –, et votre fuyard, procédure classique de résistance et outrage à agent de la force publique, etc. Collez-lui sur le dos tout ce que vous pourrez, il apprendra que la corruption ne paie pas ! S'il parle, on en tiendra compte et il se débrouillera pour la suite avec son employeur. Allez-y, je m'occupe de Torpenn. Son silence ne me plaît pas. Je dois aussi indiquer aux AffMar que je n'ai plus besoin du rapport sur les courants dans la rade et l'endroit où les cadavres ont pu être jetés. Mais d'abord l'affaire Prigent.

Il suffit d'une sonnerie.

— Oui, capitaine, répond le lieutenant Torpenn. Nous venons juste de découvrir Mme Prigent. Non, je n'ai pas encore appelé la procureure, j'ai commencé par les secours. Ils ne devraient pas tarder.

— Bien, je m'occupe du reste.

La procureure, le légiste et la PTS. Surtout, lancer les recherches : il faut mettre la main sur Jean Direol.

Et Juliette ? Oui, elle mérite ce scoop puisque cela ne risque plus de compromettre quoi que ce soit.

Un peu plus tôt.

Au numéro 50 de la rue Lanvian, forts du feu vert donné par Hadrien, les policiers forcent le portillon du jardin et cherchent la porte de derrière, vitrée dans sa partie supérieure. Personne ne répond aux appels renouvelés du lieutenant. Quelques voisins commencent à se grouper devant le jardin. Ces trois silhouettes, en tenue bleu marine et en civil pour l'un d'eux, portant le brassard « police » et un gilet pare-balles, les attirent comme des aimants. Un frisson les parcourt quand le brigadier Le Floc'h va chercher l'un d'eux, un homme d'une quarantaine d'années, assez fluet et pourvu d'une abondante chevelure châtain attachée dans la nuque.

— Votre nom, s'il vous plaît ?

— Jérôme Gonidec.

— Je suis le brigadier Le Floc'h et voici le lieutenant Torpenn. Nous devons entrer dans la maison et la fouiller. Vous nous servirez de témoin.

— Si le Direol était là, répond Jérôme Gonidec, il vous serait déjà tombé dessus. Il n'est pas commode. Un jour que ma femme a voulu les inviter à prendre l'apéro avec d'autres voisins, il lui a claqué la porte au nez en lui disant de se mêler de ses affaires. Mais on a bien vu que sa femme avait souvent du mal à marcher, comme quelqu'un qui a pris des coups. On l'a entendue crier jusque dans la rue.

— Et vous n'avez rien fait ?

— On lui a dit qu'elle pouvait venir chez nous quand on la croisait dans la rue, mais elle disait juste « merci, tout va bien ». Que voulez-vous faire ? Elle y retournait tous les soirs. Mais je ne comprends pas qu'on puisse traiter une femme comme ça.

— Bien, reculez-vous, on va enfoncer la porte.

— Vous voulez ouvrir ? Euh… Je n'aurai pas d'ennuis ? C'est que j'ai fait quelques bêtises quand j'étais môme…

Le brigadier comprend tout de suite.

— Vous sauriez l'ouvrir ?

— Ben…

— Alors, faites-le, lui ordonne Torpenn.

— Donnez-moi une minute, je vais chercher des outils.

Dès qu'il tourne le dos, le brigadier se penche vers le lieutenant.

— Si on mettait ça dans un roman, personne n'y croirait !

Le lieutenant se contente de hocher la tête. Heureusement que le hasard, ou la chance, les sert parfois. Tant pis pour la crédibilité !

Il revient, en effet, une minute plus tard, muni d'une boîte à outils.

— Elle était dans ma caisse, explique-t-il. Je donne un coup de main à un pote pour ses travaux, en ce moment.

Il fourrage quelques instants dans la serrure puis un déclic se produit et il s'écarte sans un mot.

— Merci, vous n'entrez pas.

Le lieutenant et le brigadier ont sorti leur arme de service. De son ton de commandement, le lieutenant a intimé à la gardienne Déniel de rester à l'extérieur, au cas où le propriétaire des lieux se montrerait. En attendant, elle remet une convocation à Jérôme Gonidec.

— C'est seulement pour signer le procès-verbal, dire que vous avez assisté et aidé à l'ouverture de la porte, rien d'autre. Merci, monsieur Gonidec.

La maison est sale. Dans le minuscule salon, des emballages de pizza jonchent la peluche du canapé. Les bouteilles de bière vides s'entassent dans un carton. Le tout donne une impression étrange d'ordre et de désordre mélangés. Le lieutenant cherche un interrupteur. Les volets sont fermés et il veut plus de lumière. L'exploration se poursuit dans la chambre adjacente, lit défait, draps froissés et tachés, mais vêtements accrochés avec soin dans une penderie sans porte. Même impression dans la salle de bains où traînent des serviettes sales à côté d'une corbeille à linge neuve. Il reste la cuisine à visiter, une cuisine qu'ils découvrent dans le même état que le reste de la maison.

— Lieutenant, appelle le brigadier Le Floc'h, il y a une porte derrière ce rangement.

Une simple étagère d'origine suédoise et à moitié vide a été placée, en effet, devant une porte. Déplacer le meuble ne prend que quelques secondes. La porte donne sur une minuscule arrière-cuisine. Le Floc'h allume l'ampoule nue qui pend du plafond. Un énorme congélateur coffre occupe presque tout l'espace et, au pied de l'appareil, un corps. Un corps de femme, nu, ensanglanté, pieds et mains liés avec du ruban adhésif d'emballage. Le même ruban a servi à la bâillonner.

Le lieutenant se précipite, tâte le cou de la femme, sent un pouls très faible, crie :

— Elle est vivante, appelle les secours !

Et, sortant le couteau suisse qui ne le quitte jamais, il dégage la bouche de la malheureuse. Il la reconnaît d'après les photos récupérées chez Paméla. Il a retrouvé sa mère. Vivante.

Tandis que le brigadier téléphone, Torpenn photographie rapidement la scène : la posture de Nadine Prigent, la façon dont elle a été immobilisée, les traces au sol, traces que les secours risquent d'effacer. Il termine ensuite de trancher ses liens.

— Le Floc'h…

L'oubli du vouvoiement n'a pu se faire que dans le choc de l'urgence.

— Trouvez-moi quelque chose pour couvrir le sol partout où les pompiers devront passer, histoire de ne pas compliquer le travail de la PTS. Ouvrez-leur la porte de devant, ce sera plus facile pour eux. Si vous ne trouvez pas la clef, requérez l'aide de notre témoin crocheteur ! Et dégagez le passage à l'extérieur. Donnez-moi d'abord de quoi couvrir Mme Prigent.

Le Floc'h fonce dans la chambre, avise une pile de draps pliés avec soin et choisit le plus clair, un bleu ciel. Leur témoin, Jérôme Gonidec, examine avec dégoût l'intérieur des Direol.

— On vous a dit de ne pas entrer ! lui dit le brigadier.

— C'est déprimant, ici. Vous avez trouvé qui ?

— Puisque vous êtes là, profitez-en pour ouvrir la porte de devant.

Cela ne prend que quelques secondes.

— Serrure de base, sert à rien, grommelle Gonidec comme s'il se sentait insulté par tant de médiocrité.

— Merci, mais vous sortez, maintenant, dit Le Floc'h d'un ton sec.

L'obligeant voisin s'en va, l'air toujours aussi dégoûté, mais trouve sa revanche quelques minutes plus tard, à l'arrivée de Juliette qui brandit sa carte de presse. Il refuse quand même d'être nommé ou cité dans l'article. Il n'a pas envie que d'anciennes connaissances lui tombent dessus pour avoir collaboré avec les flics.

La sirène des pompiers qui retentit au loin fait sortir de chez eux les voisins qui ne l'avaient pas encore fait.

— Tu crois que c'est cette pauvre femme ?

— Ou bien elle a fini par se débarrasser de lui ?

— Remarque, c'est pas moi qui le lui reprocherais !

— Un type comme ça, on aurait dû lui faire sa fête depuis longtemps, confirment quelques voix viriles.

Les commentaires vont bon train, tout le monde veut parler à la journaliste qui tente de démêler le vrai du faux. « Les soupçons des voisins ont été confirmés par la découverte… » Oui, ce sera un bon début d'article.

Dans un hurlement de sirène, aidé par Sylvie Déniel, le véhicule des secours oblige les voisins agglutinés devant la maison à se reculer.

— Merci de marcher sur les draps, leur demande Torpenn.

Aussitôt mise sous perfusion, Nadine Prigent quitte la maison Direol sur un brancard encadré par Sylvie Déniel et le brigadier pour cacher son visage. Torpenn n'a pas envie que se reproduise l'expérience de Moulin-Blanc, avec une photo de la victime en circulation sur les réseaux sociaux dans une ou deux minutes. Évidemment, on grogne de frustration chez les voisins. On veut savoir si c'est bien cette pauvre femme…

La PTS en combinaison blanche fait également sensation, soulevant une nouvelle vague de commentaires.

S'ils savaient ce qui se passe ensuite dans la maison ! Armelle Martin, Maxime Prieur et

Lio Hoang ont commencé par mettre tout le monde dehors, y compris les policiers qui leur signalent l'intrusion de Jérôme Gonidec.

— Il nous faudra ses empreintes et un échantillon d'ADN.

— Il est déjà convoqué pour demain matin, répond Sylvie Déniel.

Torpenn et le brigadier s'apprêtent à prendre les témoignages des voisins quand Armelle leur fait signe depuis le seuil de la maison. À peine l'ont-ils rejointe qu'elle les apostrophe :

— Vous êtes bien des hommes ! Cela ne vous a pas étonnés de trouver un congélateur aussi énorme chez des gens qui vivent à deux ?

— Euh…, bafouille Torpenn.

— On était tellement contents d'avoir retrouvé cette femme vivante, ajoute Le Floc'h.

— Eh bien, venez voir ! Mais faites attention où vous marchez. Qui a eu cette bonne idée des draps ? Merci, lieutenant, ça nous simplifie le travail.

Dans l'arrière-cuisine, Lio est en train, elle aussi, de prendre photo sur photo.

— Tu as fini ? lui demande Armelle Martin.

— Pour l'instant, oui. Maxime est allé voir la salle de bains.

— Tu nous laisses la place ? On ne tient pas à trois dans ce cagibi. Lieutenant, avez-vous pensé à photographier la victime telle qu'elle était quand vous l'avez trouvée ?

— C'est dans mon téléphone. Je lui ai juste enlevé son bâillon pour qu'elle respire mieux.

— Parfait ! Vous me les enverrez ?

— C'est déjà fait.

Tout en parlant, elle soulève le couvercle du congélateur coffre.

— Nous avons aussi retrouvé sa femme.

Le spectacle arrache au lieutenant un juron dont il ne pense même pas à s'excuser.

— Comme vous dites ! rétorque Armelle.

— Mais c'est une épidémie ! peste Torpenn.

Depuis le seuil, Maxime Prieur les interpelle.

— J'ai passé la baignoire au luminol.

— Traces de sang ? demande Torpenn.

— Des traces ? Vous voulez rire ! Il l'a carrément repeinte sur toute la surface. À mon avis, c'est là qu'il l'a découpée.

— OK, faut trouver ce cinglé le plus vite possible.

Lio, qui s'est faite toute petite pour se glisser entre ses collègues et le congélateur, en sort un sac.

— Vous vous souvenez du doigt d'Océanopolis ? Regardez la main gauche, il manque l'annulaire. Il a visiblement été sectionné sauvagement. En plus, sur les autres doigts, il y a des piercings qui ressemblent à celui du doigt coupé. Tu veux y jeter un coup d'œil, Armelle ?

De sa main gantée, elle lui tend le sac.

— Non, je te fais confiance. Lieutenant, je vous laisse prévenir le docteur Laforêt ? Il faudra qu'il passe ensuite voir l'autre victime à l'hôpital pour l'inventaire de ses blessures.

— Je m'en occupe tout de suite.

— Reste à comprendre, murmure Lio qui poursuit son exploration du congélateur, reste à comprendre comment un doigt de cette femme a pu arriver dans un aquarium d'Océanopolis.

Dès que l'appel du lieutenant Torpenn l'informe avoir retrouvé la mère de Paméla et la vraisemblable propriétaire du doigt d'Océanopolis, Hadrien lance un avis de recherche au nom de Jean Direol. Son équipe, toujours sous le choc de la rafle effectuée par les inconnus en noir, reprend pied en apprenant qu'au moins une des deux victimes est sur le chemin de l'hôpital et non de la morgue.

— Le Gad, je veux deux hommes de garde devant la chambre de Mme Prigent, jour et nuit.

— Je m'en occupe, capitaine.

Hadrien prend ensuite le temps de laisser un message à l'instituteur qui l'avait alerté, Erwan

Berrou. « Mais n'en parlez pas encore à sa fille, nous ignorons si elle s'en sortira ou pas. Je vous tiendrai au courant. »

— Le Gad ? Pouvez-vous venir dans mon bureau ?

Maïwenn s'assoit en silence pendant qu'il se prépare une nouvelle cafetière de son arabica mexicain. Le Che, lui, sifflote tranquillement un air inconnu, une chanson de mainate sans doute, jusqu'au moment où, croisant le regard d'Hadrien, il penche sa petite tête sur le côté et susurre :

— Ça va, chouchou ?

Maïwenn manque de s'en étrangler avec son café.

— C'est nouveau ? demande-t-elle.

— Récent, répond Hadrien. Avez-vous obtenu des informations intéressantes de notre Philippin ?

— Il confirme l'existence d'un trafic à grande échelle. Il ne sait pas grand-chose, en réalité, même pas la façon dont les animaux sont introduits à bord. Il aidait son frère à les nourrir avec les souris – décongelées ! – que Nick Zelenko leur remettait. D'après lui, les deux Ukrainiens étaient au centre de l'affaire. Les autres leur obéissaient. Il suppose que, pour les mieux placés, il y avait de l'argent en jeu. Pour lui et son frère, c'était seulement l'assurance qu'il n'arriverait rien à leur famille.

— Les deux grandes armes : argent et peur, résume Hadrien. Comment a-t-il su que son frère…

— Parce qu'il était avec lui à ce moment-là. Un accident. Ils finissaient de distribuer un sac de souris dans les caisses quand son frère a glissé. Sa main a heurté violemment le bord de la caisse entrouverte. Deux des serpents ont pris peur et l'ont attaqué. Il a juste eu le temps de refermer le couvercle.

Hadrien secoue la tête, navré pour ces hommes victimes d'un système sans pitié, qu'il soit officiel ou souterrain.

— Pourquoi n'a-t-il pas tenté de le sauver ?

— Parce que son frère s'est effondré tout de suite. D'après M. Santos, il étouffait et il a cessé de respirer. Il en a conclu qu'il était mort.

— Aussi vite ?

— Il faut attendre le rapport du docteur Laforêt, mais je peux l'appeler…

La devançant, Hadrien a déjà sélectionné le numéro du légiste sur son téléphone.

— Docteur Laforêt, nous nous demandons…

Les explications ne durent pas longtemps et Hadrien raccroche, l'air consterné.

— Il avait pratiquement terminé l'autopsie quand nos amis en noir ont confisqué le corps et les prélèvements effectués à fins d'analyses. Mais il est certain d'une chose : la victime n'est pas morte tout de suite. Contrairement à ce que croit son frère, Felipe Santos respirait encore quand il l'a abandonné dans son coin. Il semble que le choc lui ait fait perdre connaissance. S'il est revenu à lui, il était quand même en train de subir les effets paralysants du venin. Je vous rappelle que c'est un neurotoxique. En une heure, Santos n'a pratiquement plus pu bouger. Il a agonisé, étouffant au fur et à mesure de la paralysie des muscles...

Maïwenn en frissonne.

— Je préfère garder les détails pour plus tard. En résumé ?

— Cela explique pourquoi le début de la décomposition n'a pas alerté les employés de la blanchisserie. Si Santos était mort tout de suite, la chaleur et l'humidité qui y règnent auraient accéléré le processus. D'après le docteur Laforêt, il a dû mourir tout au plus une dizaine d'heures avant qu'on le trouve.

— Quelle horreur ! Son frère ne doit pas l'apprendre.

— Je suis d'accord. Il est suffisamment secoué pour ne pas être culpabilisé, en plus du reste. De toute façon, il n'y a plus de corps à rendre à la famille.

Ils se regardent, se comprennent. Maïwenn se tourne vers le Che.

— Je récupère une urne, je fais du feu, je verse des cendres dans l'urne… Qu'en penses-tu, l'oiseau ?

Comme souvent quand on s'adresse à lui, le Che penche la tête, cligne des yeux.

— *Merdum !* lâche-t-il.

Il possède un certain talent pour détendre l'atmosphère.

— Bravo ! s'exclame Maïwenn en riant. Quel grossier merle ! Je me demande qui a pu lui apprendre ça.

Un fou rire nerveux leur fait venir les larmes aux yeux, fou rire qu'Hadrien calme à grand renfort de café et de sablés maison.

— Je n'y ai pas pensé, tout à l'heure. Cadeau de mon parrain pour tout le commissariat.

— Ils sont délicieux, reconnaît Maïwenn. Pour revenir à notre histoire de fous, les interprètes demandent ce qu'ils doivent faire.

— Le Philippin, lui, il a assez souffert comme ça. Il faut savoir s'il préfère être rapatrié ou tenter de récupérer son boulot. Dans ce cas, nous trouverons la meilleure façon de justifier sa fuite pour lui éviter des ennuis.

— Que faisons-nous pour les morts de Moulin-Blanc ?

— Rien ! Nous n'avons plus rien ! Si les familles des disparus nous contactent, nous devrons jurer que cela n'a rien à voir. Peut-être que la mer rendra d'autres… éléments. On parlera d'un accident non élucidé. Et on essayera d'oublier tout ça.

— Sauf qu'on a une archive numérique, sourit Maïwenn.

Elle pose sur le bureau, entre elle et lui, la clef que Kevin lui a donnée.

— Et ils n'ont pas vu ma tablette.

L'idée d'avoir trompé les espèces de cadres dynamiques en noir les réjouit profondément. Dommage de ne pas pouvoir rester sur cette sensation réconfortante après une semaine de folie.

— Lieutenant, revenons aux choses désagréables : que s'est-il passé ce matin ? veut savoir Hadrien.

Sans en rajouter, Maïwenn lui raconte la poursuite, l'arrestation, la désobéissance du stagiaire. Dans les yeux d'Hadrien, Maïwenn reconnaît une lueur redoutable : la colère.

— *Merdum* de *merdum* ! Il mérite un blâme.

— Et moi ? Je n'ai pas su me faire obéir.

— Exact, lieutenant, il faut vous endurcir, apprendre à parler avec plus d'autorité.

Hadrien se penche vers elle, coudes sur son bureau, et baisse la voix.

— Je te connais, Maïwenn, tu es trop gentille. Dans le boulot, ça risque de te jouer des mauvais tours. Si ma mémoire est bonne, cela t'a déjà valu des ennuis.

— Je sais, tu as raison.

Un petit silence…

— Je devrais peut-être l'envoyer faire son stage à l'hôtel de police ? suggère Hadrien.

— Non ! s'écrie Maïwenn. Surtout pas, ils nous le casseraient.

En dépit de sa fureur, Hadrien sourit. La cause est entendue. Kevin Ledut sauve sa peau, pour cette fois.

— De toute façon, vous n'avez pas le droit de l'envoyer ailleurs.

— Exact. Je peux seulement le renvoyer. Je vais donc me contenter de lui passer un savon dont il se souviendra, dont vous vous souviendrez tous les deux, j'espère. Je veux que tu y assistes.

Elle en a des frissons mais elle sait qu'il a raison.

— Il a tellement de qualités, soupire-t-elle. Ce serait dommage de se priver d'un aussi bon élément.

— Je le pense aussi. On se débarrasse tout de suite de la corvée, lieutenant. Appelez votre stagiaire.

Kevin s'est rapidement passé un coup de peigne, a brossé son jean de la main et tiré sur son tee-shirt pour se rendre présentable. Maïwenn et lui se tiennent au garde-à-vous devant Hadrien.

— Lieutenant Ledut, je suis déçu. Je ne sais ce qui l'emporte, de la déception ou de la colère. Vous avez agi en irresponsable. Vous avez pris un risque inconsidéré – vous ignoriez si l'individu était armé ou pas –, risque que vous avez fait courir également aux passants qui se trouvaient là. De plus, en tant que stagiaire, vous n'êtes pas autorisé à procéder à une arrestation. Vous avez déjà eu des problèmes de discipline, vous savez à quoi vous vous exposez, et vous continuez ! Que vous mettiez votre vie et votre carrière en danger est une chose, lieutenant. Que vous mettiez en danger la vie et la carrière d'une collègue en est une autre. C'est inacceptable !

Hadrien ne crie pas et c'en est d'autant plus impressionnant pour Kevin. Il n'a jamais vu quelqu'un dans une colère froide d'une telle intensité. S'il pouvait disparaître dans un trou de souris, il y serait déjà. Il ne tente même pas de se justifier, il sait qu'il a tort sur toute la ligne.

— Je vais vous poser une seule question, lieutenant Ledut. Vous répondrez par oui ou par non, sachant qu'il n'y a qu'une autre possibilité : être viré. Voulez-vous poursuivre votre stage dans mon commissariat ?

Kevin relève la tête et répond d'une voix contrite, un peu tremblante.

— Oui, capitaine.

— Bien ! Je compte donc sur vous pour obéir aux ordres qu'on vous donnera. Vous avez pris des initiatives qui ont abouti à un bon résultat mais cela n'a aucune importance à mes yeux. Vous devez en référer au lieutenant Le Gad. À la moindre incartade, j'inscris un blâme dans votre dossier et votre habilitation ne sera pas pour demain. Rompez !

Livide, Kevin fait demi-tour et sort du bureau. Hadrien a fait signe à Maïwenn de rester.

— Je compte sur vous pour le cadrer, lieutenant. Maintenant que cette histoire est réglée, dossier suivant !

— Cédric Duchamp.

Hadrien interroge Maïwenn du regard.

— Oui, le type arrêté ce matin, justement. On attend l'avocat commis d'office. Rébellion face à un agent de la force publique, c'est quand même passible d'un an de prison et d'une grosse amende.

— Il sera condamné, affirme Hadrien. Il y en aura au moins un qui paiera.

Maïwenn prend rapidement quelques notes.

— Le *Sea Paradise* va repartir sans qu'il se passe rien d'autre ?

— Cela ne dépend plus de moi, peste Hadrien. La procureure ne peut rien faire non plus. Mais je pense que, même sans nous, l'armateur procédera à un sacré ménage !

Exaspéré d'avoir été floué de son dossier, il se lève et commence à faire les cent pas ou, dans le cas de son bureau, les trois pas dans un sens, trois pas dans l'autre. Le Che suit ses évolutions d'un œil intrigué et les ponctue de quelques soupirs bien sentis.

— Je suis furieux de savoir que les crapules à l'origine de ce trafic vont s'en tirer !

Un coup frappé à sa porte le fait sursauter.

— Entrez ! crie-t-il. Ah, Torpenn, quoi de neuf ?

Il lui désigne une chaise.

— Installez-vous. Un café ?

Sans attendre de réponse, il apporte une tasse fumante et des sablés qu'il pose devant le lieutenant. Une fois de plus, Hadrien lui trouve une ressemblance avec le Che : des yeux noirs brillants et un nez busqué comme un bec. Mais il l'apprécie avant tout pour son sérieux. Gaël Torpenn compense son manque d'humour par sa fiabilité.

Sans précipitation, Torpenn goûte son café comme s'il devait faire un compte-rendu de cette expérience.

— D'après les papiers saisis dans la maison, la victime est bien sa femme. Comme on l'a trouvée dans le congélateur, il faut attendre quelques heures avant que le légiste puisse nous en dire quelque chose. L'autre femme, Nadine Prigent, a été plongée dans un coma artificiel. Elle a perdu beaucoup de sang, a été frappée sur tout le corps à coups de poing et de pied à de nombreuses reprises. Elle souffre également, à première vue, d'un important traumatisme crânien. Les médecins refusent de se prononcer sur ses chances de survie. Déniel est à l'hôpital.

— Il faut la relever. Elle a des enfants et elle a commencé tôt.

— Bien. Avant que je quitte les lieux, le lieutenant Prieur a émis une hypothèse intéressante. D'après lui, l'homme a peut-être eu l'idée de se débarrasser du corps de sa femme petit à petit avec la complicité des requins d'Océanopolis. Il a voulu commencer par un doigt. Cet idiot ne savait pas que le seul requin qui aurait pu manger de la chair humaine, le requin-taureau, est mort en 2018. Ce type a dû trop regarder *Le père Noël est une ordure*. Quoi qu'il en soit, tant qu'on n'a pas l'analyse ADN de Mme Direol… La PTS fait son possible sachant que, comme on est veille de week-end, le laboratoire ne traitera pas les prélèvements avant lundi matin. Il faut attendre lundi soir.

Hadrien réfléchit, contemple le fond de sa tasse vide.

— Vous avez vu les marques de découpe, je suppose ?

— Oui, très nettes, rien à voir avec celles de Moulin-Blanc. *A priori*, il ne s'agit pas du même assassin.

— Autre chose ?

— Pas pour l'instant, capitaine. Je vais rédiger mon rapport.

— Merci, lieutenant.

Inutile de lui rappeler Sylvie Déniel. Il s'occupera de la faire remplacer dès qu'il aura quitté le bureau d'Hadrien et le capitaine le sait.

— Et Jobic ? demande Maïwenn.

Hadrien hausse les épaules.

— Plus d'affaire, plus de témoignages.

— Plus de danger pour lui ou pour Santos ?

— Je ne pense pas. Si Zelenko a des complices dans le coin, il doit déjà savoir que nos dossiers ont été saisis. J'aurais quand même aimé comprendre pourquoi il a massacré les deux autres. Ils ont sûrement voulu les doubler d'une manière ou d'une autre. Et la mafia a tendance à punir sévèrement les traîtres pour faire un exemple.

— Parce que c'est lui ?

— D'après l'interprète ukrainien, il serait lié à de nombreux assassinats, tous plus violents les uns que les autres.

— Hum, hum, fait Maïwenn.

— Hum, hum, répète le Che.

Ils arrivent à en rire.

— À quoi pensez-vous ? demande Hadrien.

— S'il ne les avait pas fait disparaître, il ne se serait rien passé. Les serpents seraient arrivés à bon port et auraient été livrés à leur destinataire, laboratoire civil ou militaire d'un pays ou d'un autre.

— Exact…

— Si j'étais le client, je ne serais pas content du tout et j'aurais très envie de mettre la main sur le responsable de ce désastre.

Hadrien approuve de la tête.

— Bien vu, lieutenant ! Nous supposerons donc que Zelenko est en fuite, poursuivi par l'exécuteur des basses œuvres de son client ou de son employeur, peu importe. Ce garçon finira mal !

11

Vendredi 18 juin, 19 heures.

L'interprète philippin est assis dans le bureau d'Hadrien.

— Monsieur Lesage, dit Hadrien, vous êtes libre, sauf si vous désirez passer la soirée chez nous. Vous êtes mon invité.

Guillaume Lesage semble peser le pour et le contre.

— J'aimerais parler encore avec Enrique. Le malheureux reste bouleversé par la mort de son frère et je pense qu'il ne nous a pas encore dit tout ce qu'il sait, des détails qui lui paraissent sans importance mais pourraient vous servir.

— Il n'y a plus d'affaire *Sea Paradise*. Vous avez vu ce qui s'est passé. Je ne peux pas continuer l'enquête… du moins officiellement. Il m'est donc impossible de signer une facture pour plus d'heures…

— Ce n'est pas un problème, capitaine. Je peux rester jusqu'à demain.

— Vous me rendez un grand service car, voyez-vous, on ne pourra pas lui rendre le corps de son frère.

— Embarqué comme le reste ?

Hadrien fait signe que oui.

— Vous allez lui dire la vérité ? demande Guillaume Lesage.

— Nous pensions lui remettre une urne en disant que le corps a dû être incinéré.

— Bonne idée. Enrique saura comment expliquer la situation à sa famille. Ils sont catholiques, comme la majorité de la population. La crémation n'est pas très répandue chez eux mais cela existe.

— Je l'ignorais, reconnaît Hadrien.

L'activité qui régnait dans le commissariat depuis le début de la semaine a laissé place à un calme étrange.

— C'est d'accord, dit l'interprète. Je reste jusqu'à demain. Je pense que ce pauvre homme appréciera de parler de son frère dans sa langue. De plus, le dernier train était à dix-neuf heures…, ajoute-t-il avec un sourire.

— Où logez-vous ?

— Je ne sais pas encore.

— Un petit hôtel familial tout près d'ici, cela vous irait ? Je vous y emmène. Prévenez votre protégé qu'il nous accompagne. Il faut savoir s'il veut être rapatrié, reprendre son travail ou s'il veut tenter sa chance sur un autre bateau.

— Je lui ai posé la question. Il veut rentrer chez lui, au moins pour un temps. Je peux m'en occuper auprès du consulat à Paris, je les connais bien.

Hadrien se lève, ouvre la porte et appelle :

— Lieutenant Ledut ? Vous êtes encore là ? J'ai besoin de vous.

Kevin, qui disait au revoir au gardien de service à l'accueil, reprend le couloir des bureaux.

— Capitaine ?

— Vous avez le téléphone de Cassandra Johnson ? Oui ? Alors, appelez-la et passez-la-moi.

Kevin n'a plus sa voix de charmeur pour parler à Cassandra. Il a perdu sa bonne humeur mais Hadrien refuse de se laisser attendrir. C'est triste mais ce gamin de vingt-trois ans doit apprendre la discipline, pour son bien.

— Madame Johnson ? Capitaine Fox. Quand repartez-vous ?

— Demain matin très tôt.

— Dans ce cas, nous arrivons tout de suite. Veuillez préparer la fiche de paie de M. Santos. Vous lui verserez aussi la somme due à son frère.

— Mais…

— À tout de suite.

Il raccroche sans lui laisser le temps de protester.

— Lieutenant Ledut, vous nous accompagnez.

Guillaume Lesage sourit. Il aime la façon qu'a le capitaine de rendre la justice.

Ils s'entassent à quatre dans la voiture banalisée ramenée par le lieutenant Torpenn. L'interprète rassure son client à mi-voix. Ils sont attendus au pied de la coupée par un Stéphane Meunier pitoyable. Hadrien n'éprouve aucune compassion pour cet homme qui a gravement failli à sa tâche.

— Auriez-vous perdu votre travail, monsieur Meunier ? demande Hadrien.

Haussement d'épaules de l'officier qui tente de ne pas perdre la face.

— De toute façon, j'en avais assez. Si vous voulez bien me suivre… Mlle Johnson vous attend.

L'espace d'accueil qu'ils ont connu bruyant et grouillant de monde leur apparaît désert, sinistre avec son décor de mauvais goût. Cassandra, qui occupe le fauteuil de la défunte Caroline Dalleray, ne se lève même pas en les voyant. Hadrien pousse Enrique Santos devant lui et le fait asseoir sur l'une des chaises réservées aux passagers quand tout va bien. Écrasée par un désastre qui risque de lui coûter sa place, à elle aussi, la jeune femme n'arrive plus à sourire et, cette fois, Kevin s'abstient de tout regard réconfortant. Il reste en retrait, silencieux.

— M. Lesage est l'interprète officiel de M. Santos, précise Hadrien.

Dominant Cassandra de tout son haut, son regard bleu foncé glacial, il s'efface pour laisser la place à Guillaume Lesage tout en surveillant la scène. Au moindre signe de mauvaise volonté, il interviendra. Mais la jeune femme a compris. Les papiers des frères Santos sont prêts, ainsi que leur argent. Il ne manque qu'une seule pièce.

— N'oublions pas les passeports, s'il vous plaît, ordonne Hadrien.

Il s'en veut un peu de la brusquer mais il n'a pas envie de traîner plus qu'il ne faut sur le monstrueux rafiot.

— Tout est en ordre ? Bien, monsieur Lesage, vous nous accompagnez. Il faut récupérer les affaires de MM. Santos. Nous n'en aurons pas pour longtemps. Monsieur Meunier, nous vous suivons à leur cabine.

Enrique Santos n'en mène pas large mais semble heureux d'emporter ses biens et ceux de son frère, même s'il n'y a pas grand-chose à récupérer, quelques vêtements et objets de toilette, quelques photos de famille.

— Vous voulez aussi les affaires de Caroline et de Mathieu Lombard ? s'enquiert timidement Stéphane Meunier.

— Non, faites-en ce que vous voulez. C'est acheté avec de l'argent sale. Vous pouvez les jeter à la mer, les distribuer, les donner à la famille ou les garder, cela ne m'intéresse pas.

Vexé, l'officier de sécurité les raccompagne jusqu'à la coupée. Ils ne répondent pas à son salut et, la tête haute, la petite troupe d'Hadrien quitte le *Sea Paradise*. Ils ont obtenu justice pour la plus pitoyable victime de cette sordide histoire. Une petite victoire vaut mieux que rien !

De retour au commissariat, Hadrien n'entre pas dans le parking adjacent mais s'arrête devant l'entrée et se tourne vers Kevin.

— Rentrez chez vous, lieutenant, et passez un bon week-end.

— Merci, capitaine, vous aussi.

Il ajoute un presque timide « au revoir » à l'intention de l'interprète et de Santos.

— Prochain arrêt, annonce Hadrien à ses passagers, hôtel du Quai !

Dominique Dumont les accueille à bras ouverts.

— Tu tombes bien, mon grand ! J'ai une casse au four.

Ah ! Si tata Do a un rôti en train de mijoter, alors…

— Avec un beau morceau de lard, précise-t-elle, gourmande.

— Tu en aurais assez pour tout le monde ?

— Il y en a pour dix. Tu devrais appeler ton parrain. Ça fait trop longtemps qu'on n'a pas mangé ensemble.

— Pendant que je vais dire deux mots aux collègues à l'entrée, tu veux bien installer ces deux messieurs ? En principe, c'est pour une seule nuit.

Tandis que l'hôtelière guide les arrivants dans l'escalier, Hadrien va voir les deux policiers qui montent la garde dans leur voiture, devant l'hôtel. Il s'appuie dans l'encadrement de la vitre baissée.

— Vous êtes là depuis quand ?

— Nous attendons l'équipe de nuit. Ils nous relèvent à vingt heures, capitaine.

— Parfait.

Une tape sur l'épaule de Paulo, toujours en faction dans le fauteuil de l'entrée, et Hadrien se retire dans le bureau de tata Do.

— Parrain ?

Julien Dargosse soupire.

— J'avais prévu un lieu mayonnaise, mon grand. Camille, tu sais, mon copain pêcheur, a partagé sa pêche avec nous. Ça a bien donné.

— Tu veux bien l'apporter ? Tata Do a un rôti de porc au four. Nous serons au moins sept.

Dominique, Jobic, Paulo, Guillaume Lesage, Enrique Santos, son parrain et lui-même… Les deux policiers de garde auront aussi leur part.

— Parrain ? Tu peux t'occuper des liquides ?

Tous deux amateurs de vin, ils préfèrent choisir eux-mêmes ce qu'ils boivent. En attendant… Tata Do garde toujours quelques bières au frais. Quand il fait chaud, elle apprécie de découvrir l'une ou l'autre des productions locales. Les brasseries artisanales se multiplient en Finistère et dans toute la Bretagne, de même que les cidreries. Dans le réfrigérateur de la cuisine, Hadrien découvre ce qu'il lui faut, une bière blanche, légère et rafraîchissante, à l'étiquette décorée d'un macareux.

Du pied de l'escalier, il appelle :

— Tata Do ? Je peux te prendre une bière ?

— Tu sais bien qu'elles sont là pour toi ! répond-elle sur le même ton.

Oui, il le sait bien, mais ce n'est pas une raison pour ne pas lui demander la permission de se servir et ne pas lui dire merci, n'est-ce pas ?

— Et moi ? proteste Paulo.

— Ne bouge pas, je t'en apporte une, propose Hadrien.

Il commence à se détendre, à laisser se calmer sa colère et sa frustration.

— Paulo ? Je n'ai pas entendu Jobic ?

— C'est qu'il se repose avant le dîner, ordre de Mme Dominique. Et il n'a pas le droit de boire entre les repas…

Hadrien sourit et ravale sa réplique pour répondre au téléphone.

— Allô ? Capitaine ?

Maïwenn.

— Où es-tu ? Veux-tu te joindre à nous chez tata Do ?

— Oui, mais pas tout de suite. Je suis passée à l'hôpital. Nadine Prigent est stable et les médecins se montrent plus optimistes que tout à l'heure. Elle a reçu plusieurs coups de couteau, ce qui explique qu'elle était couverte de sang, mais aucun organe n'est atteint. Ils envisagent de la réveiller demain. Les deux gardiens que tu as demandés sont arrivés.

— Tu leur as expliqué…

— Oui, et je ne m'inquiète pas trop. L'un des deux est le brigadier Kerbrat.

L'imposante carrure et les qualités physiques de Tanguy Kerbrat sont connues de ses collègues. Il s'entraîne au karaté avec Lambert.

Hadrien sourit, rassuré en effet.

— Je fais un saut chez moi et j'arrive, reprend Maïwenn. Juste le temps de prendre une douche et de me changer.

Tranquillement installé à la table de la cuisine de sa tata Do, Hadrien savoure sa bière et récapitule la semaine.

Tout a commencé le mardi matin avec un doigt dans un aquarium…

Annulaire : provenance et mode d'arrivée dans l'aquarium vraisemblablement résolus.

Disparition de la propriétaire du doigt : résolue, victime retrouvée morte, découpée et congelée. Un féminicide de plus.

Disparition de l'amie de la victime (et mère de Paméla) : résolue, victime retrouvée vivante et sauvée de justesse.

Mort de Felipe Santos : élucidée, cadavre confisqué.

Disparition de Caroline Dalleray : tuée, découpée, mobile du meurtre inconnu, cadavre confisqué.

Disparition de Mathieu Lombard : tué, découpé, mobile du meurtre inconnu, cadavre confisqué.

Deux affaires distinctes, ce que ne laissaient pas présager les premières découvertes.

Pour la première, il n'a plus le droit de courir après Nick Zelenko, dont le complice a été « confisqué », lui aussi, et risque de connaître un sort déplaisant aux mains des lunettes miroitées.

Pour la deuxième, il doit retrouver Jean Direol de toute urgence. Sa culpabilité ne fait aucun doute.

Dernier point : Ludo… Hadrien hésite mais il a envie de se débarrasser de cette corvée.

— Ludo ?

Au bout du fil, c'est par un « Hadrien ? » très gêné qu'on lui répond.

— Oui.

— J'ai fait n'importe quoi, hein ?

— Oui. Mais tu as toujours été comme ça. Quel gâchis, mon vieux ! Tu n'avais qu'à te tenir tranquille, tu avais un poste en or, assuré, pas trop mal payé…

— Je sais, mais je m'étais fait arnaquer par un type qui…

— Ludo, pourquoi n'es-tu pas venu me trouver ?

— Je me sentais trop bête de m'être fait avoir. Il m'a complètement plumé, alors j'avais besoin d'argent. Quand ce type est arrivé avec sa liasse de billets…

Pauvre Ludo ! pense Hadrien. Lui, il n'a même pas été nécessaire de le menacer. Inutile de lui expliquer qu'il a sans doute été piégé par un complice du réseau des Ukrainiens. On repère l'homme dont on a besoin, on le plume et on lui propose une solution sans qu'il fasse le lien entre les deux événements… Pauvre Ludo qui n'a jamais été très malin. Cette fois, ça va lui coûter cher.

— Ludo, tu comprends que c'est grave ?

— Oui.

Il pleure presque.

— Tu vas me dénoncer, Hadrien ?

— Je devrais ?

— Ben… Oui ! Mais je suis fichu.

— Je pourrais te demander de démissionner et me taire.

— Où veux-tu que j'aille ? J'ai réussi l'examen grâce à toi, je ne sais rien faire d'autre.

Il a raison : son travail de bureau n'a rien de compliqué. Il range, classe, remplit des formulaires, accueille le public, poste le courrier… il est au bas de l'échelle dans la hiérarchie de la gendarmerie, un sans-grade.

— Ludo, je ne veux pas que tu termines à la rue. Alors, tu vas bien m'écouter : tu dégages de mon commissariat !

— Tu ne veux plus me voir ?

Gros affectif ! pense Hadrien. Il croit qu'il va perdre son travail mais s'inquiète seulement de couper les liens avec son copain d'enfance.

— On se verra mais pas tout de suite. Pour l'instant, je suis trop fâché contre toi. Je t'interdis seulement de mettre les pieds dans mon commissariat.

— Bien, Hadrien, je ferai comme tu veux.

— Par ailleurs, je ne dirai rien aux collègues des AffMar, mais je garderai un œil sur toi. À la moindre incartade…

— C'est quoi ?

— Un faux pas, une bêtise.

— Ah ! Tu utilises des mots compliqués, parfois.

— À la moindre bêtise, reprend Hadrien, je te dénoncerai. Cela me ferait de la peine pour toi mais je ne te couvrirai pas une autre fois. Tu comprends ?

— Oui, Hadrien, je sens bien que tu m'en veux mais tu as raison.

— Je t'en veux parce que tu risques de gâcher ta vie et celle de ta famille. Que diraient tes parents ?

— La honte… Je me tiendrai à carreau, promis.

— Cela ne suffit pas, Ludo. Tu vas demander ta mutation le plus loin possible de Brest.

— Tu ne peux pas me faire ça. Je ne connais personne…

— Ludo, tu n'as pas compris. C'est ça ou je te dénonce.

Le ton d'Hadrien finit par convaincre Ludovic de la gravité de la situation. Il se le disait mais cela n'avait pas encore pénétré au fond de son cerveau. Soudain, il comprend et sa voix tremble.

— D'accord, Hadrien, te fâche pas. Je vais le faire.

— Dès lundi.

— Oui, c'est promis, lundi je demande ma mutation.

— Je l'espère pour toi. Embrasse tes parents de ma part.

Ouf ! Hadrien déteste devoir parler ainsi à son copain. Il a toujours protégé Ludo mais il ne pourra pas continuer si celui-ci recommence ses bêtises. Ses incartades… Il l'épargne cette fois pour lui-même mais aussi pour ses parents qui ont toujours fait de leur mieux avec de petits moyens. Avoir travaillé toute sa vie, et très dur, pour finir avec la honte d'un fils chassé des AffMar, non, ce n'est pas possible.

Oui, j'ai fait ce qu'il fallait, se dit Hadrien.

— Hadrien ? Tu rêves, mon petit ?

Tata Do vient de débarquer dans sa cuisine, suivie de Jobic.

— Les deux autres ne vont pas tarder. Je plains ce pauvre monsieur philippin. Il a l'air tellement triste et perdu ! Venir au bout du monde pour voir mourir son frère, c'est dur ! Heureusement, l'autre monsieur…

— Guillaume Lesage…

— Oui, il est drôlement chic et poli. Tu peux m'amener des clients comme ça tous les jours.

— Parce que, moi, je ne suis pas chic et poli ? s'indigne Jobic.

— Toi ?

Elle éclate de rire.

— Tu as intérêt à l'être, poli, avec moi ! Pour le chic, tu t'améliores.

Ça fait du bien de les entendre rire ensemble. Au milieu de cette affaire pourrie, il a au moins pu procurer un refuge à un homme désespéré, sauver la vie d'une femme, mettre à l'abri un homme qui est venu de l'autre bout du monde se faire exploiter.

Zut ! Il a oublié Juliette.

— Tata Do, j'ai un coup de fil à passer. Je peux prendre ton bureau ?

— Tout ce que tu veux, mon petit.

Dans le minuscule bureau dont il a fermé la porte, Hadrien sélectionne le numéro de Juliette.

— Ah, c'est toi ? Tu tombes bien. Je voulais te dire que je m'absente pour le week-end.

— Tu vas loin ?

— Escapade en Angleterre.

Pas d'autre explication, et il ne lui en demande pas.

— On n'a pas eu beaucoup de temps pour nous, ces derniers jours.

— Non, excuse-moi, je dois me dépêcher. On ne veut pas rater le ferry.

— Un instant, j'ai quelque chose d'important à te dire. Juliette, ne fais plus le moindre article, n'écris plus la moindre ligne sur l'histoire des corps de Moulin-Blanc.

— J'écris ce que je veux !

— Juliette, c'est une histoire dangereuse. Des types ont débarqué, tout à l'heure, et ont raflé toute la procédure, les scellés, les corps, tout ! Je m'étonne que ton rédac' chef n'ait pas reçu d'appel venu de haut.

— Ah… C'est donc ça. Il m'a interdit de revenir dessus, en effet, mais sans explications.

Zut ! Il a vendu la mèche.

— S'il te plaît, insiste-t-il. Je ne veux pas que tu aies des ennuis. Tu dois même oublier ce que je viens de te dire.

Repensant à l'expression utilisée par Jobic, il ajoute :

— Ce ne sont pas des gentils, ces types.

Il sent qu'elle hésite, ou qu'elle feint d'hésiter.

— Juliette, j'ai eu une semaine horrible, j'ai vu des choses horribles, alors fais ce que je te demande.

— À une condition…

Ses nerfs lâchent.

— Arrête ça ! Il n'y a aucune condition, tu m'entends ! Mais si tu veux risquer de perdre ton boulot ou pire, continue ! Ces gens sont capables de te détruire avec un simple coup de téléphone. Tu es prévenue, tu fais ce que tu veux. Bon week-end !

Il raccroche sans attendre. Mais pourquoi se montre-t-elle aussi stupide et entêtée, par moments ? Il y a des limites, non ? Il ne lui a même pas demandé avec qui elle part. Elle pourrait au moins lui faire la grâce de l'écouter et de le croire. Comment peut-elle ne pas comprendre qu'il s'inquiète pour elle ?

Ping ! Message : « Excuse-moi, tu as raison. Je me tairai. »

Ping ! Elle a ajouté, comme si elle avait oublié : « Bises. »

Bises ? Leur histoire sent la fin. Il ne sait s'il le regrette ou pas. Il est triste mais aussi libéré. D'abord les scènes de jalousie et maintenant l'indifférence ? Il refuse d'être traité comme un jouet.

— Oh, ça ne va pas, toi…

Les yeux verts de Maïwenn, qui arrive au moment où il ressort du bureau, le contemplent avec amitié.

— Je suis content que tu sois là.

— Frustré par la façon dont ça se termine ?

— Oui…

Elle sait qu'il se passe autre chose mais préfère le laisser décider du moment où il lui en parlera.

— Hadrien, tu sais ce qu'on devrait faire ? Dans quelques jours, ce sera la fête de la musique. Si on organisait une petite répétition demain soir au pub, histoire de se chauffer un peu ?

— Tu te charges d'appeler toute l'équipe ?

— Si tu veux, mais tu me promets de venir en kilt avec ta cornemuse.

Il la serre soudain contre lui.

— Toi, tu es une amie, dit-il en la relâchant avant d'ajouter d'un air piteux : Je crois que ça se termine, avec Juliette.

Il fait une petite grimace.

— Allez, tu appelles l'équipe et moi les copains du pipe band, d'accord ?

— On laisse le stagiaire dans son coin ?

— Qu'en penses-tu ?

— Il manque de maturité. Faire la fête avec nous risque de lui laisser croire qu'on peut devenir copains sans tenir compte du reste.

— Nous sommes d'accord. Mais inclus Torpenn, il s'est très bien comporté.

— La Bécane aussi ?

— Bien sûr ! Lambert et Ducros, les deux champions.

— Le commandant ? demande-t-elle en riant.

— Bien sûr ! Fini le casse-tête, il n'y a plus de vagues…

— C'est un début de chanson, ça. Fini le casse-tête, il n'y a plus de vagues, on va faire la fête, chante-t-elle.

— Et voilà de quoi accompagner la belle demoiselle…

L'homme qui vient d'entrer tend à Hadrien une vaste poche en tissu écossais, le tartan de sa famille paternelle, bleu et vert.

— Parrain !

— Voilà déjà ta cornemuse, j'ai pensé qu'elle pourrait servir. J'ai pris ma flûte. Les paniers sont dans la voiture, je vous laisse aller les chercher, mes enfants. Ce n'est pas léger !

Déjà les notes de *Flower of Scotland* retentissent dans l'esprit d'Hadrien, lui rendant toute sa bonne humeur. Que la fête commence ! Oups…

— Où est le Che ? demande Julien Dargosse.

— Je l'ai oublié !

Hadrien se précipite au-dehors.

— Installez tout sans moi, je vais le chercher !

Dans son bureau, abandonné à lui-même, le Che enchaîne les soupirs, les « ça va mignon », les insultes et sa chanson de mainate, le tout entrecoupé de quelques « *merdum* » bien sentis… Sans doute calmé par ce concert, il ne desserrera plus le bec de toute la soirée.

ÉPILOGUE

Jean Direol fut arrêté dès le lundi alors qu'il tentait de passer la frontière espagnole en train. En raison de l'achat du congélateur trois jours avant le meurtre, le tribunal retint la préméditation et le condamna à la perpétuité pour l'assassinat de son épouse Cheyenne et la tentative de meurtre sur la personne de Nadine Prigent. Le témoignage de cette dernière fut accablant : inquiète de ne pas avoir de nouvelles de son amie, elle s'était rendue chez les Direol. Quand il avait fini par ouvrir la porte, Direol avait « l'air d'un fou ». Elle avait réclamé de voir Cheyenne, alors il l'avait insultée puis frappée, d'abord à coups de poing puis avec un couteau.

Ne sachant que faire du corps de sa femme, Direol avait découpé le cadavre qu'il avait placé dans le congélateur en attendant de trouver une solution. Il avoua avoir eu l'idée de s'en débarrasser par petits bouts en le donnant en pâture aux requins d'Océanopolis.

Jean Direol se pendit dans sa cellule. On soupçonne ses codétenus de l'avoir aidé.

Pendant que sa mère soignait ses blessures à l'hôpital, la petite Paméla fut confiée à sa tante maternelle, accourue au chevet de Nadine après des années de brouille. Compte tenu de ses confortables moyens d'existence, la tante proposa de s'occuper de sa nièce aussi longtemps qu'il le faudrait. L'enfant s'en porte bien. Sa mère a cessé de l'habiller n'importe comment et a commencé une formation professionnelle d'aide-soignante. Ne pas avoir à se soucier de sa fille lui permet de se consacrer pleinement à la construction de son avenir. Il semble qu'avoir failli mourir l'ait fait revenir sur terre.

Le cadavre horriblement mutilé de Nick Zelenko ne fit surface qu'un an plus tard, dans une usine abandonnée de la région lyonnaise. Les circonstances de sa mort n'ont jamais été élucidées.

LE PARLER BRESTOIS

Mataf : matelot. Publicité devenue proverbiale : « Pâté Hénaf, le pâté du mataf ! »

'Tit, 'tite : abréviation de « petit », « petite », utilisée couramment.

Possib', probab' : le parler brestois ne voit pas l'utilité de prononcer le « le » après le « b ». On a compris, non ? Pas besoin d'en rajouter…

T'avais plein ton col : tu avais bu.

Arpette : expression typique de l'Arsenal. On devient arpette quand on sort de l'école des apprentis dudit Arsenal.

L'Arsouille : l'Arsenal.

Canot' : ici écrit avec une apostrophe pour signaler que cela se prononce « canotte ».

Mettre les bouts : filer, se sauver.

Il met pas à côté : il peut encore viser son gosier, sans renverser son verre.

Brasser : parler, remuer du vent.

Faire du *reuz* : flanquer la pagaille, faire du bruit, du chahut… Dans tous les cas, créer un événement qui ne passera pas inaperçu.

Louzou : médicament.

Ce bref lexique doit beaucoup à l'ouvrage d'Annie Le Berre, *Joli comme à Brest*, un petit bouquin savoureux, illustré de dessins tout aussi savoureux de Nono, éd. Le Télégramme, 2001.

Collection
TERRITOIRES

Jean Anglade
Une vie en rouge et bleu
Le Dernier de la paroisse
Le Choix d'Auguste
Le Sculpteur de nuages
Les Cousins Belloc
Le Grand Dérangement

Sylvie Anne
Le Gantier de Jourgnac
La Maison du feuillardier

Sylvie Baron
Un été à Rochegonde
Les Ruchers de la colère
L'Auberge du pont de Tréboul
L'Héritière des Fajoux
Rendez-vous à Belinay
Terminus Garabit
Un Coin de parapluie

Jean-François Bazin
Les Raisins bleus
Le Clos des Monts-Luisants
Le Vin de Bonne-Espérance
Les Compagnons du grand flot
Le Maître de la lumière

Henriette Bernier
Le Baron des champs

Jean-Baptiste Bester
L'Homme de la Clarée
Plus près des anges
Les Amants de Sainte-Catherine
Meurtre au pont du Diable

Françoise Bourdon
Le Moulin des Sources
Le Mas des Tilleuls
La Grange de Rochebrune
Retour au pays bleu
Le Fils maudit
Les Sentiers de l'exil
Les roses sont éternelles
Le Maître du Castellar
Le Secret de Belle épine

Édouard Brasey
Les Lavandières de Brocéliande
Les Pardons de Locronan
La Sirène d'Ouessant
L'Affaire Cabre d'or
Le Domaine des oliviers
Les Fils du patriarche

Patrick Breuzé
Les Remèdes de nos campagnes
La Valse des nuages
L'Étoile immobile
Mon fils va venir me chercher
La Montagne pour refuge

Nathalie de Broc
La Vallée des ambitions
La Robe pourpre

Michel Caffier
Corne de brume
La Paille et l'Osier
Les Étincelles de l'espoir

Anne Courtillé
La Tentation d'Isabeau
Le Gaucher du diable
Les Damoiselles de Clermont

Annie Degroote
Les Racines du temps
D'infinies promesses

Jérôme Deliry
Une rivière trop tranquille
L'Héritage de Terrefondrée
La Maraude

Raphaël Delpard
L'Enfant sans étoile
Pour l'amour de ma terre
L'enfant qui parlait avec les nuages
Le Courage de Louise

Alain Dubos
La Mémoire du vent
La Corne de Dieu
Le Dernier Combat du Dr Cassagne

Élise Fischer
Les Noces de Marie-Victoire
Je jouerai encore pour nous
Villa Sourire
L'Étrange Destin de Marie
Le Jardin de Pétronille
Aux Deux Hirondelles
Les Femmes des terres salées
La Promesse du sel
Le Vin de Pâques

Emmanuelle Friedmann
Le Rêveur des Halles
La Dynastie des Chevallier
L'Orphelinat
La Faute des autres

Alain Gandy
Les Cousins de Saintonge

Gérard Georges
Une terre pour demain
Le Destin des Renardias
Le Bal des conscrits
Mademoiselle Clarisse
Anatole, fils de personne
La Mésangère

Georges-Patrick Gleize
La Fille de la fabrique
Pas plus tard que l'aurore
Le Serment des oliviers
Le Vent de la jeunesse
Quelques pas dans la neige
Les Noisetiers du bout du monde
Le Crépuscule des Justes

Yves Jacob
Sous l'ombre des pommiers
Le Silence de Justine

Corinne Javelaud
L'Ombre de Rose-May

Guillemette de La Borie
La Dernière Héritière

Hélène Legrais
L'Ermitage du soleil
Les Héros perdus de Gabrielle
Les Ailes de la tramontane
La Guerre des cousins Buscail
Les montagnes chantaient la liberté
Ceux du Château, ceux du Moulin
Trois gouttes de sang grenat
Les Anges de Beau-Rivage
Le Bal des poupées
Le Front dans L'azur

Philippe Lemaire
Rue de la Côte-Chaude
L'Enfant des silences
L'Oiseau de passage
La Mélancolie du renard

Alfred Lenglet
Du poison dans les veines
Jeux mortels en hiver
Temps de haine
Cœurs de glace

Éric Le Nabour
Retour à Tinténiac
La Louve de Lorient
À l'ombre de nos larmes
La Frondeuse
Cécile et les Beaujour

Jean-Paul Malaval
L'Or des Borderies
Soleil d'octobre
Les Noces de soie
La Villa des térébinthes
Rendez-vous à Fontbelair
La Folie des Bassompierre
Chronique des Strenquel
La Bastide aux chagrins
Les Sœurs Querelle
Les Larmes de la pinède
La Belle Étrangère
Adélaïde au bord de la falaise
Les Gens de Combeval
La Souveraine en son domaine
Un si joli mariage

Antonin Malroux
La Promesse des lilas
La Cascade des loups
La Pierre marquée
L'Homme aux ciseaux d'argent
Les prés refleuriront
Fenêtre sur village
Marie des Adrets
L'Espoir de belles aurores
Le Pain de paille
Le Cœur de mon père
Le Charpentier du paradis

Jean-Luc Mousset
L'Enfant des labours
Le Secret de Neige

Agathe Portail
L'Année du gel

Nicole Provence
Le Secret d'Aiglantine

Joël Raguénès
La Maîtresse de Ker-Huella
La Dame de Roz Avel
La Sirène du port
Les Trois Saisons de la vie
L'Or du lin
Les Vies de Jeanne
Pêcheurs du bout du monde

Florence Roche
La Terre des Falgères
L'École du lac
La Réfugiée du domaine

Geneviève Senger
La Maison Vogel
L'Enfant de la Cerisaie
La Dynastie des Weber
Les Jumeaux du val d'amour
La Promesse de Rose
Les Bellanger
La Dame des Genêts

Jean Siccardi
La Source de saint Germain
Le Maître du diamant noir
L'Ivresse des anges
L'Auberge du guéGaston des vignes

Bernard Simonay
L'Or du Solognot
Le Marais des ombres
Meurtres d'outre-tombe

Jean-Michel Thibaux
L'Olivier du Diable
Le Maître des Bastides
Le Rappel du tambour

Katia Valère
Après la nuit vient l'aube

Brigitte Varel
Le Secret des pierres

Louis-Olivier Vitté
La Guérisseuse de Peyreforte
Là où coule une rivière
Le Secret de Tire-Lune
La Statue engloutie
La Dame des vignes hautes
La femme qui voulait voir la mer
Petit Jean

Colette Vlérick
L'Enfant sur le pont
Un air de libertéLa Nacre des abers
Dans la lumière de Pont-Aven

Pour être régulièrement informé de nos actualités,

REJOIGNEZ LE CLUB DES LECTEURS

CALMANN LÉVY
territoires

Nom .... Prénom ....

Date de naissance ... / ... / ...... Profession ....

Adresse ....

Code postal .... Ville ....

E-mail ....

Dernier livre de la collection que vous avez lu ....

....

Régions qui vous intéressent ....

....

☐ Je souhaite m'inscrire au Club des lecteurs et recevoir des informations de la part des éditions Calmann-Lévy.

Vous pouvez vous inscrire par e-mail à l'adresse

commercial@calmann-levy.fr

ou en retournant ce coupon à

Calmann-Lévy Territoires
21, rue du Montparnasse
CS 10636 – 75298 Paris cedex 06

Retrouvez
Calmann-Lévy Territoires
sur Facebook

Conformément à la législation, vous pouvez exercer vos droits d'accès, de rectification, d'opposition, de portabilité, ou encore définir des directives post mortem par e-mail à commercial@calmann-levy.fr ou en nous écrivant à Calmann-Lévy Territoires - 21, rue du Montparnasse - CS 10636 – 75298 Paris cedex 06.
Pour plus d'informations sur vos droits et sur le traitement de vos données, consultez notre charte de confidentialité sur www.calmann-levy.fr.

Photocomposition PCA

Achevé d'imprimer en février 2020
par La Nouvelle Imprimerie Laballery
58500 Clamecy
pour le compte des éditions Calmann-Lévy
21, rue du Montparnasse 75006 Paris

PAPIER À BASE DE
FIBRES CERTIFIÉES

CALMANN LEVY s'engage
pour l'environnement en réduisant
l'empreinte carbone de ses livres.
Celle de cet exemplaire est de :
1,1 kg éq. CO_2
Rendez-vous sur
www.calmann-levy-durable.fr

N° d'éditeur : 8067299/01
N° d'imprimeur : 002163
Dépôt légal : mars 2020
Imprimé en France.